CW01664889

Nora Roberts est le plus grand auteur de littérature féminine contemporaine. Ses romans ont reçu de nombreuses récompenses et sont régulièrement classés parmi les meilleures ventes du *New York Times*. Des personnages forts, des intrigues originales, une plume vive et légère... Nora Roberts explore à merveille le champ des passions humaines et ravit le cœur de plus de quatre cents millions de lectrices à travers le monde. Du thriller psychologique à la romance, en passant par le roman fantastique, ses livres renouvellent chaque fois des histoires où, toujours, se mêlent suspense et émotions.

LA QUÊTE DE DANA

LES TROIS CLÉS – 2

DU MÊME AUTEUR AUX ÉDITIONS J'AI LU

LIEUTENANT EVE DALLAS
Lieutenant Eve Dallas (n° 4428)
Crimes pour l'exemple (n° 4454)
Au bénéfice du crime (n° 4481)
Crimes en cascade (n° 4711)
Cérémonie du crime (n° 4756)
Au cœur du crime (n° 4918)
Les bijoux du crime (n° 5981)
Conspiration du crime (n° 6027)
Candidat au crime (n° 6855)
Témoin du crime (n° 7323)
La loi du crime (n° 7334)
Au nom du crime (n° 7393)
Fascination du crime (n° 7575)
Réunion du crime (n° 7606)
Pureté du crime (n° 7797)
Portrait du crime (n° 7953)
Imitation du crime (n° 8024)
Division du crime (n° 8128)
Visions du crime (n° 8172)
Sauvée du crime (n° 8259)
Aux sources du crime (n° 8441)
Souvenir du crime (n° 8471)
Naissance du crime (n° 8583)
Candeur du crime (n° 8685)
L'art du crime (n° 8871)
Scandale du crime (n° 9037)
L'autel du crime (n° 9183)
Promesses du crime (n° 9370)
Filiation du crime (n° 9496)
Fantaisie du crime (n° 9703)
Addiction au crime (n° 9853)
Perfidie du crime (n° 10096)
Crimes de New York à Dallas (n° 10271)
Célébrité du crime (n° 10489)
Démence du crime (n° 10687)
Préméditation du crime (n° 10838)
Insolence du crime (n° 11041)
De crime en crime (n° 11217)
Crime en fête (n° 11429)
Obsession du crime (n° 11546)
Crimes par trois (n° 11614)
Crimes sans fin (n° 11615)
Pour l'amour du crime (n° 11672)
Confusion du crime (n° 11888)
Crimes et chaos (n° 11983)
Crimes sous silence (n° 12064)
Les noces du crime (n° 12266)
Le crime est une œuvre (n° 12724)
Crime et complot (n° 12879)
Crime de minuit (numérique)
Interlude du crime (numérique)
Hanté par le crime (numérique)
L'éternité du crime (numérique)
Crime rituel (numérique)
Mémoire du crime (numérique)
L'ombre du crime (numérique)
Dans l'enfer du crime (numérique)
Crimes pour vengeance (numérique)

LES TROIS SŒURS
Maggie la rebelle (n° 4102)
Douce Brianna (n° 4147)
Shannon apprivoisée (n° 4371)

TROIS RÊVES
Orgueilleuse Margo (n° 4560)
Kate l'indomptable (n° 4584)
La blessure de Laura (n° 4585)

LES FRÈRES QUINN
Dans l'océan de tes yeux (n° 5106)
Sables mouvants (n° 5215)
À l'abri des tempêtes (n° 5306)
Les rivages de l'amour (n° 6444)

MAGIE IRLANDAISE
Les joyaux du soleil (n° 6144)
Les larmes de la lune (n° 6232)
Le cœur de la mer (n° 6357)

L'ÎLE DES TROIS SŒURS
Nell (n° 6533)
Ripley (n° 6654)
Mia (n° 8693)

LES TROIS CLÉS
La quête de Malory (n° 7535)
La quête de Dana (n° 7617)
La quête de Zoé (n° 7855)

LE SECRET DES FLEURS
Le dahlia bleu (n° 8388)
La rose noire (n° 8389)
Le lys pourpre (n° 8390)

LE CERCLE BLANC
La croix de Morrigan (n° 8905)
La danse des dieux (n° 8980)
La vallée du silence (n° 9014)

LE CYCLE DES SEPT
Le serment (n° 9211)
Le rituel (n° 9270)
La Pierre Païenne (n° 9317)

QUATRE SAISONS DE FIANÇAILLES
Rêves en blanc (n° 10095)
Rêves en bleu (n° 10173)
Rêves en rose (n° 10211)
Rêves dorés (n° 10296)

L'HÔTEL DES SOUVENIRS
Un parfum de chèvrefeuille (n° 10958)
Comme par magie (n° 11051)
Sous le charme (n° 11209)

LES HÉRITIERS DE SORCHA
À l'aube du grand amour (n° 11109)
À l'heure où les cœurs s'éveillent (n° 11406)
Au crépuscule des amants (n° 11562)

LES ÉTOILES DE LA FORTUNE
Sasha (n° 11738)
Annika (n° 11967)
Riley (n° 12073)

EN GRAND FORMAT

ABÎMES ET TÉNÈBRES
L'éclipse
La prophétie
L'élue

INTÉGRALES
Affaires de cœurs
L'île des trois sœurs
L'hôtel des souvenirs
Le cercle blanc
Le cycle des sept
Le secret des fleurs
Les étoiles de la fortune
Les frères Quinn
Les héritiers de Sorcha
Les trois sœurs
Les trois clés
Magie irlandaise
Trois rêves
Quatre saisons de fiançailles

NORA ROBERTS

LES TROIS CLÉS – 2

LA QUÊTE DE DANA

Traduit de l'anglais (États-Unis)
par Julie Guinard

J'AI LU

Titre original
KEY OF KNOWLEDGE

Éditeur original
Jove Books, published by
The Berkley Pubkishing Group,
a division of Penguin Group Inc., New York

Pour Ruth et Marianne
qui sont le plus précieux cadeau : des amies.

Il faut être deux pour dire la vérité :
l'un pour la dire, l'autre pour l'entendre.

THOREAU

1

Dana Steele se considérait comme une femme ouverte et dénuée de préjugés, dotée d'une bonne dose de patience, de tolérance et d'humour.

D'aucuns auraient pu contester cet autoportrait, mais à quel titre ?

En l'espace d'un mois, sa vie avait brusquement basculé dans un territoire si étrange et si inconnu qu'elle était elle-même bien en peine d'en comprendre les méandres.

Elle suivait le mouvement sans broncher.

Elle avait bravement encaissé le choc quand Joan, la détestable directrice de la bibliothèque, avait promu sa nièce par alliance au détriment d'autres candidats plus qualifiés, plus fiables, plus compétents et incontestablement plus séduisants.

Et lorsque cette promotion totalement imméritée avait entraîné une compression d'heures – et de salaire – pour une certaine employée plus qualifiée, elle n'avait même pas réduit en bouillie la méprisable Joan et sa protégée, Sandi, ce qui témoignait d'une exquise modération de sa part.

Et le jour où son cupide propriétaire avait augmenté son loyer, exactement au moment où sa paie diminuait, au lieu de l'étrangler, elle avait fait preuve, là encore, d'un héroïque *self-control*.

Ces vertus auraient pu être leur propre récompense, mais Dana n'aurait pas dédaigné de plus tangibles bénéfices. C'est alors qu'étaient intervenus les dieux celtes. Ils avaient frappé fort. Très fort.

Malgré tout ce qu'elle avait fait et vu, malgré tout ce qui s'était passé ces quatre dernières semaines, Dana avait du mal à croire qu'elle se trouvait à présent sur la banquette arrière de la voiture de son frère, en train de remonter la route sinueuse qui menait à Warrior's Peak, comme elle l'avait fait un mois plus tôt.

Mais cette fois, il ne pleuvait pas. Cette fois, elle n'était pas seule. Et cette fois, elle savait exactement ce qui l'attendait.

Elle ouvrit son cahier et lut le résumé qu'elle avait fait de ce qu'on lui avait raconté lors de sa première visite à Warrior's Peak.

Le jeune dieu celte appelé à devenir roi tombe amoureux d'une humaine durant son séjour traditionnel dans le monde des mortels (une sorte de stage de fin d'études). Ses parents transgressent les règles et l'autorisent à amener la jeune fille derrière ce que l'on appelle le Rideau des rêves, dans le royaume des dieux.

Certains dieux l'acceptent, d'autres sont furieux. Guerres, conflits, intrigues s'ensuivent.

Le jeune dieu devient roi, fait de sa femme humaine une reine. Ils ont trois filles, des demi-déesses.

Chacune possède un talent ou un don spécifique. L'une a l'art ou la beauté, la deuxième la connaissance ou la vérité, et la troisième le courage ou la valeur.

Les sœurs grandissent, unies et heureuses, sous la surveillance d'une préceptrice et d'un guerrier. Leurs gardiens tombent amoureux l'un de l'autre, ce qui les aveugle, et ils relâchent leur vigilance.

Entre-temps, les méchants complotent. On n'aime pas trop les mortels, dans ce monde-là. Des forces ténébreuses œuvrent. Un sorcier maléfique (c.f. Joan de la bibliothèque) jette un sort sur les filles pendant que leurs gardiens se font les yeux doux : les âmes des trois sœurs sont dérobées, enfermées dans un écrin de verre, qui ne pourra être ouvert que par trois clés tournées par des mains humaines. Les dieux savent où trouver les clés, mais aucun d'eux ne peut rompre le sortilège ni libérer les âmes.

La préceptrice et le guerrier sont chassés, renvoyés de l'autre côté du Rideau des rêves, dans le monde mortel. Là, à chaque génération, naissent trois mortelles qui jouissent des moyens de découvrir les clés et de mettre un terme à la malédiction. La préceptrice et le guerrier doivent trouver ces femmes et leur proposer de chercher les clés. Elles sont libres d'accepter ou de refuser.

L'une après l'autre, elles disposent d'une phase de la lune pour trouver une des clés. Si la première échoue, tout est terminé – moyennant une pénalité : chaque mortelle perdra une année de sa vie. Si elle réussit, la deuxième continue la quête, et ainsi de suite. Un indice sibyllin (donc agaçant), la seule aide que la préceptrice et le guerrier ont le droit d'apporter aux trois femmes élues, est révélé au commencement du cycle de quatre semaines.

Si les trois clés sont trouvées, l'écrin des âmes s'ouvrira et les sœurs de verre seront libérées. Et il sera octroyé à chacune des trois femmes la coquette somme d'un million de dollars.

Jolie légende, songea Dana. Jusqu'au moment où l'on comprenait que ce n'était pas un conte, mais une réalité… et que l'on était l'une des trois femmes qui avaient les moyens d'ouvrir l'écrin des âmes.

Là, cela devenait carrément insensé.

Ajoutez à cela un dieu sorcier ténébreux appelé Kane, décidé à vous empêcher de trouver la clé et capable de vous faire voir des choses qui n'existaient pas, et toute l'affaire prenait une dimension franchement surnaturelle.

Mais l'aventure présentait des avantages. Le premier soir, Dana avait rencontré deux femmes passionnantes. Très vite, elle avait eu le sentiment de les avoir toujours connues. Elles s'entendaient si bien qu'elles s'étaient même associées pour monter une entreprise commune.

Et l'une de ses nouvelles amies s'était révélée être la femme de la vie de son frère.

Malory Price, reine de l'organisation à l'âme d'artiste, avait non seulement vaincu un sorcier vieux de quelques milliers d'années, mais avait trouvé la première clé, ouvert la serrure et rencontré l'amour. Tout cela en moins de quatre semaines.

Dana et son amie Zoé auraient du mal à rivaliser.

Heureusement, songea Dana, qu'elles deux n'étaient pas distraites par une histoire d'amour. Et qu'elle, contrairement à Zoé, n'avait pas d'enfant dont elle devait s'occuper.

Dana Steele était libre comme l'air, sans rien pour détourner son attention de son objectif. Kane n'avait qu'à bien se tenir.

Oh, elle n'avait rien contre l'amour, ni contre les hommes. Contre la plupart des hommes, du moins. Elle en avait même aimé un, autrefois. Une erreur de jeunesse. Elle avait mûri, depuis.

Jordan Hawke était certes revenu provisoirement à Pleasant Valley, quelques semaines plus tôt, mais il ne faisait plus partie de l'univers de Dana.

Dommage que son frère Flynn ait le mauvais goût d'être son ami. Enfin, elle le lui pardonnait. C'était tout à son honneur de rester fidèle à ses copains d'enfance, Jordan et Bradley Vane.

D'ailleurs, d'une façon ou d'une autre, Jordan et Brad étaient mêlés à la quête. Elle devrait le tolérer jusqu'à l'issue de cette aventure.

Flynn franchit le portail en fer forgé et s'engagea dans l'allée, et Dana admira les deux guerriers de pierre qui en flanquaient l'entrée. Grands, beaux, dangereux, songea-t-elle avec satisfaction. Comme elle les aimait.

Elle se redressa, mais garda les jambes allongées sur la banquette arrière, seule façon confortable pour elle de voyager en voiture.

Dana était une grande femme à la stature d'amazone. Elle passa les doigts dans ses cheveux bruns. Depuis que

Zoé, coiffeuse au chômage et nouvelle meilleure amie de Dana, les lui avait coupés (et y avait ajouté quelques reflets auburn), ils retombaient merveilleusement sur ses épaules. La coupe était à la fois flatteuse et pratique, ce qui l'arrangeait bien le matin, le réveil n'étant pas son moment préféré de la journée.

Ses grands yeux marron se posèrent sur la majestueuse demeure en pierre noire, entre château et manoir, qu'était Warrior's Peak. Elle s'était souvent demandé ce que cela pouvait faire de vivre là, dans cette immense maison dressée dans sa somptueuse solitude, dominant les collines au milieu de la forêt.

Son regard revint dans la voiture, vers les têtes de Flynn et de Malory. Comme ils allaient bien ensemble ! Flynn avec sa nonchalance trompeuse et ses yeux verts paresseux, Malory avec son besoin d'ordre et ses grands yeux bleus effrontés. Mal avec ses tenues élégantes et coordonnées, Flynn, qui s'estimait heureux s'il parvenait à dénicher deux chaussettes assorties. Oui, ils étaient faits l'un pour l'autre.

Dana considérait Malory comme sa sœur, désormais. Les circonstances et le destin en avaient décidé ainsi. D'ailleurs, n'était-ce pas de cette façon que Flynn était devenu son frère, tant d'années auparavant, quand le père de Dana et la mère de Flynn s'étaient mariés ?

Depuis, elle se reposait beaucoup sur lui. Dans les moments durs de la vie, ils s'épaulaient toujours. Et maintenant, chacun à sa façon, ils avaient Malory. Une jolie manière de boucler la boucle.

Elle posa les mains sur leurs épaules.

— Nous y revoilà, déclara-t-elle.

Malory se retourna et lui adressa un petit sourire.

— Tu es nerveuse ?

— Pas trop.

— Ce soir, ce sera soit ton tour, soit celui de Zoé. Tu aimerais être la prochaine ?

Dana ignora le picotement dans son ventre et haussa les épaules.

— Tout ce que je souhaite, c'est de m'y remettre. Je ne vois pas pourquoi nous devons passer par ce cérémonial. Le marché, on le connaît.

— N'oublie pas qu'on bouffe gratuitement, là-bas, intervint Flynn.

— Exact. Je me demande si Zoé est déjà arrivée.

Elle descendit de voiture dès que Flynn se fut arrêté, puis, les mains campées sur les hanches, elle étudia la maison, émerveillée, comme chaque fois.

— Tu n'es peut-être pas nerveuse, fit Malory en venant se placer à côté d'elle, mais moi, si.

— Pourquoi ? Tu as accompli ta mission.

— Cela reste un travail d'équipe.

Dana prit une profonde inspiration.

— Soyons optimistes. Prête ?

— Si tu l'es, répondit Malory en tendant la main à Flynn.

Ils avancèrent ensemble vers la large porte, qui s'ouvrit à leur approche.

Rowena se dressait dans un rai de lumière, ses magnifiques yeux verts illuminés par son sourire. Ses cheveux incandescents retombaient sur sa robe en velours saphir. Des pierres précieuses brillaient à ses oreilles, à ses poignets et à ses doigts.

— Bienvenue, dit-elle de sa voix grave et mélodieuse. Je suis si heureuse de vous voir.

Elle tendit la main à Malory, tout en se penchant pour l'embrasser sur les joues.

— Vous êtes radieuse.

— Vous aussi, comme toujours.

Rowena rit doucement et prit la main de Dana.

— Et vous… mmm, quelle jolie veste ! Mais… vous n'avez pas amené Moe ? ajouta-t-elle en regardant derrière eux.

— L'occasion ne semblait pas se prêter à la présence d'un gros chien balourd, expliqua Flynn.

— L'occasion se prête toujours à Moe. Promettez-moi de l'amener la prochaine fois.

Elle glissa son bras sous celui de Flynn.

— Venez, nous serons mieux au salon.

Ils traversèrent le vaste vestibule au sol en mosaïque et entrèrent dans l'immense salon éclairé par un grand feu et des douzaines de bougies blanches.

Pitte se tenait devant la cheminée, un verre rempli d'un liquide ambré à la main. Le guerrier du portail, songea Dana. Il était grand, ténébreux, solide, dangereusement séduisant.

Il leur adressa un salut courtois. Dana s'apprêtait à parler quand elle surprit un mouvement du coin de l'œil. Son sourire amical s'effaça aussitôt, et ses yeux se mirent à lancer des éclairs.

— Qu'est-ce qu'il fait là ?

— *Il* a été invité, répondit Jordan en levant son verre, une étincelle espiègle dans l'œil.

— Naturellement, renchérit Rowena en glissant une flûte de champagne dans la main de Dana. Pitte et moi sommes ravis de vous avoir tous ici ce soir. Je vous en prie, faites comme chez vous. Malory, racontez-moi où en sont vos projets avec la galerie.

Dana avala une gorgée de champagne en coulant un regard noir vers Jordan.

— Ton rôle est terminé, dit-elle entre ses dents.

— Possible, pas sûr. Quoi qu'il en soit, quand une femme exquise m'invite à dîner, j'accepte – en particulier s'il s'agit d'une déesse. Jolies, tes fringues, ajouta-t-il en glissant un doigt sur le revers de la veste en cuir de Dana.

— Bas les pattes, fit-elle en se dégageant d'une secousse. Et cesse de te mettre en travers de mon chemin.

— Je n'y suis pas, répliqua-t-il d'une voix calme, avant de boire une gorgée de champagne.

Même avec ses bottes à talons, Dana mesurait sept bons centimètres de moins que lui. Encore une raison de le trouver irritant. Comme Pitte, il aurait pu être l'incarnation d'un des guerriers de pierre – un mètre quatre-vingt-dix, une solide carrure et des cheveux noirs bouclés un peu trop longs qui encadraient un visage aux traits bien dessinés. Jordan avait toujours été d'un charme ravageur, avec ses yeux bleus glacés, ses sourcils noirs, son nez aquilin et sa bouche charnue.

Pire, songea Dana, il y avait un esprit agile et intelligent sous ce crâne. Et un talent qui avait fait de lui un romancier couronné de succès avant même qu'il atteigne la trentaine.

Autrefois, elle avait pensé qu'ils pourraient construire une vie, tous les deux. Mais il lui avait préféré la gloire et la fortune.

Elle ne le lui avait jamais pardonné.

— Il reste deux clés, lui rappela-t-il. S'il est important pour toi de les trouver, tu devrais être reconnaissante qu'on t'aide.

— Je n'ai pas besoin de ton aide. Sens-toi libre de rentrer à New York si ça te chante.

— Je resterai ici jusqu'au dénouement, alors tu ferais bien de t'habituer à cette idée.

Elle émit un ricanement et engloutit un canapé.

— Qu'as-tu à y gagner ?

— Tu tiens réellement à le savoir ?

— Je m'en fiche complètement. Mais j'aurais pensé que même avec ton manque de sensibilité, tu aurais compris que tu gênes nos deux tourtereaux en t'incrustant chez Flynn.

Jordan suivit son regard et vit Flynn qui, assis à côté de Malory, jouait distraitement avec une boucle blonde de sa compagne.

— Je sais rester très discret. Elle lui fait du bien, ajouta Jordan.

Quoi qu'elle pensât de Jordan, Dana ne pouvait nier qu'il aimait Flynn. Elle ravala donc un peu son amertume et en fit passer le goût avec une gorgée de champagne.

— C'est vrai. Ils se font du bien.

— Elle ne veut pas emménager chez lui.

Dana cligna des yeux.

— Il le lui a proposé ? De vivre avec lui ? Et elle a refusé ?

— Pas exactement. Mais elle a posé des conditions.

— Par exemple ?

— Des meubles dignes de ce nom dans le salon, et l'obligation de refaire la cuisine.

— Non !

Cette idée amusa Dana tout en la rendant sentimentale.

— C'est Mal tout craché, ça. Avant même qu'il ne s'en rende compte, Flynn vivra dans une maison, et non entre quatre murs remplis de caisses et de cartons.

— Il a déjà acheté de la vaisselle. Le genre qu'on lave, pas qu'on jette à la poubelle.

— Non ! fit Dana avec un sourire incrédule qui creusa des fossettes dans ses joues.

— Et des couverts qui ne sont pas en plastique.

— Mon Dieu ! Le prochain investissement, ce sera des verres à pied.

— Je le crains.

Dana éclata de rire et leva son verre dans le dos de son frère.

— Ça m'a manqué, murmura Jordan. C'est la première fois que je t'entends rire depuis mon retour.

Elle s'assombrit instantanément.

— Ça n'a rien à voir avec toi.

— Oh, je le sais bien, rassure-toi.

À cet instant, Zoé McCourt fit irruption dans la pièce, suivie de près par Bradley Vane. Elle paraissait agitée, irritée et embarrassée. Un petit elfe des bois sexy à la fin d'une mauvaise journée, songea Dana en l'observant.

— Je suis sincèrement désolée d'être en retard, dit Zoé.

Elle portait une courte robe noire ajustée aux longues manches moulantes, qui mettait merveilleusement en valeur sa gracieuse silhouette. Ses cheveux noirs et brillants étaient coupés court, avec une frange qui rehaussait ses yeux couleur d'ambre.

Derrière elle, Brad ressemblait à un prince de conte de fées en costume italien.

En les voyant ensemble, Dana se rendit compte qu'ils formaient un couple éblouissant – abstraction faite de la frustration qui émanait de Zoé et de la raideur inhabituelle de Brad.

— Ne dites donc pas de bêtises, répondit Rowena, qui venait à leur rencontre. Vous n'êtes pas en retard du tout.

— Si. J'ai eu un pépin avec ma voiture. Ils devaient s'en occuper, au garage, mais… Enfin, j'ai eu de la chance que Bradley se soit arrêté pour me prendre.

Elle ne semblait pas reconnaissante, pourtant, remarqua Dana. Plutôt furieuse.

Rowena émit quelques mots de compassion et conduisit Zoé vers une chaise, avant de lui donner une flûte de champagne.

— J'aurais sûrement pu la réparer, marmonna Zoé.

— En effet, fit Bradley en acceptant un verre avec gratitude. Mais tu aurais sali ta robe. Il aurait fallu que tu rentres te changer et tu aurais été franchement en retard, cette fois. Ce n'est tout de même pas humiliant d'accepter de te faire accompagner par quelqu'un dont tu sais qu'il se rend exactement au même endroit que toi.

— Je t'ai remercié, rétorqua Zoé, avant de respirer un grand coup. Je suis désolée, lança-t-elle à la cantonade. La journée a été difficile, et je suis très nerveuse. J'espère que je ne vous ai pas retardés ?

— Pas du tout, répondit Rowena alors qu'une domestique apparaissait sur le seuil pour annoncer que le dîner était servi. Vous voyez ? Vous arrivez juste à temps.

Ce n'était pas tous les jours que l'on dégustait un carré d'agneau chez un couple de dieux celtes, dans un château perché sur une corniche montagneuse de Pennsylvanie. Pourtant, loin d'être intimidante et formelle, l'ambiance était très conviviale dans la somptueuse salle à manger.

Les conversations allaient bon train. Voyages, littérature, musique… Avec un tact admirable, les maîtres de maison faisaient tout pour que ce dîner parût normal. Pas une seule fois le sujet de l'étape suivante de la quête ne fut abordé.

Assise entre Brad et Jordan, Dana passa le plus clair de son temps à parler à Brad, snobant son autre voisin de table.

— Qu'as-tu fait pour mettre Zoé en pétard ?

— Apparemment, j'ai respiré, soupira Brad en jetant un regard en coin à l'intéressée.

— Allons, Zoé n'est pas comme ça, insista Dana en lui donnant un petit coup de coude. Tu as essayé de la draguer ?

— Même pas, répondit-il avec amertume. Peut-être n'a-t-elle pas apprécié que je ne retrousse pas mes manches pour farfouiller dans son moteur et que je l'empêche de le faire elle-même, étant donné que nous étions tous les deux habillés pour le dîner et déjà en retard.

— Tiens, toi aussi, tu as l'air de mauvais poil.

— Je ne supporte pas qu'on me reproche d'être dominateur simplement parce que j'énonce une évidence.

Dana sourit, se pencha et lui pinça la joue.

— Mais tu l'es, mon grand, et c'est pour ça que je t'adore.

— Mmm, fit-il avec un petit sourire espiègle. Alors, comment se fait-il qu'on n'ait jamais vécu d'expérience sexuelle torride ensemble ?

— Je ne sais pas. Je vais réfléchir à la question.

Elle coupa un morceau d'agneau.

— Tu as souvent dû aller à des dîners dans des endroits classe comme ici.

— Aucun endroit ne ressemble à celui-ci.

C'était facile d'oublier que son vieux copain Brad était Bradley Charles Vane IV, héritier d'un empire du bois de construction et fondateur d'une chaîne de magasins d'équipement et d'ameublement pour la maison, HomeMakers, qui comptait parmi les premières du pays.

Néanmoins, lorsqu'elle voyait avec quelle aisance il se coulait dans ce genre d'atmosphère sophistiquée, Dana s'apercevait qu'il était devenu largement plus que son vieux copain.

— Ton père n'a pas acheté un manoir en Écosse ou je ne sais quoi, il y a quelques années ?

— Manor House, en Cornouailles. En effet, c'est un endroit étonnant. Elle ne mange presque rien, murmura-t-il en montrant discrètement Zoé du menton.

— Elle est un peu anxieuse. Moi aussi, ajouta Dana en mangeant une autre bouchée. Mais rien ne me coupe l'appétit.

Elle entendit Jordan rire, et ce son viril la fit frissonner imperceptiblement. Délibérément, elle mastiqua son morceau d'agneau.

— Absolument rien.

Elle l'ignorait presque en permanence. Et le reste du temps, elle l'agressait. Tel était le comportement de Dana à son égard.

Il aurait dû s'y habituer.

Malheureusement, cela le contrariait énormément. Que faire pour se réconcilier avec elle ?

Ils avaient été amis, autrefois. Et beaucoup plus que cela. C'était à cause de lui qu'ils étaient en froid maintenant. À lui d'assumer. Mais combien de temps était-on censé payer pour une rupture ?

Elle était magnifique, songea Jordan tandis qu'ils retournaient dans le salon boire café et cognac. Il avait toujours adoré son allure, même lorsqu'elle était une gamine trop grande pour son âge dont les joues gardaient encore les rondeurs de l'enfance.

Désormais, il n'y avait plus aucune rondeur enfantine en elle, mais des courbes. Beaucoup de courbes sculpturales.

Elle avait fait quelque chose à ses cheveux, réalisa-t-il, un truc de fille qui leur ajoutait un éclat mystérieux. Ses yeux paraissaient plus sombres, plus intenses. Seigneur, combien de fois avait-il cru se noyer dans leur profondeur chocolat ?

N'était-il pas en droit de remonter à la surface pour respirer ?

En tout cas, il était de retour, et Dana allait devoir s'y faire. Car il était bel et bien embarqué dans cette histoire de fous.

Rowena se leva. Quelque chose dans son mouvement, dans son attitude, réveilla vaguement un souvenir dans la mémoire de Jordan. Puis elle fit un pas en avant, sourit, et cette impression disparut.

— Si vous êtes prêts, nous allons commencer. Je crois qu'il est préférable de nous rendre dans le petit salon.

— Je suis prête, déclara Dana.

Elle se leva, puis regarda Zoé.

— Et toi ?

— Oui.

Zoé, un peu pâle, serra la main de Dana.

— La première fois, je me répétais : « Pourvu que ce ne soit pas moi », mais maintenant, je ne sais plus.

— Moi non plus.

Ils traversèrent le vestibule et pénétrèrent dans le petit salon. Le tableau happa Jordan, comme la première fois qu'il l'avait vu. Il avait alors été hypnotisé par les couleurs, leur éclat, la joie et la beauté du sujet et de l'exécution. Il se rappelait encore le choc qu'il avait éprouvé en reconnaissant le corps de Dana, son visage et ses yeux qui le contemplaient du haut de la toile.

Les Sœurs de verre.

Il connaissait leur nom, maintenant : Niniane, Venora, Kyna. Mais c'étaient Dana, Malory et Zoé qu'il voyait dans le tableau, nimbées de soleil, au milieu des fleurs.

Quelques instants après cette pause sereine et joyeuse fixée sur la toile, les âmes des trois sœurs avaient été volées et enfermées dans un écrin de cristal.

Pitte prit un coffret en bois marqueté et en souleva le couvercle.

— Il y a deux disques à l'intérieur. Sur l'un des deux est gravé l'emblème de la clé. Celle qui le choisira sera chargée de trouver la deuxième clé.

— On fait comme la dernière fois ? fit Zoé en serrant la main de Dana. On regarde en même temps ?

— D'accord.

Dana prit une lente inspiration pendant que Malory venait poser une main sur son épaule, puis l'autre sur celle de Zoé.

— Tu veux choisir d'abord ?

— Pourquoi pas ?

Zoé ferma les yeux et saisit un disque. Les yeux ouverts, fixés sur le tableau, Dana prit l'autre. Puis, ensemble, elles regardèrent leur disque.

— Eh bien… fit Zoé. On dirait que ce n'est pas encore mon tour.

Dana effleura du pouce la clé gravée sur son disque.

— Bon. C'est moi qui prends le relais, alors.

Ses jambes tremblaient. Quatre semaines. C'était le délai dont elle disposait, de la nouvelle lune à la suivante, pour accomplir sinon l'impossible, du moins le fantastique.

— J'ai droit à un indice, n'est-ce pas ?

— En effet.

Rowena prit un parchemin et lut :

— Tu connais le passé et cherches l'avenir. La trame de la vie est faite de ce qui était, de ce qui est et de ce qui sera. À la beauté est associée la dégradation, à la connaissance l'ignorance, et au courage la lâcheté. Sans son contraire, toute chose est amoindrie. Pour discerner la clé, l'esprit doit reconnaître le cœur, et le cœur célébrer l'esprit. Trouve ta vérité dans les mensonges, et ce qui est réel dans les fantasmes. Là où marche une déesse, une autre attend, et les rêves ne sont que des souvenirs en puissance.

Dana prit son verre et but une longue gorgée de cognac pour dénouer les nœuds dans son estomac.

— Un jeu d'enfant, dit-elle.

2

— *McDonald's* a lancé le Big Mac en 1968.

Dana pivota sur sa chaise devant le bureau de documentation de la bibliothèque.

— J'en suis certaine, monsieur Hertz, poursuivit-elle. En 1969, cela faisait déjà un an que la sauce secrète était en circulation. Apparemment, M. Foy vous a eu sur ce coup, hein ?

Elle rit et secoua la tête.

— Vous aurez peut-être plus de chance demain.

Elle raccrocha et nota scrupuleusement sur sa feuille de scores le vainqueur du pari quotidien Hertz/Foy.

Le mois précédent, M. Hertz avait coiffé M. Foy au poteau. Ce mois-ci, ils étaient au coude-à-coude, tout était encore possible. Dana avait pour tâche de proclamer cérémonieusement chaque mois le nom du vainqueur et d'annoncer, non moins pompeusement, qui était le grand champion à la fin de l'année. Et qui offrait à l'autre, par la même occasion, le dîner tant convoité au *Mountain View Inn*.

Cette petite compétition entre les deux hommes durait depuis près de vingt ans. Dana l'arbitrait depuis qu'elle avait commencé à travailler à la bibliothèque de Pleasant Valley, toute fraîche émoulue de l'université.

Ce rituel lui manquerait, quand elle démissionnerait de la bibliothèque. Elle aurait déjà dû donner son préavis de quinze jours. Elle ne travaillait plus que vingt-cinq heures par semaine, mais elle pouvait mettre ce temps à profit autrement.

Deux mois plus tard, elle ouvrirait sa propre librairie au sein de Complaisance, l'entreprise qu'elle démarrait en commun avec Zoé et Malory. Elle devait passer des commandes et finir d'organiser et de décorer son espace dans la maison qu'elles avaient achetée.

Elle avait effectué toutes les démarches administratives et voyait très bien comment cela se présentait : elle servirait du thé l'après-midi, du vin le soir. Plus tard, elle organiserait de petits événements culturels – lectures, signatures, débats.

C'était une chose dont Dana avait toujours rêvé, mais dont elle ne s'était jamais vraiment crue capable.

Sans doute Rowena et Pitte l'avaient-ils largement aidée à sauter le pas. Non seulement en lui donnant – ainsi qu'à ses deux amies – vingt-cinq mille dollars au début de la quête, mais aussi en lui faisant rencontrer Malory et Zoé.

Le soir où elles s'étaient réunies pour la première fois à Warrior's Peak, chacune se trouvait à un carrefour de sa vie. C'était ensemble qu'elles avaient négocié le virage et choisi la route à suivre.

Quant à la clé... il avait fallu près de quatre semaines à Malory pour trouver la première, au prix de véritables épreuves.

Toutefois, elles en savaient désormais beaucoup plus. Elles connaissaient leur adversaire, les enjeux. Mais savoir d'où venaient les clés et qui s'acharnait à les empêcher de les trouver ne garantissait en rien le succès.

Dana ferma les yeux et réfléchit à l'indice donné par Rowena. Le passé, le présent, l'avenir... « Tu parles d'une aide ! » songea-t-elle.

La connaissance, naturellement. Mensonges et vérités. Le cœur et l'esprit. Là où marchait une déesse.

Il y avait une déesse chantante, dans l'indice de Malory. Et Malory, qui aimait l'art et rêvait d'être une artiste, avait découvert sa clé dans un tableau.

Si les étapes suivantes obéissaient à la même logique, Dana, la dévoreuse de littérature, trouverait sa clé dans un univers de livres.

— Vous avez du sommeil en retard, Dana ?

Elle rouvrit brutalement les yeux et se retrouva face au visage réprobateur de Joan.

— Non, je me concentre.

— Si vous n'avez rien de mieux à faire, vous pouvez aider Marilyn au tri.

Dana plaqua un sourire sur son visage.

— Avec plaisir. Dois-je demander à Sandi de me remplacer à la documentation ?

— Vous n'avez pas l'air débordée par les demandes.

« Et vous n'avez pas l'air débordée non plus, songea Dana, puisque vous avez le temps de venir m'espionner. »

À cet instant, une femme se présenta au bureau, la main sur le bras d'un jeune garçon d'une douzaine d'années. On aurait dit Flynn tenant Moe en laisse : avec l'espoir de le maîtriser, tout en sachant qu'il attendait la première occasion pour filer.

— Je me demandais si vous pouviez nous aider. Mon fils a un devoir à rendre... pour demain, ajouta-t-elle avec une telle emphase que le garçon rentra la tête dans les épaules. Sur le Congrès continental. Pourriez-vous nous indiquer les ouvrages qui lui seraient le plus utiles ?

— Bien sûr.

Pareil à un caméléon, le visage pincé de Joan se fit tout sourire.

— Je vais vous montrer plusieurs ouvrages de référence de notre rayon histoire.

— Excusez-moi. Tu es en cinquième ? Tu as Mme Janesburg en histoire américaine ?

La moue du garçon s'accentua.

— Oui.

— Je sais exactement ce qu'elle veut. En y consacrant deux bonnes heures, tu peux lui rendre un devoir parfait.

— Vraiment ?

La mère posa une main sur celle de Dana.

— Ce serait un miracle.

— J'ai eu Mme Janesburg en histoire américaine et en histoire du monde, fit Dana avec un clin d'œil au garçon. Je la connais par cœur.

— Je vous laisse entre les mains compétentes de Mlle Steele, fit Joan, les dents serrées mais son sourire toujours en place.

Dana se pencha vers l'adolescent et lui chuchota :

— Est-ce qu'elle a toujours la larme à l'œil quand elle débite le baratin de Patrick Henry : « Donnez-moi la liberté » ?

Le visage du garçon s'éclaira considérablement.

— Oui. Elle a même dû s'interrompre pour se moucher.

— On ne se refait pas.

Quinze minutes plus tard, tandis que l'adolescent sortait avec ses livres sous le bras et une carte de bibliothèque toute neuve, sa mère s'arrêta devant le bureau de Dana.

— Encore merci. Je m'appelle Joanne Reardon, et vous venez de sauver la vie de mon fils.

— Mme Janesburg est sévère, mais elle ne l'aurait pas tué, plaisanta Dana.

— Elle non, mais moi oui. Maintenant, Matt est tout excité à l'idée de faire son exposé, ne serait-ce que pour damer le pion à sa prof.

— Tout ce qui peut le motiver…

— C'est exactement mon opinion. Quoi qu'il en soit, j'apprécie beaucoup votre aide. Vous faites merveilleusement bien votre boulot.

— Merci. Bonne chance.

Elle faisait merveilleusement bien son boulot. Et cette peste de Joan et sa nièce aux sourires obséquieux allaient regretter de ne plus avoir Dana Steele à asticoter.

Dana rangea son bureau, rassembla les quelques ouvrages qu'elle avait choisis et prit sa mallette en cuir. Cette petite routine lui manquerait aussi, songea-t-elle. Ainsi que le retour à pied à la maison.

L'automne tapissait les arbres de teintes éclatantes. À l'arrière-plan, les montagnes se dressaient tel un somptueux tableau peint par les dieux.

La grande horloge sur la place de l'église indiquait 16 h 05. Sans Joan, songea-t-elle avec ressentiment, elle serait sortie deux heures et demie plus tard. Eh bien, tant pis, elle profiterait de sa liberté pour apprécier cet après-midi ensoleillé. Les journées raccourcissaient, mais il faisait encore assez beau pour savourer le soleil.

— Salut, Trognon. Je peux t'aider ?

Sa petite bulle de contentement éclata. Jordan lui avait déjà pris les livres des mains et les glissait sous son bras.

— Rends-moi ça.

— Ça ne me dérange pas de les porter. Magnifique journée, hein ? J'adore l'automne à Pleasant Valley.

Furieuse que les paroles de Jordan reflètent exactement ses pensées, elle rétorqua :

— Je croyais que c'était *Automne à New York*, le titre.

— Ah ah, elle est bonne.

Il inclina la pile de livres pour lire la tranche. Un ouvrage sur les légendes celtes, un autre sur le yoga, et le dernier roman de Stephen King.

— Le yoga ?

Cela lui ressemblait bien, de fondre sur la seule chose susceptible de l'embarrasser.

— Et alors ?

— Rien. J'ai juste du mal à t'imaginer dans la position de la libellule ou je ne sais quoi. Encore que... ajouta-t-il en plissant les yeux avec un petit sourire espiègle.

— Tu n'as rien de mieux à faire que de rôder autour de la bibliothèque pour m'importuner ?

— Je ne rôdais pas et, porter tes livres, ce n'est pas t'importuner.

Il régla son pas sur celui de Dana avec l'aisance née d'une longue familiarité.

— Ce n'est pas la première fois que je te raccompagne chez toi.

— Bizarrement, j'ai réussi à trouver mon chemin sans toi ces dernières années.

— Tu as réussi beaucoup de choses, même. Comment va ton père ?

Dana ravala une remarque acerbe, car elle savait que Jordan avait posé la question par réel intérêt. Joe Steele et Jordan Hawke s'entendaient à merveille.

— Il se remet bien. Ce déménagement dans l'Arizona, c'était exactement ce qu'il lui fallait. Liz et lui habitent dans un joli coin, ils se sont créé une chouette vie. Il s'est mis à la pâtisserie.

— La pâtisserie ? Joe fait des gâteaux ?

— Et des brioches, et son propre pain.

Elle ne put s'empêcher de sourire. La pensée de son père, le grand Joe macho, en tablier de pâtissier l'amusait toujours.

— J'ai droit à mon colis tous les deux mois. Les premières productions ont été très pratiques pour caler les portes, mais depuis un an ou deux, il s'est amélioré. Il est même plutôt doué.

— Transmets-lui mes amitiés à l'occasion.

Elle haussa les épaules, peu désireuse de mentionner le nom de Jordan Hawke, sauf pour le maudire.

— Et voilà, fin de la balade, dit-elle devant la porte de son immeuble.

— J'aimerais bien entrer.

— Jamais.

Elle voulut reprendre ses livres, mais il les hissa hors de portée.

— Arrête tout de suite, Jordan, on n'a plus dix ans.

— Il faut qu'on parle.

— Non.

— Si. Écoute, Dana, on a une histoire à régler. Gérons ça en adultes.

Cet abruti la traitait d'immature, maintenant ?

— Je vais te dire de quelle façon on va gérer ça : rends-moi mes bouquins et disparais.

— As-tu écouté ce qu'a dit Rowena hier soir ? Y as-tu prêté un peu attention ? Ton passé, ton présent, ton avenir. Je fais partie de ton passé, ainsi que de cette aventure.

— Et tu resteras dans mon passé. J'ai gâché deux ans de ma vie avec toi, Jordan. Ton énorme ego ne peut-il pas admettre que j'en ai fini avec toi ? J'ai largement dépassé cet épisode.

— Il ne s'agit pas de mon ego, Dana, répondit-il en lui rendant les livres. Mais à mon avis, il s'agit bel et bien du tien. Tu sais où me trouver quand tu seras prête.

— Je n'ai aucune envie de te trouver, murmura-t-elle alors qu'il s'éloignait.

Cela ne lui ressemblait pas d'abandonner une dispute. Elle avait vu la colère sur son visage, l'avait entendue dans sa voix. Depuis quand se maîtrisait-il ? Elle était pourtant remontée à bloc, toutes griffes dehors. Quelle frustration !

Elle rentra chez elle, posa les livres sur la table de la cuisine et se dirigea directement vers le bac de crème glacée dans le congélateur.

— Quel salaud ! C'est à cause de lui que j'avale toutes ces calories. Mmm, que c'est bon…

Apaisée, elle s'installa dans son fauteuil préféré avec le livre sur la mythologie celte. Depuis un mois, elle avait lu d'innombrables ouvrages sur le sujet. Mais lire était aussi bienvenu que l'avait été la glace, et aussi essentiel à sa vie que respirer.

Dana vivait entourée de livres. C'était sa raison d'être. Non seulement ils lui apprenaient beaucoup, mais ils lui apportaient distraction, réconfort, et même équilibre mental. Sans parler de la décoration bohème qu'ils représentaient. Des quantités de livres étaient entassées absolument partout, mais elle était capable de dénicher n'importe quel titre dans n'importe quelle pièce de son appartement.

Absorbée par les vies, les amours, les guerres et les divers griefs des divinités celtes, elle sursauta en entendant frapper à la porte. Elle revint à la réalité en clignant des yeux et remarqua que le soleil s'était couché.

C'était Malory.

— Quoi de neuf ?

— Je suis juste passée voir ce que tu faisais de beau avant de rentrer à la maison. Toute la journée, j'ai discuté avec des artisans et des artistes de la région. Je crois que ça me fait une bonne base pour les futures expos à la galerie.

— Impeccable. Tu n'as rien à manger, par hasard ? Je meurs de faim.

— Un paquet de chewing-gums.

— Un peu léger, commenta Dana. Je vais fouiller dans mes placards. Tu as faim ?

— Non, mais ne te gêne pas pour moi, dit Malory en la suivant dans la cuisine. Bon. Qu'est-ce qu'on peut faire pour toi, Zoé et moi ? As-tu une idée de génie ?

— Une idée, oui. De génie, je ne sais pas. Des pâtes, quelle chance !

Dana sortit du réfrigérateur un reste de spaghettis.

— Tu en veux ?

— Non, merci.

— J'ai du cabernet.

— Là, je t'accompagne, déclara Malory en prenant deux verres dans un placard, parfaitement à l'aise dans la cuisine de son amie. Alors, cette idée ?

— Les livres. Tu sais, cette histoire de connaissance. Et le passé, le présent, l'avenir. S'il s'agit des miens, toutes les réponses figurent dans les livres, expliqua Dana en prenant une fourchette et en mangeant directement les pâtes dans le bol. Reste à savoir quels livres, ou quel genre de livres.

— Tu ne les réchauffes pas ?

— Hein ?

Perplexe, Dana baissa les yeux vers son bol.

— Pourquoi ?

— Oh, pour rien.

Malory tendit un verre de vin à Dana, puis prit le sien et vint s'asseoir à côté d'elle.

— Un ou plusieurs livres, c'est plausible. Et puis, ça te donne une direction. Mais rien que pour examiner ce que tu possèdes ici, ajouta-t-elle en promenant son regard autour d'elle, il faudrait des semaines. Sans parler du reste – la bibliothèque, la librairie de la galerie commerciale, etc.

— Et même si j'ai raison, ça ne signifie pas que la clé se trouve littéralement dans un livre. Cela peut être une métaphore, ou bien quelque chose que je lirais qui m'enverrait sur la piste de la clé.

Dana haussa les épaules.

— Je t'avais dit que c'était loin d'être une idée de génie.

— C'est un bon point de départ. Passé, présent, avenir, répéta Malory en faisant la moue. Ça en couvre, du terrain.

— En littérature, ça donne historique, contemporain, science-fiction.

— Et s'il s'agissait d'une approche plus personnelle, comme dans mon cas ? suggéra Malory en se penchant en avant. Mon cheminement vers la clé était associé à Flynn, à mes sentiments pour lui, à mes objectifs. Les expériences que j'ai vécues, car on ne peut pas appeler cela des rêves, touchaient à ce qui m'était le plus intime.

— Et elles étaient terrifiantes. Je le sais, Mal. Et tu as tout surmonté. Moi aussi, j'y arriverai. Peut-être est-ce personnel, en effet. Un livre qui revêtirait une signification particulière pour moi, par exemple.

Songeuse, elle scruta la cuisine en reprenant sa fourchette.

— Là aussi, les possibilités sont immenses.

— Je pensais à autre chose. À Jordan.

— Je ne vois pas ce qu'il vient faire là-dedans. Je l'admets, poursuivit-elle alors que Malory ouvrait la bouche, il était concerné par le premier épisode, comme Brad, à cause des tableaux de Rowena qu'ils avaient achetés. Et il y avait aussi son amitié avec Flynn qui le reliait à toi.

— Et à toi, Dana.

— Plus à moi, non, répondit Dana en entortillant un spaghetti autour de sa fourchette.

En voyant son expression butée, Malory n'insista pas.

— Bon. Alors, par exemple, quel est le premier livre que tu as lu, qui t'a interpellée et qui a fait de toi une lectrice ? Ou ton premier choc de lecture en tant qu'adulte ?

— Je ne pense pas qu'on trouve la clé de l'écrin des âmes dans *Le Vilain Petit Canard*.

Dana contempla son vin un moment, puis en but une gorgée.

— Il m'a larguée. J'ai tourné la page.

Retour à Jordan, songea Malory en hochant la tête.

— D'accord.

— Ça ne veut pas dire que je ne le déteste pas avec une passion rare et magnifique, mais mon existence ne tourne pas autour de lui. Ces sept dernières années, je l'ai vu deux ou trois fois à tout casser. J'ai ma vie, il a la sienne, et elles ne se croisent plus, voilà. Il se trouve juste qu'il est le copain de Flynn.

— Tu l'aimais ?

— Oui. C'était l'amour de ma vie. Le salaud.

— Dana…

— Hé, ce n'est pas si tragique.

Il fallait qu'elle se souvienne de cela : une rupture, ce n'était pas la fin du monde.

— Quand mon père s'est marié avec la mère de Flynn, Flynn et moi, on s'est tout de suite entendus comme larrons en foire. Flynn, Jordan et Brad étaient inséparables, et du coup, j'avais les trois.

« Tu les as toujours », faillit dire Malory.

— Jordan et moi, on était copains. Comme on lisait beaucoup tous les deux, ça nous rapprochait encore plus. Puis on a grandi, et les choses ont changé.

Dana se leva et alla chercher la bouteille de vin.

— Il est parti à la fac, il a obtenu une bourse partielle pour l'université de Pennsylvanie, et sa mère et lui ont travaillé comme des bêtes pour gagner le reste des frais de scolarité. Sa mère était formidable. Zoé me fait un peu penser à elle. Elle avait une énergie incroyable.

— Elle est morte jeune, non ?

— Oui, elle n'avait pas cinquante ans. C'est horrible ce qu'on a enduré. Ce que Jordan a enduré. À la fin, on campait presque tous à l'hôpital. Enfin, ajouta-t-elle avec un frisson, je voulais dire que Zoé a le même profil qu'elle. C'est le genre de femme qui sait quoi faire et comment le faire et qui ne passe pas son temps à se plaindre, tout en réussissant à aimer son gosse et sa vie. Jordan et sa mère étaient très proches, d'autant que son père n'a jamais fait partie du tableau.

— Ça a dû être très dur, pour lui, l'absence de son père.

— Ça aurait pu, mais sa mère assurait vraiment. Elle comblait tous les manques.

— Tu l'aimais beaucoup, n'est-ce pas ? demanda Malory.

— Je l'adorais. Tout le monde l'adorait.

Dana entama son deuxième verre de vin.

— Quoi qu'il en soit, notre Hawke est allé à la fac et a trouvé deux jobs à mi-temps pour couvrir ses dépenses diverses. On ne l'a pas beaucoup vu, la première année. Il revenait l'été, travaillait au garage Tony. Il s'y connaît bien en mécanique. Cinq ans plus tard, il a obtenu son doctorat. Peu après, il a fait publier un recueil de nouvelles. Puis il est revenu à Pleasant Valley.

Elle poussa un long soupir.

— Seigneur ! Au premier regard entre nous, ça a été comme si deux bombes explosaient. Je me disais : « Mais qu'est-ce qui se passe ? C'est mon vieux pote

Jordan, je ne suis pas censée avoir envie de planter mes dents dans mon copain d'enfance ! »

Elle rit.

— Plus tard, il m'a raconté qu'il avait eu exactement la même réaction – « Hé là, c'est la petite sœur de Flynn, pas touche. » Alors, on a dansotté autour de ces bombes pendant un mois ou deux. On était soit très fielleux l'un envers l'autre, soit excessivement polis.

— Et ensuite ? demanda Malory, comme Dana s'interrompait.

— Un soir, Jordan est passé à la maison. Flynn était sorti, nos parents aussi. Je me suis disputée avec lui. Il fallait que j'ouvre la soupape, j'étais sur le point d'imploser. Deux secondes plus tard, on se culbutait sur le tapis du salon. On avait l'impression qu'on ne serait jamais rassasiés. Je n'avais jamais connu ça avant, et je ne l'ai jamais ressenti depuis. Cette avidité désespérée... c'était incroyable. Imagine notre détresse, une fois la frénésie retombée, quand on s'est retrouvés tous les deux à poil sur le joli tapis d'Orient de Liz et Joe.

— Qu'est-ce que vous avez fait ?

— Si je me souviens bien, on est restés pétrifiés une minute, à se regarder. Deux survivants d'un tir d'artillerie. Puis on a piqué un fou rire, avant de se jeter de nouveau l'un sur l'autre.

Elle leva son verre et fit mine de porter un toast.

— Donc, on a commencé à sortir ensemble. Jordan et Dana, Dana et Jordan. Ça ne formait plus qu'un mot.

Seigneur, comme cela lui manquait ! songea-t-elle. Elle n'avait retrouvé ce lien intime avec aucun homme.

— Personne ne m'a jamais fait rire comme il me faisait rire. Et il est le seul garçon à m'avoir fait pleurer. Oui, je l'aimais, ce fumier.

— Que s'est-il passé ?

— Des petits riens, des énormités. Sa mère est morte. Rien n'a jamais été aussi... aussi monstrueux que cela. Même la maladie de mon père. Cancer de l'ovaire, décelé trop tard. Les opérations, les traitements, les prières, rien n'a marché. La mort d'un proche, c'est dur, dit-elle doucement. Le regarder s'éteindre à petit feu, c'est insoutenable.

— Je ne peux pas l'imaginer, murmura Malory, dont les yeux s'embuèrent. Je n'ai jamais perdu personne.

— Moi, je ne me rappelle pas la mort de ma mère. J'étais trop jeune. Mais chaque jour, je repense à la mort de Mme Hawke. Peut-être que ça a cassé quelque chose chez Jordan. Je n'en sais rien. Il n'a jamais voulu se livrer. Après sa mort, il a vendu sa petite maison, les meubles, tout. Et il a pris de la distance, il m'a quittée et est parti à New York devenir riche et célèbre.

— Ça n'a pas été aussi brutal que ça, si ?

— J'exagère un peu. Mais c'est le sentiment que j'ai eu. Il disait qu'il devait partir. Qu'il avait besoin d'une chose qu'il ne trouvait pas ici. Qu'il devait écrire et, pour cela, quitter Pleasant Valley. Alors, il est parti, comme si nos deux années de passion n'avaient été qu'un petit interlude dans sa vie.

Elle se resservit du vin.

— Je les maudis, lui et ses best-sellers.

— Tu n'as sans doute pas envie de l'entendre, du moins pas pour l'instant, mais le mieux pour toi serait probablement de résoudre ça avec lui.

— Résoudre quoi ?

— Dana, fit Malory en posant les mains sur celles de son amie. Tu es toujours amoureuse.

Dana tressaillit.

— Jamais de la vie ! Je m'en suis remise. J'ai eu des amants, j'ai une carrière. Bon, d'accord, elle part en morceaux en ce moment, mais avec ce projet de librairie, le phénix va renaître de ses cendres.

Elle se tut en constatant que les mots se bousculaient dans sa bouche.

— Jordan Hawke, c'est fini pour moi, conclut-elle plus calmement. Ce n'est pas parce que c'était mon premier amour que ce doit être le dernier. Plutôt m'enfoncer un tison dans l'œil que lui faire ce plaisir.

Malory émit un petit rire et pressa les mains de Dana avant de les relâcher.

— Justement, c'est pour ça que je sais que tu es toujours amoureuse de lui. Et puis, ça se voit à ton visage dès que tu parles de ce que vous avez vécu ensemble.

C'était consternant. Comment diable son expression avait-elle pu la trahir ?

— Le vin m'a rendue sentimentale. Ça ne veut pas dire...

— Ça veut dire ce que ça veut dire, coupa vivement Malory. C'est une chose à laquelle tu devrais réfléchir sérieusement, Dana. Car, d'une manière ou d'une autre, Jordan fait partie de ta vie, et il fait partie de cette quête.

— Si c'est le cas, je gérerai ça. Il y a trop de choses en jeu pour que je me déballonne avant même d'avoir débuté.

— Je préfère cette attitude. Bon, il faut que je rentre, maintenant.

Malory se leva et posa une main réconfortante sur les cheveux de Dana.

— Quels que soient tes états d'âme, tu peux me les confier. Et à Zoé aussi. Et si tu as juste besoin que quelqu'un soit là quand tu n'as rien à dire, il te suffit d'appeler.

Dana hocha la tête et la raccompagna à la porte.

— Mal ? Quand il est parti, j'ai eu l'impression qu'on me creusait un trou dans le cœur. Un trou dans la vie de quelqu'un, ça devrait suffire, non ?

— Sûrement. À demain.

3

Les chances de dénicher une clé magique dans l'un des milliers de livres de la bibliothèque de Pleasant Valley étaient minces. Mais elle pouvait toujours essayer.

De toute façon, Dana adorait circuler parmi les rangées de livres. Elle entendait presque le susurrement des mots qui s'échappaient des ouvrages, toutes ces voix de gens qui peuplaient des mondes fantastiques ou ordinaires.

Peut-être lui suffirait-il de poser une main sur un livre pour ressentir quelque chose, un picotement, une chaleur, un signe…

Rien de tel ne se produisit dans les rayonnages consacrés à la mythologie. Aucun fourmillement non plus au rayon des civilisations antiques. Le passé. Les sœurs de verre étaient issues des anciens. Mais qui ne l'était pas ?

Elle ouvrit un volume sur les alignements de pierres qui l'emmena bientôt sur la lande battue par les vents, au clair de lune. Les druides, les incantations, le souffle des dieux…

— Tiens, Dana. Je ne savais pas que tu avais pris ta journée, aujourd'hui.

Les mâchoires aussitôt crispées, Dana leva les yeux de son livre vers le visage exagérément enjoué de Sandi.

— Je n'ai pas pris ma journée. Je range les rayons.

— Ah, bon ?

Les grands yeux bleus de Sandi s'agrandirent, ses longs cils dorés battirent.

— J'avais l'impression que tu lisais. Alors, je me suis dit que tu ne travaillais pas aujourd'hui, que tu t'occupais de recherches personnelles. Tu en fais beaucoup, ces derniers temps, non ? Tu te lances enfin dans ton doctorat ?

Avec un mouvement d'humeur, Dana remit le volume en place.

— Tu as eu ta promotion et ton augmentation, alors quel est ton problème, Sandi ?

— Mon problème ? Je n'ai pas de problème. Nous savons tous qu'il est interdit de lire ici. Mais je suis sûre que j'ai seulement eu l'impression que tu lisais au lieu de travailler.

— Il n'y a rien à faire au bureau, répliqua Dana.

Et tant qu'elle y était, elle ajouta :

— Tu passes un paquet de temps à t'occuper de ce que je fais, à me surveiller en douce. Tu m'épies même quand je parle à un client.

Le sourire de Sandi vira au rictus.

— Je ne t'épie absolument pas.

— Mon œil ! fit Dana d'un ton calme et aimable. Tu es constamment sur mes talons, depuis des semaines. Tu as eu la promotion, j'ai eu la réduction de travail. Mais tu n'es pas mon patron. Alors, va te faire voir.

Ce ne fut pas aussi satisfaisant que de lui couper sa queue-de-cheval, comme elle aurait adoré le faire, mais Dana prit un grand plaisir à s'éloigner tranquillement, laissant Sandi fulminer derrière elle.

Elle retourna à son bureau et aida deux usagers avec une telle bonne humeur qu'ils s'en allèrent enchantés.

Peu après, Sandi se dirigea vers elle d'un pas tout militaire.

— Puis-je quelque chose pour toi, Sandi ?

— Joan demande à te voir là-haut.

Sandi leva le menton et ajouta :

— Immédiatement.

— J'y vais, répondit Dana en se levant. Je parie que tu n'avais qu'une amie à l'école et qu'elle était aussi odieuse que toi.

Devant la porte de Joan, Dana inspira profondément et redressa les épaules. Elle avait l'impression d'être une écolière prise en faute, mais elle refusait de le montrer.

Elle frappa vivement, puis ouvrit la porte sans attendre de réponse.

— Vous vouliez me voir ?

Joan s'adossa à sa chaise. Ses cheveux poivre et sel étaient attachés sur sa nuque en un chignon sévère.

Elle avait l'air ratatinée et sinistre, songea Dana. Le cliché même de la vieille fille qui dégoûtait les enfants d'aller à la bibliothèque. Sa bouche étant déjà figée en une moue réprobatrice, Dana ne s'attendait pas à un entretien plaisant.

— Fermez la porte, je vous prie. Il semblerait, Dana, que vous ayez encore du mal à vous adapter aux nouvelles règles et au nouveau protocole que j'ai mis en place.

— Oh, je vois. Sandi a foncé rapporter que je lisais un livre. Le pire crime qu'on puisse commettre dans une bibliothèque publique.

— Votre agressivité n'est que l'un des problèmes auxquels nous avons à faire face.

— Je n'ai pas l'intention de me justifier d'avoir lu quelques pages d'un livre pendant que je travaillais sur les rayonnages. Une partie de ma fonction consiste à me tenir informée. Il ne s'agit pas seulement d'orienter les usagers vers tel ou tel rayon et leur souhaiter bonne chance. Je fais mon travail, Joan, et la directrice précédente s'en était toujours montrée satisfaite.

— Je ne suis pas la directrice précédente.

— En effet. À peine ici depuis six semaines, vous réduisez mes heures et celles de deux autres employés qui travaillent ici depuis longtemps, vous diminuez notre salaire, et votre nièce obtient une promotion et une augmentation.

— J'ai été engagée pour sortir cette institution de son déclin financier, et je m'y emploie. Je n'ai pas à justifier mes choix administratifs.

— Aucunement. Vous ne m'aimez pas, et c'est réciproque. Mais rien ne m'oblige à aimer les gens avec qui ou pour qui je travaille. Cela ne m'empêche pas de faire mon travail.

— Votre travail consiste à vous plier aux règles, pas à passer ou à recevoir des coups de fil personnels, déclara Joan en ouvrant un dossier. Ni à papoter vingt minutes avec un client au détriment de vos tâches.

— Une seconde ! s'exclama Dana avec colère. Sandi m'espionne, c'est ça ? Elle rédige carrément des rapports sur moi ?

Joan referma le dossier.

— Vous vous flattez.

— Oh, je comprends. Je ne suis pas la seule qu'elle épie. Elle est votre taupe, chargée de guetter la moindre infraction. Certes, avant votre arrivée, cet établissement avait quelques problèmes de budget, mais c'était un endroit amical et accueillant. Maintenant, c'est devenu un lieu rébarbatif dirigé par un commandant de la Gestapo et sa fouine personnelle. Alors, je vais nous rendre un service à toutes les deux : je démissionne. Il me reste deux semaines de congé à prendre. Considérons que c'est mon préavis.

— Très bien. Posez votre lettre de démission sur mon bureau à la fin de la journée.

— Je ne compte pas attendre si longtemps.

Dana respira un grand coup.

— Je suis plus intelligente que vous, plus jeune, plus forte et plus jolie. Les usagers réguliers me connaissent et m'aiment bien. La plupart ne vous ont jamais vue, et ceux qui ont eu affaire à vous ne vous apprécient pas. Voilà pourquoi vous êtes sur mon dos depuis que vous avez repris la gestion de la bibliothèque. Je m'en vais, Joan, mais de mon propre chef. Je pense que vous prendrez bientôt la même direction, mais parce que la direction vous aura virée.

— Si vous espérez une référence…

— Allons, Joan, ne me faites pas clore cette discussion en vous disant où vous pouvez vous mettre votre référence, rétorqua Dana en tournant les talons.

Sa colère la poursuivit jusqu'en bas. Elle préférait s'en aller sans dire adieu à ses collègues, de crainte d'éclater en sanglots hystériques ou de tout saccager. Ce n'était sûrement pas la dernière fois qu'elle voyait cet endroit. Et la terre continuerait à tourner. Il s'agissait simplement d'un tournant dans sa vie.

Quand elle sentit des larmes de rage lui picoter les yeux, Dana mit ses lunettes de soleil. Pas question de s'humilier sur le trottoir. Mais en arrivant chez elle, à peine la porte refermée, elle s'écroula sur le sol de l'entrée.

— Mon Dieu, qu'ai-je fait ?

Elle n'avait plus de travail. Sa librairie ne pourrait raisonnablement pas ouvrir avant plusieurs semaines. D'ailleurs, comment savoir si elle ferait une bonne libraire ? Elle n'avait pas la fibre mercantile. Elle s'était crue préparée, mais face à la réalité brute, elle se sentait flancher. Paniquée, elle se précipita sur le téléphone.

— Zoé ? Zoé, je... Il faut que je... Mon Dieu, on peut se retrouver là-bas, dans notre maison ?

— D'accord, Dana. Que se passe-t-il ? Ça va ?

— Je viens de démissionner. Je crois que j'ai une crise d'angoisse. J'ai besoin... Tu peux te procurer les clés et demander à Malory de venir aussi ?

— Bien sûr, ne t'affole pas. Respire à fond, d'accord ? On y sera dans vingt minutes.

— OK. Merci, Zoé.

— Continue à respirer. Tu préfères que je passe te prendre ?

— Non, non. Ça ira. On se rejoint là-bas.

— Vingt minutes, répéta Zoé avant de raccrocher.

Dana était plus calme, du moins en apparence, quand elle se gara devant la jolie maison qu'elle avait achetée avec ses amies. Tout s'était passé si vite ! C'étaient Zoé et Malory qui avaient eu les grandes idées en termes d'ambiance, de couleurs et de peintures. Elles avaient déjà examiné des échantillons pour le coloris du porche et de l'entrée. Zoé avait sillonné les marchés aux puces et les vide-greniers pour dénicher des objets qu'elle avait miraculeusement métamorphosés en trésors.

Dana avait aussi des idées. Elle imaginait très bien à quoi ressemblerait sa section du rez-de-chaussée, une fois transformée en librairie-salon de thé. Ce serait confortable et accueillant. Mais elle ne visualisait pas les détails. Comment choisir les fauteuils ? Quel genre de tables conviendrait ?

Sans parler des douzaines d'autres éléments auxquels elle n'avait pas songé en s'embarquant dans cette aventure. De même qu'elle n'avait pas pensé à tout en envoyant promener Joan inconsidérément.

L'impulsivité, l'orgueil, la colère, songea-t-elle avec un soupir. Dangereuse combinaison. Mais elle devrait désormais en assumer les conséquences.

Elle descendit de voiture, l'estomac noué, et leva les yeux vers la maison. Elle l'avait adorée dès le début. C'était l'endroit idéal pour cette entreprise qu'elle montait avec Zoé et Malory. Même l'expérience terrifiante qu'elles y avaient vécue à peine une semaine plus tôt, en présence de Kane, le sorcier malfaisant, le jour où Malory avait trouvé sa clé, n'avait pas gâché le charme de ce lieu.

Dana n'avait pas peur du travail, intellectuel ou physique. Mais elle avait très peur, réalisa-t-elle, de ne pas être à la hauteur.

Elle s'assit sur une marche du porche et s'autorisa à pleurer un bon coup. Peu après, Malory se gara devant la maison, Zoé sur le siège du passager.

— Sale journée, hein ? fit Malory en s'approchant.

— Plutôt, oui. Merci d'être venues, les filles. Sincèrement.

— On a fait mieux que ça, déclara Malory en désignant Zoé et le carton de gâteaux que celle-ci tenait entre les mains.

— Mmm, fit Dana en reniflant. C'est au chocolat ?

— On est bien des filles, non ?

Zoé s'assit à côté d'elle et l'étreignit de son bras libre, puis ouvrit le carton.

— Trois gros éclairs au chocolat. Un pour chacune.

Cette fois, c'étaient des larmes d'attendrissement qui menaçaient de couler.

— Vous êtes les plus chouettes filles du monde.

— Vas-y, goûte, attends que le courage revienne, et ensuite, raconte-nous tout.

Dès qu'elle fut un peu rassérénée, Dana leur expliqua brièvement la situation.

— Je sais que c'est dur, commenta Malory, mais tu comptais démissionner dans quelques semaines, de toute façon.

— Je sais, oui… C'est juste un peu brutal. Je voyais plutôt un départ avec une fête d'adieu et une note optimiste. Et puis, même amputé, mon salaire tombait toutes les semaines.

— Avoir balancé ses quatre vérités à Joan devrait compenser ta paie. C'est une vipère et nous la détestons, affirma Zoé loyalement. Et quand Complaisance sera ouvert et que tout Pleasant Valley ne parlera plus que de ta librairie, elle se noiera dans ses larmes de jalousie.

— Tu as raison, admit Dana. Je me suis affolée, je crois. J'ai toujours travaillé dans une bibliothèque. Au lycée, à la fac, ici. Je ne sais même pas me servir d'une caisse enregistreuse.

— Je t'apprendrai, promit Zoé. Nous sommes associées.

— Je ne voudrais pas tout saboter, ni rater la quête. Mais… tout s'est passé en même temps.

Malory lui donna le dernier tiers de son éclair.

— Reprends quelques glucides. Ensuite, on se lancera dans des plans sérieux.

— J'ai deux heures devant moi, annonça Zoé. La dame de l'agence immobilière m'a dit qu'on pouvait d'ores et déjà démarrer des travaux de réfection. On pourrait repeindre le porche, à moins que vous ne craigniez que la vente soit annulée pour une raison ou une autre.

Dana engloutit l'éclair.

— D'accord, fit-elle avec plus d'enthousiasme. Allons à l'intérieur revoir les échantillons.

Après discussion, elles optèrent pour un bleu océan. Avec un porche de cette couleur, la maison se détacherait par rapport à celles du voisinage, décidèrent-elles.

Elles passèrent ensuite à la cuisine.

— Pas trop rustique, décréta Zoé. Il faut quelque chose de confortable et d'accueillant, mais sans oublier l'élégance, vous saisissez ? Donc, ni ultramoderne ou dépouillé, ni trop simple ou traditionnel.

— Cuisine campagnarde haut de gamme, résuma Malory. Pourquoi pas ce vert menthe pour les murs ? C'est une couleur jolie et douce. Et un blanc crémeux pour les placards. Dana, c'est toi qui utiliseras le plus cet endroit…

— Je vous fais confiance. Vous êtes plus douées que moi pour tout ça.

— Que diriez-vous d'avoir des plans de travail roses ? Un vieux rose assez sombre ? Et on réveillerait tout ça avec quelques œuvres d'art, ça formerait un lien avec la section galerie. On pourrait aussi ajouter quelque chose qui évoquerait un peu ce qu'a Dana dans sa cuisine, chez elle.

— Quoi ? Des chips et des cacahuètes ?

— Non, fit Malory en pouffant. Des livres, sur une jolie étagère de cuisine. Ainsi que des statuettes de ma galerie, par exemple, et quelques produits du salon de beauté, des savons et des crèmes pour les mains. Ça unifierait cet espace commun.

— Ça me plaît, répondit Dana. Je me sens déjà mieux.

— Ça va être fabuleux, fit Zoé en glissant un bras autour de sa taille.

— Bon. Notons les coloris que nous avons choisis, et je passerai prendre tout ce qu'il faut chez HomeMakers, proposa Dana.

— Je crois qu'ils font des soldes sur la peinture, la semaine prochaine, dit Zoé.

— Ah, oui ? fit Dana avec un grand sourire. Il se trouve que j'ai mes entrées chez HomeMakers. Je vais appeler Brad et lui demander une ristourne dès aujourd'hui.

Cela aidait, d'avoir un objectif. Même s'il ne s'agissait que de sept pots de peinture de cinq litres.

Si la bibliothèque était son passé, songea Dana, Complaisance ne représentait-il pas son présent ? Quant à l'avenir, comment savoir de quoi il serait fait ? Elle y réfléchirait néanmoins et tâcherait de trouver un lien avec la clé.

Brad lui avait octroyé une réduction de trente pour cent. En arpentant les larges allées de l'immense magasin, elle vérifia sa liste de fournitures. Pinceaux, rouleaux. Pourquoi ne pas essayer ce pulvérisateur ? Ce serait peut-être plus rapide. Elle s'accroupit pour l'examiner.

— À moins que tu n'envisages une carrière de peintre en bâtiment, ce truc-là risque d'être un peu encombrant à manipuler.

Jordan Hawke, songea-t-elle en sentant tressaillir un muscle de sa mâchoire.

— Tiens, Brad a eu pitié de toi et t'a donné un petit boulot ? lança-t-elle sans relever les yeux.

— J'étais dans son bureau tout à l'heure, au moment où tu lui as téléphoné. Il est retenu par un coup de fil et m'a chargé de descendre t'aider en attendant qu'il se libère.

— Je n'ai pas besoin d'aide pour choisir de la peinture.

— Si tu envisages sérieusement d'acheter ce pulvérisateur, si.

— J'y jetais juste un coup d'œil. D'ailleurs, qu'est-ce que tu y connais ? ajouta-t-elle avec une moue boudeuse.

— Assez pour savoir que si je t'en dis trop, tu l'achèteras juste pour me contrarier.

— C'est tentant, mais je résisterai.

Il se baissa et glissa une main sous son coude pour l'aider à se relever.

— Je crois que tu as déjà eu assez de problèmes pour la journée. Il paraît que tu as démissionné ?

Elle lut dans ses yeux une sympathie sincère.

— Ne me dis pas que Sandi te fait aussi son rapport ?

— Désolé, ce nom n'est pas sur ma liste d'indics.

Il lui frotta affectueusement le bras, geste qu'il avait l'habitude de faire autrefois. Ils s'en souvinrent en même temps et reculèrent d'un pas.

— Les nouvelles vont vite, Trognon. Tu sais ce que c'est, à Pleasant Valley.

— Oui, je sais ce que c'est. Je m'étonne que tu te le rappelles.

— Je me rappelle beaucoup de choses. Notamment que tu adorais ton travail à la bibliothèque.

— Pas la peine d'être gentil avec moi, déclara-t-elle en détournant les yeux pour les fixer sur le pulvérisateur. Ça me met de mauvaise humeur.

Elle se remettrait plus vite si elle était en colère ou occupée, aussi Jordan déclara-t-il :

— Comme tu veux. Bon, si je t'aidais à profiter de la promotion exceptionnelle du patron ? C'est toujours un plaisir de dépouiller Brad. Et tu pourras m'insulter à loisir. Ça te remonte le moral, en général.

— C'est vrai.

Elle fronça les sourcils et donna un petit coup de pied dans le pulvérisateur posé par terre.

— Ça n'a pas l'air si dur à manœuvrer, ce truc.

— Je vais te montrer d'autres appareils.

— Qu'est-ce que tu fais ici, d'abord, au lieu d'être chez Flynn, en train de griffonner une vieille intrigue éventée avec des personnages en carton-pâte ?

— Là, tu vois. Est-ce que tu ne te sens pas déjà mieux ?

— Je dois l'admettre.

— Nous avons ici une petite merveille, un rouleau automatique, dit-il en se dirigeant vers l'appareil que lui avait recommandé Brad. Il est petit, maniable et efficace.

— Qu'est-ce que tu en sais ?

— Ce sont les adjectifs employés par Brad. Personnellement, la seule fois où j'ai peint une pièce, j'ai utilisé un bon vieux rouleau classique et c'était... il y a bien longtemps.

Elle s'en souvenait. Il avait repeint la chambre de sa mère pendant son premier séjour à l'hôpital. Dana l'avait aidé, essentiellement en lui apportant son soutien moral. Ils avaient choisi un bleu doux et chaleureux pour les murs, afin que la pièce soit fraîche et paisible.

Trois mois plus tard, elle était morte.

— Elle a adoré, dit doucement Dana. Elle a adoré tout ce que tu as fait pour elle.

— Oui.

Le souvenir était douloureux, aussi Jordan passa-t-il à autre chose.

— Bref, Brad a ici une liste de matériel et de produits destinés à faciliter votre projet de rénovation.

— OK, dévalisons-le.

Elle devait avouer que cette expédition chez HomeMakers était plus amusante et plus intéressante en sa compagnie. C'était facile – un peu trop facile – de se rappeler qu'ils avaient jadis été amis, et même amants. Cette façon de se couler spontanément dans le même rythme, de se comprendre à demi-mot était autant le fruit de leur longue amitié que de leurs deux fulgurantes années de passion.

— C'est quoi, cette couleur appelée Insulaire ? fit Jordan en se frottant le menton, tout en consultant la liste de Dana.

— Bleu tirant sur le vert. Ou plutôt vert tirant sur le bleu, ajouta-t-elle en lui tendant l'échantillon. Tu vois ? Qu'est-ce que tu lui reproches ?

— Je ne lui reproche rien, mais ça ne m'évoque pas particulièrement une librairie.

— Il ne s'agit pas seulement d'une librairie... Zut.

Elle leva l'échantillon vers la lumière, l'abaissa, loucha, mais ne parvint pas à imaginer ce que rendrait ce coloris sur les murs de son commerce.

— C'est Malory qui l'a choisi. J'allais opter pour un blanc cassé, mais Zoé et elle m'ont sauté dessus.

— Le blanc, ça fonctionne toujours.

Dana soupira.

— Justement, elles m'ont dit que je raisonnais comme un homme. Les hommes détestent les couleurs. Ça leur fait peur.

— Là, je m'inscris en faux.

— De quelle couleur est ton salon, à New York ?

— Cela n'a strictement rien à voir.

— Je ne sais pas pourquoi, mais je ne te crois pas. Finalement, je le sens bien, cet Insulaire. Après tout, je ne m'engage pas pour la vie, ce n'est que de la peinture. Et Zoé pense que je devrais prendre Canyon et Spaghetti pour les notes de couleur.

— Marron et jaune ? Ça va être affreux, ma douce.

— Non, le Canyon est plutôt une sorte de rose soutenu. Un genre de rouge rosé tirant sur l'ocre. Et Spaghetti, c'est plus ou moins du crème.

Elle déploya les échantillons conseillés par Zoé et Malory.

— Mon Dieu, je ne sais plus, maintenant. Je crois que j'ai un peu peur de la couleur moi-même.

— Et pourtant, tu es loin d'être un homme.

— Heureusement ! Mais ces histoires de coloris me donnent mal au crâne, soupira-t-elle en se frottant les tempes. En tout cas, les filles ont calculé le nombre de bidons dont j'ai besoin. Où est ma liste ?

— Brad se demandait pourquoi Zoé ne t'accompagnait pas, dit Jordan en la lui tendant.

— Mmm ? Oh, elle devait aller retrouver Simon. Pourquoi ?

— À ton avis ?

Il regarda la liste par-dessus son épaule et constata avec étonnement que le verso de la page était noirci aussi.

— Grands dieux, il va te falloir un semi-remorque pour transporter tout ça ! Pour en revenir à Brad, il a régressé à l'âge du collège et m'a dit de te demander si Zoé t'avait parlé de lui.

— Non, mais je veux bien lui transmettre un message de sa part dans le préau demain matin.

— Je le lui dirai.

Ils choisirent peinture, fournitures et matériel, et Dana bénit Brad à la caisse, car même avec la réduction, le total la fit déglutir. Ce fut seulement dehors que l'évidence lui apparut et qu'elle posa la question fatidique :

— Mais comment tout ça va-t-il rentrer dans ma voiture ?

— Ne t'inquiète pas. Je te propose la mienne en complément.

— Tu aurais dû me mettre en garde, tout à l'heure.

— Tu t'amusais si bien, je ne voulais pas gâcher ton plaisir. Où comptes-tu stocker tout ton matériel ?

— Euh…

Stupéfaite, Dana leva les bras au ciel.

— Je n'y ai même pas réfléchi. Je crois que je me suis un peu emballée.

Cela avait été un plaisir de la regarder s'emballer, songea Jordan. Et oublier sa rancœur envers lui.

— Flynn a plein de place chez lui, suggéra-t-il.

— Tu as raison. Eh bien, c'est là-bas que cela va échouer. Il ne pourra pas refuser puisque, d'un simple battement de cils, Malory obtiendra gain de cause.

Ils se répartirent le chargement. Le trajet permit à Dana de réfléchir. Ils venaient de passer une heure ensemble sans se disputer. Peut-être parviendraient-ils à coexister pacifiquement. Tant mieux, car si Jordan faisait effectivement partie de la quête, elle aurait besoin de sa présence régulièrement d'autant qu'il était intelligent et doté d'une imagination sans bornes.

Arrivée chez Flynn, elle dut reconnaître que ce n'était pas désagréable d'avoir deux bras costauds pour l'aider à porter une cargaison qui pesait aussi lourd qu'un âne mort.

— On n'a qu'à tout entreposer dans la salle à manger, dit-elle. Il ne s'en sert jamais.

— Cela va bientôt changer, répondit Jordan. Malory nourrit de vastes projets.

— Comme d'habitude. Elle le rend heureux.

— Incontestablement, admit-il en retournant chercher la fournée suivante. Et il le mérite. Lily avait sérieusement entamé son ego.

Lily était l'ancienne fiancée de Flynn.

— Il n'y a pas que son ego qui avait souffert. Se faire larguer, c'est terrible. On souffre, on se sent trahi.

Sans rien dire, Jordan transporta le reste des fournitures dans la salle à manger. Il les posa, puis se tourna vers Dana.

— Je ne t'ai pas larguée.

Elle sentit les poils se hérisser sur ses bras.

— Je ne fais pas allusion à toi chaque fois que je dis quelque chose, répliqua-t-elle.

— Je devais partir, poursuivit-il. Tu devais rester. Tu étais encore à la fac, Dana !

— Ça ne t'a pas empêché de coucher avec moi.

— En effet. Rien n'aurait pu m'en empêcher. J'étais affamé de toi, Dana. Par moments, j'avais l'impression que je mourrais de faim si je ne te touchais pas.

Elle recula d'un pas et le toisa des pieds à la tête.

— Apparemment, tu t'es bien alimenté ces dernières années.

— Ça ne signifie pas que j'ai cessé de penser à toi. Tu représentais beaucoup pour moi.

— Va te faire voir, Jordan, rétorqua-t-elle d'une voix sourde. Tu parles de moi comme d'une paire de chaussures. Moi, je t'aimais.

Si elle lui avait donné un coup de poing en pleine figure, il n'aurait pas été plus choqué.

— Tu… tu ne me l'as jamais dit. Tu ne m'as pas dit une seule fois que tu m'aimais.

— C'était toi qui étais censé le dire en premier. C'est le garçon qui se déclare d'abord.

— C'est une règle ? demanda Jordan, qui sentait la panique lui serrer la gorge. Où est-ce marqué ?

— C'est comme ça, voilà tout, espèce de crétin. Je t'aimais, et je t'aurais attendu, ou je serais partie avec toi. Mais tu t'es contenté de me dire : « Écoute, Trognon, ça a été sympa, nous deux, mais je plie les gaules, je vais à New York. À un de ces quatre. »

— Ce n'est pas vrai, Dana. Ça ne s'est pas passé de cette façon.

— À peu de chose près, si. Personne ne m'en a jamais autant fait baver. Je ne te laisserai jamais l'occasion de recommencer. Et tu sais quoi, Hawke ? J'aurais fait de toi un homme.

Elle tourna les talons et s'éloigna.

4

Jordan appréciait la solitude. Il aimait se replier dans l'isolement de son loft de Soho. Là, le mouvement et les couleurs de la rue composaient un film qu'il pouvait regarder ou délaisser, selon son humeur.

New York l'avait sauvé, obligé à survivre, à ne dépendre que de lui. Il avait appris à aimer le bruit, l'action, la foule. Et plus il observait la ville et s'y adaptait, plus il se rendait compte qu'il était un provincial dans l'âme.

L'inspiration lui venait toute seule. Écrire n'était jamais devenu une routine, pour lui, mais restait une surprise permanente. Il s'étonnait encore de s'amuser autant... et de peiner autant. Cela s'apparentait à une liaison torride et frustrante avec une femme capricieuse, ravissante et souvent méchante.

Il adorait cela.

L'écriture l'avait arraché à sa douleur après la mort de sa mère. Elle lui avait procuré joie et amertume, ainsi qu'une grande satisfaction personnelle et une sécurité financière à laquelle il ne s'attendait absolument pas.

Les paroles de Dana résonnaient encore à ses oreilles. Il ne parvenait pas à apprécier sa solitude, ce soir, ne réussissait pas à s'y réfugier, pas plus que dans son travail. Un homme n'était jamais aussi solitaire que lorsqu'il se retrouvait submergé par son passé, songea-t-il.

Inutile de sortir marcher. Il connaissait trop de gens ici qui risquaient de l'aborder. Il ne pouvait se perdre à Pleasant Valley comme il se perdait à New York.

C'était l'une des raisons qui l'avaient poussé à s'en éloigner. Et à y revenir.

« Je t'aimais… »

Comment avait-il pu ne pas le comprendre ? Était-il donc si niais, à l'époque ? Ou elle, si réservée ?

Il sortit et prit le volant de sa Thunderbird. Il avait envie de vitesse, d'une promenade en voiture sans destination.

Pendant toutes ces années, il avait eu conscience d'avoir fait souffrir Dana. Mais il avait pensé que c'était une blessure d'amour-propre. Autrement, il aurait trouvé une façon de rompre plus en douceur… non ?

Seigneur, il l'espérait ! Ils avaient été amis. Même consumés par leur passion, ils étaient toujours restés amis. Cependant, à cette période de sa vie, il n'apportait rien de bon à personne. Il valait mieux pour Dana qu'il ait rompu.

Mais elle l'avait aimé. Il n'y pouvait plus grand-chose, à présent. À l'époque, il n'était pas prêt pour le grand amour. Avec Dana, toutes ses facultés rationnelles l'avaient déserté. Un seul regard sur elle à son retour de la fac, et ç'avait été le coup de foudre.

Terrifiant. Fascinant. Et obsédant.

Dana Steele, la sœur de son meilleur ami, avec son corps élancé aux courbes sensuelles, son franc-parler, son rire éclatant, son esprit curieux, son tempérament fougueux…

Tout en elle l'avait attiré.

Et l'attirait encore.

En la revoyant, quand elle avait ouvert la porte de la maison de Flynn et était apparue devant lui, toutes griffes dehors, le désir qu'il avait eu d'elle l'avait transpercé.

Et la haine qu'elle lui avait manifestée l'avait glacé.

S'ils parvenaient à redevenir amis, à renouer ce lien, à rétablir cette affection entre eux, peut-être pourraient-ils aller vers quelque chose d'autre.

Quoi, il l'ignorait. Mais il voulait que Dana revienne dans sa vie.

Et dans son lit.

La quête de la clé lui fournissait une occasion rêvée.

En réalisant qu'il avait roulé jusqu'à Warrior's Peak, il s'arrêta sur le bas-côté de la route et coupa le moteur. Il se rappelait avoir escaladé un soir ce haut mur de pierre avec Brad et Flynn. Ils avaient campé dans les bois, avec un pack de bières, bien qu'aucun d'eux n'ait l'âge légal pour les boire.

La maison était inoccupée, à l'époque. Gigantesque, ornementée, elle avait de quoi fasciner un trio d'adolescents et leur donner la chair de poule.

Ce soir-là, la lune était pleine et haute, et dans son souvenir s'ajoutaient quelques fioritures au spectacle déjà impressionnant du manoir qui se détachait sur le ciel nocturne. Il les avait reprises, ces fioritures, dans son premier roman.

Mais dans *L'Apparition*, il y avait un élément qu'il n'avait pas eu à imaginer. Parce qu'il s'était produit. Parce qu'il l'avait vu.

Encore maintenant, à plus de trente ans, dépourvu de sa naïveté d'adolescent, il y croyait dur comme fer.

Elle avait marché le long du parapet, sous la lune ronde et blanche, émergeant des ombres tel un fantôme, ses cheveux volant au vent, sa cape flottant derrière elle.

La nuit lui appartenait, avait-il songé alors. Elle *était* la nuit.

Elle l'avait regardé, se rappela Jordan en s'approchant de la grille en fer forgé. Il n'avait pu voir son visage, mais il avait compris qu'elle le regardait droit dans les yeux.

Il avait interprété ce regard comme une secousse destinée à le sensibiliser plus qu'à le blesser. Il sentait encore le frisson d'excitation qui l'avait parcouru. Elle l'avait regardé, car elle le connaissait.

Flynn et Brad ne l'avaient pas vue. Après avoir recouvré ses esprits, il les avait appelés, mais la silhouette avait disparu.

Cette histoire les avait délicieusement effrayés. Des années plus tard, dans son premier roman, il avait fait de cette apparition un fantôme, tout en sachant qu'elle était aussi vivante que lui.

— Qui que vous soyez, murmura-t-il, vous m'avez aidé à faire mes preuves. Merci.

Warrior's Peak faisait partie de son passé et, curieusement, il avait envie qu'il fasse aussi partie de son avenir. Il avait envisagé de l'acquérir quelques jours avant que Flynn ne le contacte pour lui parler du tableau du jeune Arthur. Il avait acheté cette peinture cinq ans plus tôt, sur un coup de tête, à la galerie où travaillait Malory à l'époque. Non seulement la toile s'était révélée être un élément majeur de la quête de Malory, mais ils avaient découvert que ce tableau avait été peint par Rowena plusieurs siècles auparavant, de même que *Les Sœurs de verre* et celui que Brad avait acheté de son côté.

New York avait rempli son rôle, pour Jordan. Il était prêt à revenir. L'appel de Flynn était tombé à pic.

Cette fois, il était de retour. Pour de bon.

Ces collines, il les voulait. Il voulait les voir exubérantes en automne, vertes en été, figées sous la neige en hiver, embrumées sous la tendre caresse du printemps.

Il voulait retrouver ses amis, aussi, partager avec eux des bières, des pizzas et ces vieilles blagues dont personne ne savait rire aussi bien qu'une bande de copains d'enfance.

Et cette satanée maison, il la voulait aussi, songea Jordan avec un lent sourire. Il la désirait autant aujourd'hui qu'à seize ans lorsque, adolescent rêveur et exalté, il avait encore le monde à explorer.

Il attendrait, verrait ce que Rowena et Pitte comptaient faire de la propriété une fois cette histoire terminée.

Warrior's Peak représentait-il son passé et son futur ?

Il repensa à l'indice donné par Rowena. Il faisait partie du passé de Dana et de son présent, que cela lui plaise ou non. Et il ferait très probablement partie de son avenir, d'une manière ou d'une autre.

Qu'avait-il à voir avec sa quête de la clé ?

Rien du tout, sans doute, mais il préférait imaginer le contraire.

Bradley Vane avait des projets, lui aussi. Zoé le déroutait totalement. Jamais aucune femme ne s'était montrée aussi hostile envers lui dès le premier regard. C'était enrageant que la première à réagir ainsi soit celle qui l'attirait autant.

Depuis trois ans, depuis qu'il était tombé en arrêt devant *Après le sortilège*, le tableau qu'il avait acheté, son visage le hantait.

La déesse qui dormait depuis trois mille ans dans un cercueil de verre avait les traits de Zoé. C'était absurde, et pourtant, Brad était fou amoureux de la dame du portrait.

La dame de la réalité lui battait froid.

Mais les Vane étaient connus pour leur ténacité et leur détermination.

— Tu es fêlé, Vane, complètement barjo.

La petite maison jaune, aux fenêtres encadrées de blanc, se dressait sur un joli terrain pimpant. Un vélo rouge était couché dans le jardin. Brad se gara devant, sortit du coffre le cadeau qui, il l'espérait, ferait tourner le vent en sa faveur et se présenta à la porte d'entrée.

Contrarié de se sentir aussi nerveux, il frappa deux coups secs. Ce fut le garçon qui vint lui ouvrir. Il ressemblait étonnamment à sa mère. Mêmes cheveux noirs, mêmes yeux fauve, mêmes jolis traits bien dessinés.

— Tu es Simon, non ? dit Brad avec un sourire qui se voulait rassurant. Je m'appelle Brad Vane, je suis un ami de ta maman. Elle est là ?

— Oui. Mais attendez ici, je n'ai pas le droit de faire entrer les inconnus.

— Pas de problème.

Le garçon lui referma la porte au nez. Telle mère, tel fils, songea Brad. Il entendit Simon crier :

— Maman ! Il y a un bonhomme à la porte. On dirait un avocat ou quelque chose comme ça.

— Mon Dieu ! soupira Brad en levant les yeux au ciel.

Quelques instants plus tard, la porte se rouvrit. L'expression de Zoé passa de la perplexité à la surprise, puis à un agacement modéré en trois étapes distinctes.

— Oh, c'est toi. Euh… que puis-je pour toi ?

— Dana est passée chercher des fournitures au magasin, tout à l'heure.

— Je sais, oui, fit Zoé en enfonçant un coin du torchon qu'elle tenait dans la ceinture de son jean. Elle a oublié quelque chose ?

— Pas exactement, mais j'ai pensé que ceci vous serait sûrement utile.

Il souleva le cadeau, qu'il avait appuyé contre le mur de la maison, et eut le plaisir de la voir écarquiller les yeux un instant, avant de rire.

Il adora ce son, ses yeux qui pétillaient.

— Tu m'as apporté un escabeau ?

— Outil essentiel pour tout projet d'amélioration de l'habitat ou du lieu de travail.

— En effet. J'en ai un, d'ailleurs.

Elle rougit et ajouta rapidement, se rendant compte de son impolitesse :

— Mais il est… vieux. Et ce sera bien pratique d'en avoir deux. C'est très gentil à toi.

— Chez HomeMakers, nous apprécions l'esprit d'entreprise. Où veux-tu que je le mette ?

— Eh bien…

Elle jeta un coup d'œil derrière elle, sembla soupirer.

— Laisse-le juste dans l'entrée. Je verrai ça plus tard.

Elle recula et se cogna contre son fils.

— Simon, voici M. Vane, un vieil ami de Flynn.

— Il a dit que c'était un ami à toi.

— J'y travaille, intervint Brad en transportant l'escabeau dans la maison. Salut, Simon, comment va la vie ?

— Bien. Pourquoi vous êtes en costume si vous portez des escabeaux ?

— Simon !

— Bonne question. J'ai eu deux réunions aujourd'hui. Les costumes, ça intimide plus.

— Mais c'est nul. Maman m'a obligé à en porter un pour le mariage de tante Jolee, l'année dernière. Avec une cravate. L'horreur.

— Merci pour ce petit compte rendu vestimentaire, dit Zoé en prenant le cou de son fils dans le creux de son coude, ce qui le fit rire.

Ils se sourirent alors, et Brad fut ébloui.

— Tu as des devoirs ?

— Je les ai finis. Je peux jouer à un jeu vidéo ?

— Vingt minutes.

— Quarante-cinq.

— Trente.

— Super !

Simon se libéra et fila vers la télévision. Ses mains n'étant plus remplies de son fils, Zoé ne savait plus qu'en faire. Elle en posa une sur l'escabeau.

— Il est très joli, cet escabeau. En fibre de verre, c'est bien. Plus léger et facile à installer.

— La qualité alliée aux prix les plus intéressants. Tel est le slogan de HomeMakers.

Le son d'une partie de base-ball emplit soudain le petit salon, derrière Zoé.

— C'est son sport favori, expliqua-t-elle. Il préfère jouer au base-ball, virtuellement ou pour de vrai, plutôt que de respirer.

Elle s'éclaircit la gorge, se demandant ce qu'elle devait dire ensuite.

— Euh… tu veux boire quelque chose ?

— Volontiers. Ce qui te tombera sous la main.

— D'accord.

Zut, songea-t-elle.

— Eh bien… assieds-toi. Je reviens.

Qu'allait-elle bien pouvoir faire de Bradley Vane, debout au milieu de son salon dans ses chaussures de luxe, à une heure du dîner ? se demanda-t-elle en se sauvant vers la cuisine.

Elle s'immobilisa et pressa les mains sur ses yeux. Tout allait bien, tout allait très bien. Il avait eu un geste très attentionné, et la moindre des choses était de lui offrir à boire et d'échanger deux ou trois banalités avec lui.

Elle ne savait jamais quoi lui dire. Elle ne comprenait pas les hommes comme lui. Le genre d'hommes qui gagnaient des fortunes, qui avaient accompli des choses, voyagé.

Et puis, il la rendait nerveuse. Avec lui, elle était toujours sur la défensive.

Voudrait-il d'un verre de vin ? Non, il conduisait et, de toute façon, elle n'avait pas de bon vin. Du café ? Du thé ?

Miséricorde !

Désemparée, elle ouvrit le réfrigérateur. Elle avait du jus de fruits et du lait. « Bradley Charles Vane IV, de la célèbre famille Vane de Pennsylvanie, buvez un bon verre de lait et fichez le camp ! » songea-t-elle.

Elle poussa un long soupir, puis sortit une bouteille de *ginger ale* d'un placard. Elle prit son plus beau verre, l'inspecta au cas où il aurait des traces d'eau et le remplit de glaçons, avant d'ajouter le soda.

Elle tira sur le bas du pull qu'elle avait enfilé par-dessus son jean, contempla avec résignation les épaisses chaussettes grises qu'elle portait en guise de pantoufles et espéra qu'elle ne sentait pas trop le décapant à cuivre qu'elle était en train d'utiliser pour nettoyer un pied de parasol déniché au marché aux puces.

Costume ou non, songea-t-elle en redressant les épaules, elle ne se laisserait pas intimider sous son propre toit. Elle donnerait à boire à Brad, bavarderait poliment avec lui et brièvement, si possible –, puis le reconduirait à la porte. Il avait sûrement des choses plus excitantes à faire que regarder un enfant de neuf ans jouer à un jeu vidéo.

Elle retourna vers le salon, le verre à la main, et s'arrêta net, interdite. Bradley Charles Vane IV ne se contentait pas de regarder Simon jouer. À sa grande stupeur, il jouait avec lui, une manette entre les mains, assis par terre dans son beau costume. Simon gloussait de plaisir.

Depuis le pas de la porte, Zoé observa durant quelques minutes son fils et Brad, écouta leurs commentaires et leurs exclamations.

— Pas mal pour un vieux, fit Simon en pouffant. Et maintenant, prépare-toi à être humilié.

— Excusez-moi, j'ai apporté du *ginger ale*, intervint Zoé.

— Temps mort, déclara Brad en se retournant pour lui sourire. Merci. Ça t'ennuie si on termine le tour de batte ?

— Non, non, allez-y.

Elle posa le verre sur la table basse et se demanda ce qu'elle devait faire pendant ce temps.

— Je retourne à la cuisine mettre le dîner en route.

Les yeux de Brad restaient plongés dans les siens, si directs et francs que, avec horreur, elle s'entendit ajouter :

— Si tu veux rester, tu es le bienvenu. C'est juste un poulet.

— Avec grand plaisir, merci.

Brad se retourna pour reprendre la partie et nota mentalement de laisser tomber les roses et le champagne. L'outillage faisait des merveilles, avec cette femme.

Pendant que Zoé restait plantée dans sa cuisine, à se demander comment transformer un humble poulet en un mets raffiné digne des papilles sophistiquées de Brad, Dana apaisait son ego blessé avec une pizza.

Elle n'avait pas eu l'intention de révéler à Jordan qu'elle l'avait aimé. Jamais. Pourquoi lui faire ce plaisir ? Pourtant, il ne s'était pas moqué d'elle, elle devait l'admettre. Il avait même paru terriblement choqué. Puis désolé.

Seigneur... N'était-ce pas pire, finalement ?

Elle se renfrogna. Son livre était ouvert sur la table, à côté d'elle, mais elle n'en avait pas lu une ligne.

Elle ne pouvait pas se permettre d'être obsédée par Jordan. C'était malsain et inutile, d'autant plus que le temps lui était compté.

Dès le lendemain, elle prendrait un nouveau départ. Étant donné qu'elle n'avait plus de travail, elle pourrait se consacrer à la quête. La première clé avait été découverte dans la maison qu'elles étaient en train d'acquérir, les filles et elle. Peut-être y trouverait-elle aussi la deuxième clé ou, du moins, une piste quelconque.

Elle prit le téléphone et appela Malory, puis Zoé.

— Salut, c'est Dana. Je viens d'avoir Mal au téléphone. Nous entamons les grandes transformations dans la maison demain, à 9 heures.

— Parfait, fit Zoé, avant de baisser la voix et d'ajouter : Bradley est là.

— Oh, d'accord. Je te laisse, alors.

— Non, non. Qu'est-ce que je fais de lui ?

— Mon Dieu, Zoé ! Je n'en sais rien, moi. Qu'est-ce que tu veux faire de lui ?

— Rien. Je ne sais pas comment c'est arrivé. Il joue à la console avec Simon, en costume.

— Simon est en costume ? Bigre, c'est drôlement formel, chez toi.

Zoé pouffa nerveusement.

— Arrête, fit-elle. C'est Bradley qui est en costume. Il s'est pointé avec un escabeau, et sans même que je m'en rende compte...

— Avec un escabeau ? Pour quoi faire ? Nettoyer les gouttières ?

— Il me l'a donné. Enfin, à nous. Pour les peintures, tout ça. Il s'est dit que ça nous serait utile.

— Sympa de sa part. Il est gentil, ce type.

— Mais qu'est-ce que je vais faire de ce poulet ?

— Il t'a aussi apporté un poulet ?

— Non ! s'écria Zoé avec un éclat de rire. Pourquoi veux-tu qu'il m'apporte un poulet ? C'est ce que j'avais prévu pour le dîner, mais je ne sais plus quoi en faire, maintenant.

— À ta place, je le ferais cuire. Hé, Zoé, relax. Ce n'est que Brad. Balance ton poulet en morceaux dans une casserole, prépare du riz ou des pommes de terre, peu importe, et mets le tout dans un plat. Brad n'est pas exigeant.

— Arrête, Dana. Il a une Audemars Piguet. Tu crois que je ne sais pas ce que c'est qu'une Audemars Piguet ?

C'était fascinant, songea Dana, de voir que son vieux copain Brad pouvait transformer une femme parfaitement sensée en une véritable névrosée.

— Je donne ma langue au chat. Qu'est-ce qu'une Audemars Piguet ? C'est sexy ?

— C'est une montre. Une montre qui coûte plus cher que ma maison. Enfin, presque. Mais peu importe.

Dana entendit un très long soupir.

— Je suis complètement dingue. C'est grotesque.

— Entièrement d'accord.

— Allez, à demain.

Dana raccrocha en secouant la tête. Elle se réjouissait déjà à la perspective d'apprendre le lendemain matin comment s'était passé le dîner au poulet.

5

Dana décida de prendre un bain et d'en faire un événement. Le premier véritable luxe du chômage.

Elle versa sous le robinet du gel moussant à la mangue, alluma des bougies, inséra un vieux CD de Jimmy Buffett dans la chaîne et attacha ses cheveux, avant de se glisser voluptueusement dans l'eau chaude et parfumée.

Au bout de dix minutes, détendue, elle passa à la deuxième phase du bain : la lecture. Elle prit sur le rebord de la baignoire le livre qu'elle avait préparé et se plongea dans l'histoire.

Le décor tropical, l'intrigue et l'histoire d'amour s'accordaient parfaitement à son humeur. Elle se laissa bercer par les mots, commença à voir le bleu soutenu de l'eau, la bande de sable blanc éblouissant. Elle sentit l'air chaud et humide, l'odeur de la mer, la chaleur, le parfum des lys en pot sur la terrasse.

Elle marchait vers la mer, à présent. Les vaguelettes léchaient le sable souple et brûlant sous ses pieds nus, le vent enroulait son paréo autour de ses jambes.

Elle pouvait aller où bon lui semblait. À l'arrière-plan, elle apercevait la délicate ligne d'horizon et l'éclat argenté des gouttes d'eau lorsque les dauphins sautaient.

C'était parfait, serein et si libérateur de se savoir entièrement seule dans un univers de son choix, sans aucun compte à rendre. Un univers qui, elle le comprenait sans éprouver ni surprise ni émerveillement, pouvait se transformer par une simple pensée, sur un caprice.

Ici, pas de cœur brisé, pas de compagnie indésirable. Sa vie se déroulait comme les pages d'un livre. Si elle voulait un compagnon, ami ou amant, il lui suffisait de l'imaginer. Mais elle n'aspirait qu'à la solitude.

Avec un soupir d'aise, Dana retourna vers la plage en croissant de lune où les seules empreintes de pied étaient les siennes, vers l'ombre des palmiers et des cocotiers.

Elle cueillit une mangue sur une branche et mordit dedans. Elle était fraîche, comme elle les aimait, et non chauffée par le soleil.

« C'est exactement ce que je veux », réalisa-t-elle.

Puis une autre pensée lui traversa l'esprit : « Mais que ferai-je ici, jour après jour, seule, dans le paradis que je me suis créé ? »

— Non, dit-elle à voix haute.

« Ce n'est pas bien, songea-t-elle. Ce n'est pas moi, ce n'est pas ce que je désire. »

La mangue lui avait glissé des doigts et s'était écrasée par terre avec un bruit écœurant. Dana frémit en voyant que l'intérieur était pourri.

Les couleurs autour d'elle étaient trop vives, les textures sans relief, comme un décor de cinéma.

— C'est un piège.

Des guêpes excitées bourdonnaient autour du fruit.

— C'est un mensonge !

Au moment où elle criait ces mots, le ciel bleu s'assombrit et le vent se mit à hurler, couchant les branches, arrachant fleurs et fruits. L'air devint soudain glacial.

Terrifiée, elle courut, le visage fouetté par une pluie battante qui plaquait son paréo autour d'elle. Elle n'était plus seule dans ce monde mauvais et violent, comprit-elle.

La mer était déchaînée. Des murs d'eau noire huileuse s'élevaient, retombaient, dévoraient peu à peu la plage. Les palmiers s'écrasaient derrière elle. Bientôt, le sable fut englouti sous ses pieds.

L'ombre s'étendit au-dessus d'elle. Une vive douleur la cingla, et c'est alors qu'elle sentit quelque chose se déchirer en elle, puis lui être arraché.

Dana rassembla toutes ses forces, toute sa volonté, fit son choix et plongea dans la mer meurtrière.

Elle émergea, hors d'haleine, frissonnante, un cri dans la gorge... et se retrouva assise dans sa baignoire. L'eau était glacée. Son livre flottait, la cire des bougies avait coulé.

Prise de panique, elle sortit de la baignoire et resta un moment pétrifiée sur le tapis de bain, à claquer des dents et à grelotter.

Elle s'obligea finalement à prendre une serviette et s'en enveloppa. Soudain, la pensée de sa nudité accentua sa terreur, et elle ouvrit précipitamment un placard pour y trouver un peignoir.

Parviendrait-elle un jour à se réchauffer ?

Il l'avait attirée dans son monde. Kane. Le sorcier maléfique qui avait défié le roi des dieux et volé les âmes de ses filles parce qu'il voulait faire régner sa propre loi.

C'était lui qui avait créé l'écrin des âmes et ses trois serrures, lui qui avait forgé les trois clés que seules des mains mortelles pouvaient tourner.

Le sort jeté par Kane derrière le Rideau des rêves persistait depuis trois mille ans. Il venait de lui donner un bel avertissement. Il s'était insinué dans sa tête et avait créé un fantasme dans lequel il l'avait attirée. Combien de temps cela avait-il duré ? se demanda-t-elle. Il faisait nuit, maintenant, et elle se sentait aussi seule que sur cette plage imaginaire.

Un coup frappé à sa porte la fit sursauter. Elle porta une main à sa gorge et courut ouvrir. Peu importait qui était là, cela valait mieux que de rester seule.

Du moins était-ce ce qu'elle pensait avant de tomber sur Jordan.

Oh, non ! Pas lui, pas maintenant.

— Qu'est-ce que tu veux ? demanda-t-elle sèchement.

— Je suis venu te parler de… Mon Dieu, que t'arrive-t-il ? s'exclama Jordan en se rendant compte qu'elle était livide et avait les yeux hagards et vitreux.

— Rien. Ça va.

Mais elle se remit à trembler.

— Je… Oh, et puis zut. Je préfère encore ta compagnie à la solitude.

Elle se laissa tomber contre lui.

— J'ai froid, j'ai tellement froid.

Il la souleva, entra et referma la porte d'un coup de pied derrière lui.

— Le canapé ou le lit ?

— Le canapé. Je voudrais arrêter de trembler, mais je n'y arrive pas.

— Ça va aller.

Il s'assit en la gardant sur ses genoux et jeta sur ses épaules le plaid posé sur le dossier du canapé.

— Tu vas vite te réchauffer. Reste contre moi si tu veux.

Il lui caressa le dos, les bras et la serra contre lui.

— Pourquoi es-tu mouillée ?

— J'étais dans mon bain. Et tout à coup, je me suis retrouvée dans un univers… Ce salaud est entré dans ma tête. On ne s'en rend même pas compte, c'est insidieux. Ne t'inquiète pas si tu as l'impression que je divague, ça va durer encore quelques minutes.

— C'est bon. Je crois que je te suis. Tu parles de Kane ? Il est venu ici ?

— Je ne sais pas.

Dana posa la tête contre la poitrine de Jordan. Elle était épuisée, mais au moins, elle n'avait plus l'impression qu'une main comprimait son cœur affolé.

— J'étais tranquillement en train de prendre un bain…

Pour lui changer les idées, il lui huma le cou.

— Tu sens délicieusement bon. Qu'est-ce que c'est ?

— Mangue. N'en profite pas.

Mais elle resta sur ses genoux.

— Je lisais un bouquin. L'auteur faisait une description très bien rendue d'une plage antillaise. Je m'y voyais. Puis, soudain, ce n'était plus seulement des mots sur une page. J'étais à l'intérieur de ma propre imagination. C'est ça le plus terrible. On ne comprend pas comment ça se passe.

Elle se frotta le visage et se leva.

— J'y étais, sur cette plage. Pieds nus, bronzée. Je sentais le soleil, la brise qui faisait voleter mon paréo en soie autour de mes jambes.

— Tu devais être ravissante.

Elle lui jeta un regard et, pour la première fois depuis l'arrivée de Jordan, des fossettes se creusèrent aux coins de ses lèvres.

— Tu essaies de me distraire.

— Absolument. Mais je reste convaincu que tu étais superbe.

— Sûrement, puisqu'il s'agissait de mon rêve. Je pouvais faire tout ce que je voulais, ajouta-t-elle en arpentant la pièce.

— Et que voulais-tu, Dana ?

— À ce moment-là ? Être seule. N'avoir aucun souci. Et là, j'étais au paradis. Puis, soudain, je me suis dit : « Mais non, ce n'est pas ça, la vie, ce n'est pas vraiment ce que je veux. »

Elle revint vers le canapé, redoutant de faiblir en racontant la suite.

— C'est la pensée qui m'est venue à l'esprit : « Ce n'est pas réel, c'est un piège. » C'est alors que c'est arrivé. Ô mon Dieu !

Le souffle lui manqua de nouveau.

— Quelle horreur…

Jordan referma une main sur ses poings serrés.

— Calme-toi, prends ton temps.

— Une tempête a éclaté. Une monstrueuse tempête, inhumaine. Au moment où je me suis rendu compte que ce monde n'était pas réel, il s'est transformé en enfer. Et il faisait froid, si froid ! J'ai senti la présence de Kane. J'ai couru pour le fuir, mais il m'a suivie. J'étais devant la mer et je le sentais qui planait au-dessus de moi, autour de moi. Alors, j'ai éprouvé cette douleur, une douleur atroce.

Sa voix se brisa.

— Il m'arrachait mon âme. J'ai préféré me jeter dans la mer noire et déchaînée.

— Viens contre moi, tu te remets à trembler.

Il la serra fort.

— Je me suis réveillée – ou je suis revenue à moi, je ne sais pas – dans la baignoire. Je suffoquais, et l'eau était glacée. Je ne sais pas combien de temps j'y suis restée, Jordan, combien de temps il m'a eue.

— Il ne t'a pas eue, affirma Jordan. Il n'a eu qu'une partie de toi. Il ne peut pas t'avoir en entier, parce qu'il ignore trop d'éléments. C'est ton imagination qui a créé ce monde, comme tu l'as dit. C'est ainsi que Kane fonctionne. Et il ne peut pas t'y enfoncer sans qu'une partie de ton esprit refasse surface et comprenne ce qui se passe.

— C'est possible. Mais il sait frapper fort, le fumier. Jamais je n'ai eu aussi peur de ma vie.

— Si tu peux substituer la colère à la peur, ça ira mieux.

— Tu as sûrement raison. J'ai besoin de boire quelque chose, ajouta-t-elle en s'écartant de lui.

— De l'eau ?

— Une bière.

Elle se leva, sembla hésiter.

— Tu en veux une ?

Sans la quitter des yeux, il posa deux doigts sur son poignet, comme s'il prenait son pouls, avant de répondre :

— Oui.

Son geste lui arracha un petit rire dédaigneux, et il s'en félicita. Ce rire, c'était un son normal, cela ressemblait à la Dana qu'il connaissait. Rien n'avait été normal dans la manière dont elle s'était effondrée contre lui. Heureusement qu'il était venu, songea-t-il.

Il se leva et promena son regard autour de lui. Du pur Dana, remarqua-t-il. Des couleurs chaudes, des meubles confortables, des livres partout. Il l'accompagna à la cuisine et s'appuya contre le mur. Même ici, il y avait des livres. Qui hormis Dana pouvait avoir Nietzsche dans sa cuisine ?

— C'est la première fois que je viens chez toi.

— Et si je n'avais pas été dans cet état, tu serais encore dehors.

— Malgré ton accueil mitigé, j'aime bien ton appartement, Trognon. Il te ressemble. Mais si tu as envie d'aller t'installer quelques jours chez Flynn, je peux débarrasser le plancher et camper chez Brad à la place.

Elle se détourna lentement du réfrigérateur.

— Tu es accommodant parce que j'étais hystérique ?

— Non. Parce que je veux que tu te sentes en sécurité. Que tu sois en sécurité.

— Pas la peine de te donner tant de mal.

— Écoute-moi une minute, insista-t-il en se plaçant devant elle pour l'empêcher de retourner au salon. Arrête de faire une fixation sur la façon dont ça s'est terminé entre nous. Je tenais à toi, et c'est toujours le cas. Si tu penses te sentir plus en sécurité chez Flynn, je m'éclipserai.

— Je ne m'y sentirais pas plus en sécurité que chez moi, avec ou sans toi dans les parages. Malgré les apparences, je suis capable de m'occuper de moi. La preuve, je me suis sortie de ce cauchemar sans ton aide. Et personne, ni toi ni ce fumier de Kane, ne me chassera de chez moi.

— Bien, déclara Jordan en buvant une gorgée de bière. Je vois que tu es passée à l'étape de la colère.

— Je n'aime pas qu'on me manipule. Kane a utilisé mes propres pensées contre moi, et toi, tu utilises nos sentiments d'autrefois. C'est vrai, peut-être qu'on tenait l'un à l'autre, mais n'oublie pas que c'est du passé. Si tu veux être gentil et t'éclipser, fais-le maintenant. Tu m'encombres.

— Je regrette, mais j'ai des choses à te dire. J'ignorais que tu m'aimais. Je n'ai aucune idée de ce que cela aurait changé si je l'avais su, mais cela aurait changé... quelque chose. Je n'étais pas prêt pour ça, en tout cas. Je n'étais pas assez malin ni assez mûr.

— Tu étais assez malin et assez mûr pour faire ce que tu voulais.

— C'est vrai. J'étais égocentrique, mélancolique, et j'avais la bougeotte. Je ne comprends même pas que tu te sois intéressée à moi.

— Imbécile. Tu viens de décrire exactement le genre de type qui fait craquer toutes les filles au moins une fois dans leur vie. Ajoute à cela la témérité, l'intelligence et le charme, et j'étais fichue d'avance. Comment peux-tu gagner ta vie en inventant des personnages alors que tu n'as aucune psychologie ?

Elle voulut franchir le barrage qu'il constituait de son corps, mais il lui prit le bras. Le regard qu'il lui adressa aurait fait fondre de l'acier.

— Tu n'as pas bien écouté, Hawke. J'ai dit que les filles craquaient une fois. Ensuite, en principe, elles évoluent et deviennent des femmes avisées et intelligentes qui évitent soigneusement les types puérils et égocentriques.

— Tant mieux. Je préfère les femmes. En particulier toi, déclara-t-il en posant sa bière. Je t'ai toujours préférée.

— Tu t'imagines que ça me fait palpiter le cœur ?

— Ça ? Peut-être pas. Mais ceci, qui sait...

La colère de la jeune femme lui permettait d'oser ce qu'il s'était interdit tant qu'elle était pâle et bouleversée. Il prit son visage dans le creux de sa main libre, s'accorda le plaisir pervers de voir la fureur étinceler dans ses yeux, puis couvrit sa bouche de la sienne.

Jamais il n'avait eu autant soif de quelque chose que du goût de Dana. Il ne se l'expliquait pas. C'était ainsi, voilà tout. Elle serait certainement folle de rage, mais il avait quelque chose à prouver. À tous les deux.

Un flot de chaleur envahit Dana, aussi troublant et terrifiant que le froid qu'elle avait ressenti auparavant. Inutile de se mentir davantage : cette émotion, ce désir, elle les voulait. Elle repoussa néanmoins Jordan et batailla contre elle-même, refusant de lui concéder ce point.

Il posa une main sur le cœur de Dana et la fixa.

— Il bat plus vite, déclara-t-il. J'en étais sûr.

— Que les choses soient claires : ça ne se reproduira pas. Plus jamais.

— Quelqu'un a dit un jour : « Le passé est un prologue. »

— Shakespeare, espèce d'illettré. *La Tempête.*

— Voilà.

Un mélange d'admiration et d'amusement passa brièvement sur son visage.

— Tu as toujours été douée pour te rappeler ces trucs-là, ajouta-t-il. Quoi qu'il en soit, je ne cherche pas à répéter l'histoire, Dana. Même si nous ressemblons beaucoup à ceux que nous étions, nous avons énormément changé. Nous ne sommes plus les mêmes personnes qu'autrefois. Laisse-nous une chance de voir qui nous serions ensemble, tous les deux.

— Ça ne m'intéresse pas.

— Mais si. Tu as l'esprit curieux, tu aimerais bien le savoir, toi aussi. Mais peut-être crains-tu que ma présence ne te fasse perdre ton *self-control.*

— Tu as vraiment la grosse tête, toi.

— Alors, mets-le à l'épreuve, ton *self-control*, et satisfais ma curiosité. Sortons ensemble un de ces soirs.

— Quoi ? demanda-t-elle, déstabilisée.

— Je te propose qu'on sorte ensemble. Tu sais, aller au cinéma ou au restau tous les deux.

Nonchalamment, il fit courir ses doigts sur le revers de son peignoir.

— Ah, je vois. Tu croyais que je n'avais qu'une envie : te sauter dessus. D'accord, si tu préfères…

— Arrête.

Stupéfaite, agacée et amusée en même temps, elle repoussa sa main d'un geste brusque.

— Je ne pensais pas au sexe.

Elle prononça ce gros mensonge d'une voix distante et ajouta :

— Quant à ton idée de sortir ensemble, c'est ridicule.

— Pourquoi ? Tu y gagnes un dîner gratuit. Sans oublier le plaisir de me rembarrer quand je te ferai des avances et de me renvoyer frustré dans mes pénates.

— J'avoue que c'est tentant.

— Très bien. Je passerai te chercher samedi soir à 19 h 30.

— Qui te dit que je ne sors pas déjà samedi ?

Il lui adressa un grand sourire.

— J'ai demandé à Flynn si tu étais avec quelqu'un.

— Il ne sait pas tout, répliqua-t-elle tandis que Jordan s'éloignait déjà. Une seconde !

Elle le rattrapa à la porte d'entrée.

— J'exige certaines conditions. Tu dois m'emmener dans un authentique restaurant, pas dans un fast-food ou dans un bar. Et je t'attends à 19 h 30 précises.

— Accordé. Tu ne veux pas demander à Malory de venir te tenir compagnie, ce soir ?

— Je vais très bien.

— Comme toujours, Trognon. À bientôt.

Pensive, elle referma la porte derrière lui.

Cette soirée ne l'avait pas rapprochée de la clé, mais elle avait appris un certain nombre de choses. Kane savait déjà qu'elle cherchait la deuxième clé et n'avait pas perdu de temps pour lui montrer qu'il la tenait à l'œil.

Cela ne signifiait-il pas qu'il craignait de la voir réussir ? Oui, cela tombait sous le sens. Il serait moins sûr de lui, cette fois. Et plus vicieux…

Elle avait aussi appris que Jordan possédait toujours cette droiture qui l'avait tant attirée autrefois. Elle était terrifiée, malade de frayeur, et il lui avait procuré exactement ce dont elle avait besoin pour reprendre pied sans se sentir vulnérable ou idiote.

Il avait aussi eu l'honnêteté de dire qu'il s'était montré égoïste.

Seigneur, elle était toujours amoureuse de ce crétin !

Ou, plus probablement, elle chérissait le souvenir du jeune homme écorché qui avait été son premier amour. Une femme ne gardait-elle pas toujours un petit faible pour son premier amour ?

Elle se coucha et prit son livre de chevet. Le livre de poche en évidence sur sa table de nuit ne lui servait que de couverture. Celui qu'elle ouvrit s'intitulait *Affaire à suivre.*

Jordan aurait jubilé s'il avait su qu'elle était plongée dans son dernier roman. Pire, qu'elle l'adorait.

Soit, elle était toujours amoureuse du souvenir du garçon qu'il avait été, mais elle aurait préféré manger des limaces vivantes plutôt que de lui avouer qu'elle avait lu tous ses livres.

Deux fois.

6

Elles s'attaquèrent d'abord au porche, profitant de l'agréable température automnale et de l'expérience de Zoé.

D'un commun accord, Dana et Malory l'avaient désignée grande prêtresse de la restauration. Dans leurs vieux vêtements, elles entreprirent, sous la direction de Zoé, le travail de préparation des supports.

— Je ne me rendais pas compte du boulot que cela représentait, soupira Malory en se reposant sur ses talons et en examinant ses ongles.

— Si on ne décape pas un minimum l'ancienne peinture, la nouvelle n'accrochera pas. Il nous faut une belle surface lisse et poreuse, sinon on sera bonnes pour tout refaire au printemps.

— Nous nous prosternons, déclara Dana en regardant Zoé manier la petite ponceuse électrique. J'avoue que jusqu'à présent, je pensais qu'on se contentait de plaquer une bonne couche de peinture sur la vieille et d'attendre que ça sèche.

— C'est ce genre de croyances qui vous font vous prosterner.

— Ça lui monte déjà à la tête, grommela Dana en attaquant au couteau des copeaux de peinture écaillée.

— Je me verrais bien avec une couronne, une petite auréole simple et de bon goût. Sérieusement, faites-moi confiance, ça va être fabuleux.

— Si tu nous racontais ton dîner d'hier avec Brad pour nous distraire de cette corvée ? suggéra Malory.

— Bah, il n'y a pas grand-chose à raconter. Il a joué à la console avec Simon, il a mangé avec nous, puis il est parti. Je n'aurais pas dû m'en faire tout un monde. C'est juste que je n'avais pas reçu d'homme à la maison depuis longtemps. Et je n'ai pas l'habitude d'avoir des milliardaires à ma table.

— Brad n'a pas la grosse tête, protesta Dana. On peut avoir de l'argent et rester normal. Brad mangeait chez nous tout le temps, quand on était gosses, et on n'a jamais fait de manières.

— Ce n'est pas pareil. Brad et moi, on n'a pas grandi ensemble. Et puis, ta famille et la sienne ont quand même des choses en commun. Une petite coiffeuse élevée dans une caravane en Virginie occidentale n'a pas grand-chose à raconter à l'héritier d'un empire américain.

— Tu es dure avec lui, et avec toi, objecta Malory.

— Disons plutôt réaliste. En tout cas, il me rend nerveuse. Ce n'est pas seulement parce qu'il a de l'argent, d'ailleurs. Jordan en a aussi, et pourtant, avec lui, je me sens à l'aise. On a passé un bon moment ensemble, l'autre jour, quand il est venu réparer ma voiture.

Dana perdit le rythme et s'enfonça une écharde dans le doigt.

— Ta voiture ? répéta-t-elle en fronçant les sourcils. Jordan a réparé ta voiture ?

— Oui. Je ne savais pas qu'il avait été mécano. Il s'y connaît drôlement bien. C'était très gentil de sa part.

— Un garçon si charmant, si serviable, fit Dana entre ses dents serrées.

— Allons, Dana, ne sois pas comme ça, protesta Zoé en arrêtant la ponceuse. Il n'était pas obligé de le faire, et il a passé deux heures les mains dans le cambouis, en refusant autre chose que deux verres de thé glacé.

— Il a dû mater tes fesses pendant que tu allais les lui chercher.

— C'est possible, répondit Zoé en s'interdisant de sourire. Mais s'il l'a fait, c'était d'une façon saine et sans arrière-pensée. J'estime que ce n'était pas cher payé, puisque ça m'a économisé une énième virée au garage. Et ma voiture n'a jamais aussi bien marché.

— C'est vrai, Jordan a un don pour la mécanique, admit Dana en songeant qu'il ne ménageait pas non plus ses efforts pour rendre service aux gens. Tu as raison, c'était obligeant de sa part.

— Et gentil, ajouta Malory avec un œil sévère.

— Et gentil, concéda Dana en marmonnant.

— Et il a laissé Simon le regarder faire, à son retour de l'école, ajouta Zoé en reprenant son travail. C'était rigolo de voir Simon sympathiser avec un adulte. Bradley aussi a été gentil avec lui, je le reconnais.

— Et aucun des deux ne t'a draguée ? insista Dana.

— Bien sûr que non ! Jordan me rendait juste un petit service, en tant qu'ami. Et Bradley... on n'a pas ce genre de relation.

En guise de commentaire, Dana proféra un long « mmm » avant de se remettre à gratter la peinture.

Après une matinée de travail, le porche était prêt à être repeint. Dana décida qu'il était temps de leur raconter son expérience de la veille.

— J'ai eu une petite rencontre avec Kane, hier soir, déclara-t-elle.

Malory faillit s'étrangler.

— Quoi ? s'exclama-t-elle. Ça fait trois heures qu'on est ensemble, et tu ne nous l'annonces que maintenant ?

— Je n'avais pas envie de le faire plus tôt.

— Tu vas bien ? s'inquiéta Zoé en posant une main sur son bras. Il ne t'a pas fait de mal ?

— Non, mais c'était épouvantable. Je savais ce qu'il t'avait fait, Malory, mais c'est seulement maintenant que je comprends ce que tu as pu ressentir.

— Raconte, demanda Malory en venant s'installer à côté de Dana.

Avec le recul et entourée de ses deux amies, Dana parvint à leur raconter l'incident plus calmement qu'avec Jordan. Sa voix se brisait par moments, néanmoins.

— Tu aurais pu te noyer, murmura Zoé en la prenant par les épaules. Dans la baignoire.

— Non, je ne crois pas. S'il pouvait tout simplement nous éliminer, pourquoi ne pas nous faire tomber d'une falaise ou passer sous un camion ?

— C'est réjouissant. Merci de nous faire part de cette chouette éventualité.

— Sérieusement, j'ai l'impression que son pouvoir reste limité. Comme avec Malory. Chaque fois, nous sommes amenées à puiser dans nos ressources ultimes, mais nous gardons suffisamment de lucidité pour reconnaître l'illusion et la rejeter.

— Mais il t'a tout de même fait du mal.

— C'est vrai, avoua Dana en frottant une main sur son cœur. Même si la douleur n'était qu'illusion, j'ai souffert. Mais le pire, c'était la crainte qu'il ne parvienne à me voler mon âme.

— Tu aurais dû nous appeler, après, dit Malory. Je sais quel effet ça fait d'être prise dans une de ces illusions, Dana. Tu n'étais pas obligée de rester toute seule chez toi.

— Je n'étais pas seule. J'allais vous appeler, mais Jordan a frappé à cet instant.

— Oh.

Dana tourna la tête vers Malory, les sourcils froncés.

— Pas de « oh » sur ce ton, je te prie. Il s'est trouvé là à un moment où j'aurais accueilli avec gratitude la visite d'un nain bicéphale, du moment qu'il pouvait chasser le croquemitaine.

— Drôle de coïncidence, tout de même, remarqua Malory avec un battement de cils.

— Ce n'est pas parce que tu nages dans la guimauve et les fleurs bleues avec Flynn qu'on doit toutes y passer. Jordan s'est très bien conduit… au début.

— C'est la suite qui nous intéresse, alors, fit Zoé.

— Contrairement à Brad, Jordan va droit au but. Il m'a coincée dans la cuisine.

— C'est vrai ? soupira Malory. C'est dans la cuisine que Flynn m'a embrassée la première fois.

— Bref, je dîne avec lui samedi soir.

Dana attendit, puis fronça les sourcils en voyant que ses amies gardaient le silence.

— Alors ?

— Je me disais que ce serait bien si vous pouviez vous réconcilier, tous les deux, répondit Zoé. Peut-être que, d'une certaine façon, renouer avec lui fait partie de ce que tu dois accomplir pour trouver la clé.

— Je crois en effet que je devrais me pencher sérieusement sur la question. Mais je ne sais pas si je peux redevenir l'amie de Jordan parce que… je suis encore plus ou moins amoureuse de lui.

— Dana…

Malory lui prit la main, mais Dana se dégagea et se leva.

— Enfin, je ne sais pas si c'est de lui que je suis amoureuse, ou du jeune homme que j'ai aimé autrefois. Du souvenir de lui. De nous. De cette image qui n'est plus qu'une illusion. Quoi qu'il en soit, il va falloir que je trouve la réponse à cette question.

— Tu as raison, approuva Zoé.

Elle déballa ses brownies et en tendit un à Dana.

— Et si je suis bel et bien amoureuse de lui, je m'en remettrai. Je m'en suis déjà remise.

— Et les sentiments de Jordan ? demanda Malory. Ils n'entrent pas en jeu ?

— Il a obtenu ce qu'il voulait une fois. Là, c'est moi qui décide, décréta Dana en redressant les épaules. Alors, on le repeint, ce porche ?

Pendant ce temps, dans le salon de Flynn, Jordan racontait à ses deux amis l'expérience vécue par Dana. Tout en parlant, il arpentait la pièce, et Moe, le chien de Flynn, observait chacun de ses mouvements dans l'espoir de le voir faire un détour par la cuisine, donc par les cookies.

— Mais pourquoi ne l'as-tu pas ramenée ici ? s'étonna Flynn.

— J'aurais pu, oui. En l'assommant et en la ligotant. Je te rappelle qu'on parle de Dana.

— Ça va, ça va, j'ai compris.

— Et maintenant, intervint Brad, que pouvons-nous faire ?

Jordan revint vers le canapé et anéantit tous les espoirs de Moe en s'asseyant sur la caisse qui faisait office de table basse.

— Je ne sais pas. Je ne vois pas comment convaincre les filles d'abandonner. D'ailleurs, je ne crois pas que ce soit souhaitable. Il y a tant de choses en jeu…

— Trois âmes, murmura Brad. Je n'arrive pas encore à réaliser cela. Malgré ce qui est arrivé à Malory, mon cerveau a du mal à assimiler ces énormités. Quoi qu'il en soit, deux questions se posent : comment protéger Dana, et comment l'aider à trouver la clé ?

— Faisons en sorte qu'elle reste seule le moins possible, suggéra Jordan.

— Elle refuse de s'installer ici, lui rappela Flynn.

— Et je l'imagine mal accepter la présence de l'un de nous chez elle, ajouta Brad.

— En fait, je pensais à Moe.

— Moe ? s'exclama Flynn.

Au son de son nom, Moe bondit joyeusement sur ses pattes, renversa les magazines éparpillés sur la caisse d'un grand coup de queue enthousiaste, avant d'essayer de sauter sur les genoux de son maître.

— Tu as bien dit que Moe avait senti la présence de Kane, ou du moins flairé un danger, quand tu es arrivé dans la maison pendant que Kane séparait Malory de Dana et de Zoé.

— En effet. Et il a foncé dans l'escalier avec un air sacrément féroce. Pas vrai, mon toutou ?

— Il pourrait donc alerter Dana en cas de danger.

— Bonne idée, approuva Brad. Mais comment comptes-tu la convaincre de l'accepter comme colocataire ?

— Je m'en charge, répondit Flynn avec assurance.

— Je sens que tu vas encore user de tes méthodes fourbes et rusées.

— La fin justifie les moyens. Ce qui nous ramène à la clé.

— C'est moi qui ai l'emploi du temps le plus flexible, déclara Jordan. Je peux consacrer mes journées à la quête. Toi, Flynn, tu as tes ressources en tant que journaliste. Et Malory dans ton quotidien. Dana et Zoé t'ont déjà admis dans leur groupe... dans la mesure où des femmes admettent des hommes. Quant à Brad, il possède l'atout HomeMakers. Il peut passer dans leur nouvelle maison sous n'importe quel prétexte.

— Je m'en ferai une joie. Et si l'un de vous pouvait glisser à Zoé que je ne suis pas, et n'ai jamais été, un tueur en série...

— Je trouverai un moyen de caser ça dans une conversation, promit Flynn.

Il était temps, décida Dana, qu'elle retrousse ses manches et se mette à l'ouvrage, qu'elle accomplisse quelque chose de positif qui compenserait le sentiment d'impuissance que Kane avait instillé en elle. Pas question de se laisser abattre.

Si sa clé se rapportait à la connaissance, quel meilleur endroit où chercher que la bibliothèque ?

Cela la faisait enrager d'y retourner au titre d'utilisatrice, mais elle ravalerait sa fierté. Sans même rentrer se changer, elle s'y rendit dans ses vêtements mouchetés de peinture.

L'odeur des livres la saisit aussitôt. Mais elle s'interdit de céder au sentimentalisme. Dans les livres se trouvaient les réponses, se répéta-t-elle en se dirigeant vers l'une des bornes informatiques.

Elle avait lu toute la littérature existante sur les traditions et la mythologie celtes. Le moment était venu de passer à la sorcellerie. « Connais ton ennemi, songea-t-elle. Le savoir est un pouvoir. »

Dana nota les titres des ouvrages qu'elle avait sélectionnés et se dirigea vers les rayons.

— Tu as oublié quelque chose ?

Avec son sourire exaspérant, Sandi vint se camper devant elle.

— Dégage, Sandi, rétorqua Dana de sa voix la plus suave.

— Nous n'apprécions pas ce genre de langage ici.

— Et moi, je n'apprécie pas ton parfum qui cocotte à dix mètres à la ronde, mais que veux-tu... soupira Dana en s'éloignant.

Sandi lui emboîta le pas.

— Tu ne travailles plus ici.

— Nous sommes dans un établissement public, et il se trouve que j'ai une carte de bibliothèque. Je te conseille de me lâcher le bras, sinon je risque de faire quelques dégâts dans le collier de perles que ton père a dû payer une petite fortune.

Elle inspira profondément pour reprendre son calme.

— Si tu veux, tu n'as qu'à prévenir Joan que je suis ici, en train de me livrer à une occupation ignoble : chercher des livres sur les étagères de la bibliothèque.

— C'est la police que je vais appeler.

— C'est ça, ne t'en prive pas. Je suis curieuse de voir ce que mon frère écrira dans le *Dispatch* sur la façon dont sont traités les usagers de la bibliothèque municipale.

Elle s'éloigna en précisant :

— Ne t'inquiète pas, je lui épellerai bien ton nom.

Dana songea soudain que Kane et Sandi avaient une chose en commun : la jalousie. Une jalousie mesquine, capable de blesser autrui. Elle fit la moue. En un sens, la jalousie était l'antithèse de l'amour, comme le mensonge était celle de la vérité ou la lâcheté celle du courage. « Voici un nouvel angle d'approche », se dit-elle en faisant un petit détour par le rayon théâtre pour attraper *Othello*, la plus belle des histoires de jalousie.

L'un des avantages qu'il y avait à entretenir une relation adulte et mature avec une femme, de l'avis de Flynn, était de la retrouver le soir en rentrant du travail. Son odeur, sa présence, le simple fait de la regarder rendaient tout un peu plus lumineux. Et lorsque la femme en question – jolie, sexy et fascinante – faisait la cuisine, cela ajoutait un délice de plus à la journée.

Il ignorait ce qui mijotait sur le feu et s'en fichait. Il lui suffisait amplement de la voir tourner une cuillère en bois dans une casserole pendant que Moe ronflait comme un train de marchandises, allongé de tout son long sous la table.

Sa vie avait trouvé une véritable harmonie à partir du moment où Malory Price y était entrée, songea Flynn.

Il vint se placer derrière elle, passa les bras autour de sa taille et appuya sa bouche contre sa nuque.

— Tu es la meilleure chose qui me soit jamais arrivée.

— Absolument, confirma-t-elle en tournant la tête pour que leurs lèvres se touchent. Comment ça va ?

— Bien, très bien. Encore mieux maintenant que je te vois. Tu n'étais pas obligée de préparer à dîner, Mal. Je sais que tu as passé la journée à travailler.

— Ce n'est que de la sauce tomate en boîte que j'ai un peu améliorée.

Il lui prit les mains, les retourna et fronça les sourcils.

— Qu'est-ce que c'est que ça ?

— Juste des ampoules. C'est bien, ça prouve que je fais ma part de boulot.

Il lui embrassa les paumes.

— Si vous attendiez le week-end, je pourrais vous donner un coup de main, là-bas.

— À vrai dire, on a envie de le faire nous-mêmes, toutes les trois. Au moins dans un premier temps. Ce soir, nous avons le plus beau porche de tout Pleasant Valley. Mais si tu veux faire quelque chose pour moi, sache que j'accepterais volontiers un verre de vin.

Flynn sortit une bouteille et deux des verres à pied que Malory venait d'acheter. Chaque fois qu'il ouvrait un placard, il lui paraissait plus rempli que la fois précédente. Vaisselle, serviettes, savons si jolis qu'il n'osait pas s'en servir… C'était l'un des intérêts d'avoir une femme à la maison.

— Jordan m'a raconté ce qui est arrivé à Dana.

— Je m'en doutais. Ça a dû être absolument affreux pour elle. Je sais à quel point tu l'aimes, Flynn. Moi aussi, je tiens à elle. Mais nous ne pouvons pas vraiment la protéger de ce genre de mésaventures, ni rester constamment à ses côtés.

— Possible, mais Jordan a pensé à quelque chose qui pourrait concilier un peu des deux.

Il remplit les verres et lui parla de Moe.

— Quelle excellente idée ! s'exclama Malory, avant d'éclater de rire en regardant le chien qui ronflait sous la table. Au moins, elle aura une compagnie la nuit.

Elle sirota une gorgée de vin et alla remplir d'eau une casserole pour les pâtes.

— Jordan a dû te dire aussi qu'ils dînaient ensemble samedi soir.

— Quoi ? Jordan et Dana ? s'écria Flynn.

— Je vois qu'il ne t'a rien dit.

— Non.

— Et que l'idée ne te plaît guère, ajouta Malory en posant la casserole sur la cuisinière.

— Je ne sais pas. Ça ne me regarde pas. Bon sang, j'espère qu'ils ne vont pas recommencer à se faire souffrir comme la dernière fois !

— Elle l'aime toujours.

— Qui ? s'exclama Flynn en écarquillant les yeux. Jordan ? Dana aime toujours Jordan ? C'est le bouquet ! Pourquoi me racontes-tu tout ça ?

— Parce que c'est ce que font les amoureux, Flynn.

Elle sortit trois sets de table d'un tiroir dont il n'avait même jamais remarqué l'existence et les disposa sur la table.

— Ils se racontent tout, ou presque, ajouta-t-elle. Et ne va pas rapporter ça à Jordan.

— Mon Dieu... soupira Flynn en arpentant la cuisine. Tu vois, si tu ne m'avais rien dit, je n'aurais pas à avoir peur de gaffer. Je vivrais encore tranquillement dans ma petite bulle d'ignorance.

— Et je crois que Zoé s'intéresse, bien malgré elle, à Brad.

— Stop ! Cesse immédiatement ce déluge d'informations.

— Tu es journaliste, objecta Malory, qui s'amusait beaucoup. Tu devrais te jeter sur les scoops.

Elle entreprit de préparer une vinaigrette pour la salade verte.

— Tu vas me donner la migraine, se plaignit-il.

— Pas du tout. Tu veux que tes amis soient heureux, non ?

— Bien sûr.

— Nous sommes heureux, toi et moi, non ?

— Oui, répondit-il prudemment.

— Nous sommes heureux et amoureux. Donc, tu souhaites le même sort à tes amis, n'est-ce pas ?

— Plutôt que de répondre à cette question très délicate, je préfère te changer les idées.

— Je ne ferai pas l'amour avec toi maintenant, alors que le dîner est en train de cuire et que Jordan est là-haut.

— Je ne pensais pas à ça, bien que l'idée me séduise. J'avais l'intention de t'annoncer que les ouvriers arrivent lundi pour entamer la réfection de la cuisine.

Comme il l'avait escompté, la nouvelle supplanta toute autre pensée dans l'esprit de Malory.

— Oh, Flynn, c'est formidable !

— J'espérais bien que tu réagirais comme ça. Alors, tu viens t'installer ici avec moi ?

Elle l'embrassa sur la bouche.

— Tu me reposeras la question une fois que la cuisine sera terminée.

— Malory, tu es impitoyable en affaires.

Après une journée de labeur physique, Dana avait le dos endolori. Elle s'installa confortablement et se plongea dans *Othello*. Elle possédait déjà les œuvres intégrales de Shakespeare, bien sûr, mais elle avait envie de relire cette pièce dans une édition différente. Cela lui permettrait sans doute de l'aborder d'un autre œil.

C'étaient la jalousie et l'ambition qui guidaient Iago. Il semait sa graine, « ce monstre aux yeux verts qui nargue la proie dont il se nourrit » chez Othello, et la regardait le dévorer.

La jalousie et l'ambition guidaient Kane. En relisant *Othello*, elle comprendrait peut-être ce qui faisait qu'un homme – ou un dieu – perdait son âme.

Elle était absorbée par sa lecture quand on frappa à la porte. Agacée, elle alla ouvrir, et son irritation s'accrut lorsqu'elle découvrit Jordan sur le pas de la porte.

— Je t'emmène faire un tour en voiture.

Elle voulut claquer la porte, mais il anticipa sa réaction.

— Laisse-moi te présenter la chose autrement : je vais à Warrior's Peak. Tu veux venir ?

— Qu'est-ce que tu vas faire là-bas ? Tu es un personnage secondaire dans cette aventure.

— Ça se discute. J'y vais parce que j'ai des questions à poser à Rowena et à Pitte. En fait, j'ai eu envie de laisser nos deux tourtereaux un peu tranquilles, après le dîner.

Il s'appuya contre le chambranle.

— J'ai pris le volant et je me suis retrouvé sur la route de la corniche. Puis je me suis dit que si j'allais à Warrior's Peak sans toi, ça ne te plairait guère, et j'ai fait demi-tour.

— Tu t'attends peut-être que je te félicite pour cette délicate attention ?

— Si tu y tiens, fit-il en souriant.

— Je ne vois pas de quoi tu veux leur parler.

— Je vais encore formuler les choses différemment : que tu m'accompagnes ou pas, j'y vais. Mais si tu veux venir, ajouta-t-il en se redressant, je te laisserai conduire.

— Tu parles d'une fleur !

— Pense à ma voiture... susurra-t-il en sortant les clés de sa poche et en les agitant devant elle.

L'image de la superbe Thunderbird s'imposa à l'esprit de Dana. Au prix d'un gros effort, elle se retint de baver.

— Tu ne combats pas à la loyale.

La lutte intérieure de Dana dura quelques fractions de seconde avant qu'elle ne lui arrache les clés des mains.

— Je vais chercher une veste.

Jordan avait des défauts, mais il fallait lui reconnaître une qualité : il s'y connaissait en voitures. La Thunderbird grimpait les côtes avec l'agilité d'un puma.

Conduire cette voiture n'était pas simplement un plaisir. Cela lui donnait le sentiment d'être celle qui décidait. L'idée d'aller à Warrior's Peak venait de Jordan, mais c'était elle qui était au volant.

L'air fraîchissait à mesure que la nuit tombait et qu'ils s'enfonçaient dans la montagne. La capote était baissée, mais Dana, tout à l'ivresse de glisser à l'air libre sur la route, se moquait de la fraîcheur du vent. Elle avait l'impression d'être une héroïne de roman : à chaque virage, tout pouvait arriver.

— Comment tu la trouves ? demanda Jordan.

— Racée. Et puissante.

— J'ai toujours pensé ça de toi.

Elle lui jeta un regard furieux, avant de se concentrer de nouveau sur la route.

— Je ne vois pas l'intérêt de posséder une voiture comme celle-ci quand on vit dans un environnement urbain où l'on bénéficie d'un réseau de transports en commun efficace.

— Il y a deux raisons à cela : d'une part, il m'arrive de quitter l'environnement urbain en question – la preuve. D'autre part, j'en rêvais depuis toujours.

— Je comprends ça, soupira Dana. Moi, je rêve d'une Corvette Stingray. Un jour, je l'aurai. Le jour où tous mes rêves seront exaucés.

— De quelle couleur ? demanda-t-il avec un sourire.

— Noire. Rutilante. Boîte manuelle, quatre vitesses. Pas forcément la 327, bien que ce soit le top. Mais il faudra qu'elle soit décapotable. Je ne me contenterai pas du coupé.

Elle garda le silence quelques minutes, savourant simplement le plaisir de conduire la Thunderbird.

— Zoé m'a dit que tu avais réparé sa voiture.

— Bah, j'avais le temps. Et puis, je me suis contenté de régler son carburateur. Rien de très compliqué.

— N'empêche, c'était sympa de ta part, s'obligea-t-elle à dire. Ça lui a fait plaisir. Surtout que tu ne la mets pas mal à l'aise comme Brad. Il la rend nerveuse.

— Ah, bon ? Je suis horriblement vexé. Je vais faire tout mon possible pour la rendre nerveuse.

— Quel genre de montre as-tu ?

— De montre ? répéta-t-il.

Perplexe, il regarda son poignet.

— Je ne sais pas. Une montre qui donne l'heure.

Dana éclata de rire.

— Je m'attendais à cette réponse. Je suis au regret de t'annoncer que tu ne rendras jamais Zoé nerveuse.

Elle ralentit à contrecœur en approchant de la grille de Warrior's Peak, puis s'arrêta pour sortir sa brosse de son sac et démêler les nœuds causés par le vent dans ses cheveux.

— Quel endroit magnifique ! commenta-t-elle. Si tu habitais une maison comme celle-ci, tu pourrais en avoir, des voitures de collection… qui dormiraient dans un grand garage chauffé.

La grille en fer forgé s'ouvrit.

— Ah, voici notre invitation, je crois.

Elle roula lentement dans le crépuscule vers la grande maison de pierre. Le vieux monsieur qu'elle avait fini par considérer comme le gardien s'empressa d'ouvrir sa portière.

— Bienvenue. Je vais garer la voiture pour vous, mademoiselle.

— Merci beaucoup.

Dana descendit et promena son regard autour d'elle. Ses yeux se posèrent sur un cerf majestueux qui se dressait à la lisière de la pelouse et de la forêt. Sa croupe et ses bois brillaient comme de l'argent.

— Symbolisme traditionnel, analysa Jordan, impressionné lui aussi par la prestance de l'animal. Le héros voit toujours un cerf blanc au début de sa quête.

— Malory l'a vu la première fois que nous sommes venues ici, murmura Dana, la gorge serrée. Mais ni Zoé ni moi ne l'avons vu ce soir-là.

Elle vint se placer derrière Jordan.

— Cela signifie-t-il qu'il était déjà écrit que ce serait à Malory de chercher la première clé ? Que ce n'était pas une question de chance ou de hasard ? Que le tirage au sort était un simulacre ?

— C'était un rituel. Vous avez quand même dû décider de piocher un disque dans la boîte. C'est vous qui choisissez de suivre le cerf, ou de vous en détourner.

— Mais est-il réel ? Ce cerf se dresse-t-il vraiment là, ou est-ce le fruit de notre imagination ?

— Là encore, à toi de le décider.

Il attendit que le cerf se fonde dans l'ombre de la forêt avant de se retourner. Le vieux monsieur et la voiture avaient disparu.

— Ça en jette, hein ? fit-il en enfonçant les mains dans ses poches.

La porte du manoir s'ouvrit sur Rowena. L'éclairage du vestibule formait un halo de feu autour de ses cheveux flamboyants et faisait briller sa longue robe en lamé argent.

— Quel plaisir de vous voir tous les deux ! dit-elle en leur tendant la main. J'avais justement envie de compagnie.

7

Pitte se trouvait dans le petit salon, aussi élégant que sa compagne avec sa chemise noire et son pantalon.

— Nous prenions justement un verre de vin. Voulez-vous vous joindre à nous ? demanda Rowena.

— Avec plaisir, merci, répondit Dana en avançant vers la cheminée pour se réchauffer. Vous bullez comme ça tous les soirs ?

Pitte cessa de verser le vin et fronça les sourcils.

— Buller ?

— Buller, oui. Vous savez, mettre des jolies fringues et boire du bon vin dans des verres en baccarat.

Pitte finit de la servir et lui tendit le verre.

— Nous nous accordons fréquemment une heure ensemble pour nous détendre à la fin de la journée.

— Et le reste du temps, que faites-vous, ici ?

— Eh bien, je peins, comme vous le savez, répondit Rowena en s'asseyant sur le canapé. Quant à Pitte, il s'occupe de nos finances. Il aime jouer avec l'argent. Nous lisons, aussi. J'aime beaucoup vos livres, Jordan.

— Merci.

— Pitte aime les films, ajouta Rowena avec un regard affectueux vers son amant. En particulier ceux où des choses explosent avec force déflagrations spectaculaires.

— Alors, vous allez au cinéma ?

— D'ordinaire, non. Nous préférons projeter les films tranquillement à la maison.

— Je n'aime pas ces multiplex, comme on les appelle, ajouta Pitte. Des petites boîtes empilées les unes au-dessus des autres. Dommage que les grands cinémas soient passés de mode.

— C'est une chose à laquelle vous devez constamment vous adapter, fit remarquer Dana. Le changement. En trois millénaires, vous avez dû en voir…

Rowena haussa les sourcils.

— En effet.

— Mes remarques peuvent vous paraître futiles, poursuivit Dana, mais j'essaie de m'y retrouver un peu, dans cette histoire. Je réalise que vous savez tout sur moi. Toute ma vie. M'avez-vous observée ?

— Naturellement. Vous nous avez considérablement intéressés depuis le moment de votre naissance, même si nous ne sommes jamais intervenus, précisa Rowena. Je comprends l'intérêt que vous nous portez à présent. Nous vous ressemblons davantage que vous ne le pensez. Nous apprécions et nous adonnons à ce que vous appelleriez des plaisirs humains. Cuisine, vins, tendresse, sexe…

Elle prit la main de Pitte.

— Nous aimons aussi sincèrement que vous. Nous pleurons et rions. Nous apprécions beaucoup de ce qu'offre votre monde. Nous admirons la générosité et la détermination de l'esprit humain et déplorons ses mauvais penchants.

— Mais ici, vous n'appartenez ni à un monde, ni à l'autre, n'est-ce pas ? demanda Jordan. Certes, vous vivez comme vous le choisissez, mais en restant soumis à certaines contraintes, et dans les limites de cette dimension. Et même ainsi, vous n'en faites pas partie. Vous ressentez la chaleur, mais vous ne vous brûlez pas. Vous dormez la nuit, mais au réveil, le matin, vous n'avez pas vieilli. Les heures qui passent ne vous changent pas. Des millions d'heures…

— Et considérez-vous ce genre de… d'immortalité comme un cadeau ? demanda Pitte.

— Non, répondit Jordan. Comme une malédiction. C'est en tout cas une punition, lorsqu'on est condamné à vivre hors de son propre monde.

L'expression de Pitte resta impassible, mais son regard sembla plus intense.

— Vous êtes d'une lucidité extraordinaire.

— Je suis aussi lucide sur un autre aspect de cette affaire : si Dana ne trouve pas la clé, elle paiera son échec d'une année de sa vie, de même que Malory et Zoé. De votre point de vue, ce n'est rien. Mais pour un humain dont la vie est limitée, c'est tout différent.

— Ah.

Pitte posa un bras sur le manteau de la cheminée.

— Vous êtes donc venus renégocier le contrat ?

Sans laisser à Dana le temps de protester, Jordan rétorqua :

— Non. Parce que Dana va trouver la clé, donc la question ne se posera pas.

— Vous avez confiance en l'élue de votre cœur, constata Rowena.

— Je ne suis pas l'élue de son cœur, dit vivement l'intéressée. Kane nous a-t-il observées, lui aussi ? Depuis notre naissance ?

— Je ne peux vous le dire, répondit Rowena. Il existe, comme l'a souligné Jordan, certaines frontières que nous ne pouvons franchir. Quelque chose a changé. Nous le savons parce qu'il a réussi à attirer Malory dans des rêves. Auparavant, il n'en était pas capable ou, du moins, il ne jugeait pas nécessaire de le faire.

— Raconte-leur ce qu'il t'a fait, dit Jordan à Dana.

C'était formulé comme un ordre et, cette fois, la colère de Dana fusa. Mais avant qu'elle puisse s'insurger contre l'ingérence de Jordan, Rowena lui prit le bras.

— Kane ? Qu'a-t-il fait ?

Elle le leur raconta et, avec un peu de distance et dans ce contexte, elle se rendit compte que sa voix ne tremblait pas, cette fois. Du moins jusqu'à ce qu'elle discerne une lueur d'inquiétude sur le visage de Rowena.

— Il n'a pas proféré de véritable menace, vous savez, dit-elle.

Sa peau la picotait, comme si une colonne de fourmis glacées s'activaient sur sa colonne vertébrale.

— Je veux dire, je n'aurais pas pu me noyer en me jetant dans les flots déchaînés, puisque la mer n'existait pas.

— Oh, si, corrigea Pitte, le visage sombre. Elle est apparue d'abord au gré de votre imagination, puis de votre peur, mais ça ne la rend pas moins réelle.

— C'est absurde, insista Dana. Quand il a entraîné Malory dans le rêve où elle peignait, nous pouvions la voir. Nous l'avons tous vue, là-haut, dans ce grenier.

— Son corps est resté présent, ainsi sans doute qu'une partie de sa conscience, car Malory est une femme intelligente et obstinée. Le reste…

Rowena prit une inspiration.

— Le reste avait voyagé de l'autre côté. Et si, d'un côté ou de l'autre du Rideau des rêves, il était arrivé malheur… à son corps, à ce que l'on peut appeler son essence, alors le mal aurait été fait à son être tout entier.

— Si Dana se coupait la main dans une existence, intervint Jordan, elle saignerait dans l'autre ?

— À Kane d'en décider.

Manifestement troublée, Rowena se leva pour leur resservir du vin.

— Si, par exemple, je souhaitais vous offrir un petit caprice inoffensif, je pourrais vous envoyer dans des rêves, et veiller sur vous. Mais ce à quoi se livre Kane n'est pas inoffensif. Il le fait pour vous tenter et vous terroriser.

— Pourquoi ne m'a-t-il pas tout simplement enfoncé la tête sous l'eau du bain ?

— Il subsiste néanmoins des limites. Pour préserver l'illusion, il ne peut toucher votre enveloppe charnelle. Et puisque c'est votre esprit qui forme la texture de l'illusion, il lui est impossible de vous obliger à vous faire du mal. Il peut vous mentir, vous tromper et vous effrayer, mais pas vous faire faire quelque chose contre votre propre volonté.

— C'est ainsi que Dana s'en est sortie, commenta Jordan.

C'était la confirmation qu'il attendait.

— D'abord, en choisissant de voir cela comme un piège, elle a changé la texture de l'illusion, comme vous dites, poursuivit-il. Au lieu d'un paradis, elle en a fait un cauchemar.

— Le fruit que vous avez fait tomber, expliqua Pitte à Dana, votre esprit l'a vu pourri de l'intérieur. Ce n'était pas votre paradis, mais votre prison.

— Et en plongeant dans la mer au lieu de se laisser entraîner par Kane, elle s'est affranchie du fantasme qu'il lui offrait, conclut Jordan. Ainsi, l'arme qu'a brandie Dana contre Kane a été de rester fidèle à elle-même, quoi qu'il fasse pour la séduire.

— En termes simples, c'est tout à fait cela, admit Pitte.

— Trop simples, protesta Rowena. Kane est rusé, et son pouvoir de séduction est grand. Vous ne devez jamais le sous-estimer.

— Il l'a déjà sous-estimée, elle, intervint Jordan. N'est-ce pas, Trognon ?

— Je crois que je me débrouille bien, répondit Dana, réconfortée par la confiance que Jordan avait en elle. Mais qu'est-ce qui pourrait l'empêcher de s'en prendre à Zoé pendant que nous sommes focalisés sur les attaques qu'il dirige contre moi ?

— Il n'a pas à se soucier d'elle pour l'instant, affirma Rowena. Nous pouvons toutefois prendre quelques précautions, la protéger, dans une certaine mesure, jusqu'à ce que son heure vienne.

— Si elle vient, corrigea Pitte.

— Pitte est pessimiste de nature, fit Rowena avec un sourire.

Elle revint vers le canapé et s'assit sur l'accoudoir avec cette grâce innée qu'ont certaines femmes. Puis elle se pencha et prit le visage de Dana entre ses mains.

— Vous reconnaîtrez la vérité lorsque vous l'entendrez. Peut-être la réfuterez-vous, y fermerez-vous votre esprit. Car vous êtes une femme de tête… et une femme têtue.

— Je ne vous le fais pas dire, marmonna Jordan.

— Mais dès lors que vous choisirez de la voir, la vérité vous sautera aux yeux, ajouta Rowena. Tel est votre don. Kane ne vous trompera pas, à moins que vous ne l'y autorisiez. Quand vous aurez admis ce que vous savez déjà, le reste suivra.

— Ça ne vous ennuierait pas d'être un peu plus précise ?

Un sourire se dessina sur les lèvres de Rowena.

— Vous avez suffisamment matière à réflexion pour l'instant.

Plus tard, lorsqu'ils furent seuls, Rowena se blottit sur le canapé à côté de Pitte, posa la tête sur son épaule et contempla le feu dans la cheminée. Dans les flammes, elle étudia Dana au volant, qui conduisait avec souplesse et habileté vers Pleasant Valley.

Elle admirait la compétence, chez les mortels comme chez les dieux.

— Elle lui donne du fil à retordre, dit-elle avec calme.

Pitte observa le feu et les images qui s'y formaient.

— À qui donc ? Au voleur d'âmes ou à l'écrivain ?

Rowena frotta distraitement sa joue contre l'épaule de Pitte.

— Aux deux, certainement. Tous deux l'ont fait souffrir, un seul délibérément. Mais la lame d'un amant va plus profond que celle d'un ennemi. Kane se fait du souci à cause d'elle, et Jordan Hawke s'en fait pour elle.

— Ils sont passionnés. Il devrait l'emmener au lit et laisser le plaisir panser les vieilles blessures.

— Comme c'est masculin, de penser que l'amour physique est la réponse universelle !

— C'en est une bonne, en tout cas.

Pitte poussa légèrement sa compagne et, quand elle tomba, ce fut sur le grand lit qu'ils partageaient. Elle lui décocha un coup d'œil espiègle. Sa robe argentée s'était évaporée, la laissant nue. Ce genre de chose, Rowena le savait, était une des habitudes les plus amusantes et les plus charmantes de Pitte.

— La passion ne suffit pas, murmura-t-elle. Seule la chaleur, mon amour, apaise un cœur blessé.

Elle ouvrit les bras, et des dizaines de bougies s'allumèrent. Puis, les bras toujours grands ouverts, elle se redressa et l'accueillit dans son étreinte.

Dana s'était replongée dans *Othello* après avoir éconduit Jordan quand on frappa à la porte. Pensant qu'il revenait à la charge avec une nouvelle idée pour s'introduire chez elle, elle ne répondit pas.

On frappa encore, plus fort. Cette fois, des aboiements attirèrent son attention. Elle se résigna à se lever et alla ouvrir la porte.

— Mais qu'est-ce que vous fabriquez ici, tous les deux ?

Elle fit une grimace à Flynn et se baissa pour frotter les oreilles de Moe.

— Malory t'a jeté dehors ? Pauvre chéri ! Peut-on savoir ce que tu trimbales dans ce sac ?

— Des trucs.

Flynn contourna son chien et sa sœur et se glissa dans l'appartement.

— J'ai entendu dire que tu avais passé une drôle de soirée, hier.

— C'est vrai, mais je ne suis pas d'humeur à en parler. Il est 22 h 15. J'ai l'intention de travailler, puis d'aller me coucher.

En laissant toutes les lumières allumées, comme elle l'avait fait la veille.

— Parfait. Voilà ses affaires.

— Les affaires de qui ?

— De Moe. Je t'apporterai un gros sac de croquettes demain, mais tu as déjà assez pour son petit déjeuner là-dedans.

— Mais qu'est-ce que c'est que ce cirque ?

Elle entrouvrit le sac qu'il lui avait fourré dans les bras et y aperçut une balle de tennis, une corde à moitié déchiquetée, une boîte de biscuits pour chien et deux ou trois kilos de croquettes.

— Moe est ton nouveau colocataire, provisoirement. Bon, il faut que je file. À demain.

— Oh, non, pas si vite.

Elle laissa tomber le sac sur une chaise, devança Flynn et se jeta devant la porte.

— Tu n'espères pas repartir sans ce chien ?

— Regarde, tu l'as vexé, fit Flynn en montrant Moe, qui essayait d'ouvrir le sac avec son museau. Ce n'est rien, mon toutou. Elle ne pensait pas ce qu'elle disait.

— Arrête ton cinéma.

— Tu ne peux pas savoir tout ce que comprend un chien. Les tests scientifiques sont peu concluants pour l'instant. Quoi qu'il en soit, Moe va rester avec toi une quinzaine de jours. Pour faire le chien de garde.

— Le chien de garde ? Tu divagues ?

Moe mastiquait à présent le sac de croquettes. Ne trouvant visiblement pas à son goût le papier kraft, il partit en quête d'une nourriture plus appétissante, et Flynn s'assit par terre. Il avait réfléchi à sa stratégie et opté pour une tactique à son avis infaillible.

— Bon, alors, c'est moi qui reste monter la garde, puisque tu ne fais pas confiance à Moe. On joue le lit à pile ou face.

— C'est moi et moi seule qui dormirai dans mon lit, et j'ai encore moins confiance en toi qu'en ce gros corniaud, qui est en train de tourner en rond pour se mordre la queue. Moe ! Arrête immédiatement avant de tout saccager !

Elle envisageait de s'arracher les cheveux lorsque Moe se heurta à une table dans une tentative désespérée d'attraper sa queue et fit dégringoler une pile de livres sur sa tête. Surpris, il aboya et courut se réfugier aux pieds de son maître.

— Va-t'en, Flynn, et emmène ton empoté de chien.

— Réfléchissons plutôt aux solutions qui s'offrent à nous, répondit-il tranquillement.

Vingt minutes plus tard, une fois son frère parti, Dana franchit le seuil de sa cuisine. Elle s'immobilisa, pétrifiée, et poussa un soupir consterné en voyant le contenu de sa poubelle étalé par terre. Joyeusement vautré au milieu des détritus, Moe mâchouillait un paquet de serviettes en papier.

— Comment s'y est-il pris ? Comment a-t-il réussi à me convaincre ?

Tel était le mystère de Flynn Hennessy, songea-t-elle. On finissait toujours par se laisser embobiner sans jamais comprendre de quelle façon.

Elle s'accroupit et se plaça face au museau de Moe, qui détourna les yeux, évitant soigneusement son regard.

— Bon. Écoute-moi bien, mon pote, on va revoir ensemble le règlement intérieur.

Il répondit en lui léchant le visage, puis en se retournant pour offrir son ventre à ses caresses.

Dana se réveilla éblouie par le soleil et les jambes paralysées. Son éblouissement était facile à expliquer : elle avait oublié de tirer les rideaux. Quant à ses jambes, réalisa-t-elle après un moment d'affolement, elles n'étaient nullement paralysées, mais piégées sous la masse impressionnante de Moe.

— Ça commence mal, déclara-t-elle en se redressant pour repousser le chien. J'ai dit que je ne voulais pas de chien sur mon lit. Je te l'ai fait très clairement comprendre.

Il gémit, produisant un son si humain qu'elle faillit éclater de rire. Puis il ouvrit un œil. Un œil qui pétillait d'une joie perverse.

— Non !

Trop tard. D'un bond, il avait aplati non seulement ses jambes, mais son corps tout entier. Ses pattes s'écrasèrent sur le ventre de Dana, ses seins, ses cuisses ; sa langue se mit à lui lessiver le visage avec un amour désespéré.

— Arrête ! Couché !

Elle fut prise de fou rire et lutta avec Moe jusqu'à ce qu'il bondisse hors du lit et de la chambre.

— Mes aïeux...

Ce n'était pas ainsi que Dana aimait se réveiller le matin, mais pour une fois, elle pouvait bien faire une exception.

Il lui fallait du café. Très vite.

C'est alors que Moe reparut, une balle gluante dans la gueule, avec un objectif : le lit.

La vitesse habituelle de Dana au réveil avoisinait celle d'un escargot sous Valium, mais un regard à la balle de tennis dans la gueule de Moe lui donna des réflexes de sprinteuse olympique. Elle bondit à terre, ce qui fit changer de direction à Moe, qui dérapa. Il alla heurter le montant du lit et cracha la balle à ses pieds.

— On ne joue pas à la baballe dans la maison, et encore moins quand je suis toute nue, or je le suis, tu l'auras sans doute remarqué.

Il pencha la tête d'une manière adorable et leva une patte.

— On va faire un compromis. D'abord, je m'habille, déclara-t-elle en attrapant un peignoir. Ensuite, je bois mon premier café. Puis je t'emmène faire une toute petite promenade pour soulager ta vessie et jouer à la balle, pendant exactement trois minutes. À prendre ou à laisser.

Encore un mystère... Tel maître, tel chien, sans doute. Quoi qu'il en soit, Dana passa vingt bonnes minutes au parc à jouer avec Moe.

Ce n'était absolument pas sa routine matinale, or s'il existait une chose sacro-sainte chez Dana, c'était sa routine matinale. Elle se sentit plus énergique et plus joyeuse après cet interlude avec le chien, mais elle ne l'aurait jamais admis.

Il dévora son petit déjeuner pendant qu'elle prenait le sien, puis, heureusement pour toutes les personnes concernées, il eut la bonne idée de faire un petit somme tandis qu'elle se replongeait dans *Othello*.

Pour accorder à ce qu'elle venait de lire le temps de faire son chemin dans son esprit, elle reposa le livre au bout d'une demi-heure et choisit l'un de ses recueils sur la sorcellerie. Kane détenait un pouvoir. Peut-être existait-il un moyen de le saper ou de le détourner, tandis qu'elle cherchait la clé.

Elle apprit beaucoup sur la magie blanche, la magie noire, la sorcellerie et la nécromancie. C'était impressionnant, se dit-elle en prenant des notes, de savoir que ce qu'elle lisait sur le fantastique était réel, qu'il ne s'agissait ni de fantasmes, ni d'inventions, ni de mensonges, mais de la vérité.

Elle devrait s'en souvenir, songea-t-elle en refermant le livre. Il était essentiel qu'elle se souvienne de la vérité.

C'était très gratifiant de recouvrir de peinture blanche un mur triste, découvrit Dana, en plein travail à Complaisance.

Elle raconta aux filles sa visite à Warrior's Peak.

— Alors, Kane peut nous faire du mal, murmura Zoé en rechargeant de peinture le rouleau automatique de Malory. Ou nous pouvons nous faire du mal à nous-mêmes. Ça revient à ça, non ?

— Si nous dérivons trop loin de la réalité, oui, répondit Dana.

— Mais il ne peut nous nuire que si nous le laissons faire, ajouta Malory. Ce qu'il faut, c'est l'en empêcher. Mais ce n'est pas si facile.

— À qui le dis-tu... fit Dana en frissonnant. Il ne s'agit donc pas seulement de trouver les deux dernières clés, mais de nous protéger.

— Nous et notre entourage, lui rappela Zoé. Il s'en est aussi pris à Flynn. S'il essaie de s'attaquer à Simon, je passerai le reste de ma vie à le traquer, ce salopard.

— Ne t'inquiète pas, petite mère, fit Dana en pressant l'épaule de Zoé. Quand ton tour viendra, nous veillerons tous sur Simon. Nous pourrons toujours envoyer Moe pour le protéger, ajouta-t-elle pour détendre l'atmosphère, avant de décocher un regard glacial à Malory. Une bonne copine m'aurait téléphoné pour me prévenir que j'allais avoir un chien.

— Une bonne copine savait que tu dormirais mieux avec un chien à côté de ton lit.

— À côté ? Ç'aurait été trop beau ! Il est monté sur le lit pendant que je dormais. J'ai eu l'impression d'entendre passer un train de marchandises durant toute la nuit, car on ne peut pas dire que Moe soit d'une discrétion à toute épreuve. Et c'est un sacré boulot d'empêcher cet animal de transformer mon appartement en champ de bataille.

— C'est seulement pour quelques semaines, et surtout la nuit, lui rappela Malory. Tu as mieux dormi, non ? Je le vois à ton humeur.

— Peut-être. Bref, passons. Je vais vous raconter où j'en suis de la quête.

Lorsqu'elles abordèrent la deuxième pièce et le fastidieux travail de préparation des supports, Dana résuma à voix haute :

— Jalousie, sorcellerie, se mettre dans la peau de Kane.

Debout sur l'escabeau tout neuf, Malory passait de l'enduit sur le plafond.

— Pas bête du tout, approuva-t-elle.

— C'est aussi mon avis. Or, la réponse se trouve dans un livre. Forcément. La tienne concernait la peinture, et la sœur qui te ressemble est une artiste. Enfin, une musicienne, mais il s'agit toujours d'art.

— J'espère que je ne vais pas devoir me mettre à l'escrime parce que la déesse à laquelle je corresponds porte une dague, intervint Zoé.

— Et un adorable chiot, lui rappela Malory.

— Le petit chien, la dague, ce sont sûrement des métaphores, déclara Dana en s'asseyant sur ses talons et en étirant son dos. Nous verrons cela en temps voulu. Pour en revenir à mon raisonnement, la clé de Malory se trouvait dans un tableau. Le rêve de Malory était de devenir une artiste, mais il lui manquait le talent...

Elle s'interrompit et se mordit la langue.

— Pardon. Ce n'était pas gentiment dit.

— Non. C'est exactement cela. N'ayant pas le génie de la peinture, j'ai choisi une carrière qui me permettait tout de même d'évoluer dans le monde de l'art. Ça ne me vexe pas, Dana.

— D'accord, mais tu auras le droit de me donner un coup de pied gratuit tout à l'heure, si tu veux. Bref, Kane a exploité le désir qu'avait Malory de peindre pour l'ensorceler, la distraire de sa quête. Mais notre héroïne s'est montrée bien plus maligne que lui et a inversé les rôles.

Malory inclina la tête d'un air royal.

— J'aime bien ce passage.

— C'est l'un de mes préférés, renchérit Zoé. Toi, Dana, tu voudrais écrire ?

— En fait, non. Mais j'ai besoin d'être immergée dans les livres. Je suis fascinée par ceux qui écrivent.

— Y compris Jordan ?

— Ne me lance pas sur ce sujet. Du moins, pas tout de suite. Ce que je veux dire, c'est que la littérature me touche de façon très personnelle, comme l'art pour Mal. Je pense donc que ma clé est liée d'une manière ou d'une autre aux livres. Et, je ne sais pas pourquoi, mais quelque chose me dit qu'il s'agit d'un livre que j'ai lu. Je vais refaire une recherche par titres, en utilisant le mot « clé », et voir ce qui en sort.

Elle fronça les sourcils.

— C'est évidemment un peu simplet, mais ça me donne un but.

— On pourrait partager ta liste en trois, proposa Malory, et chacune de nous en explorerait une partie.

— Ça ferait gagner du temps, oui. Nous ne savons pas ce que nous cherchons, mais nous devons avoir confiance et croire que nous le reconnaîtrons quand nous le trouverons.

— Dresse aussi une liste de titres contenant le terme « déesse », conseilla Malory. Dans ton indice, on parle d'une déesse qui marche et d'une autre qui attend.

— Bonne idée.

Dana poussa un soupir.

— Mon Dieu, j'ai les yeux qui piquent. Et il y a autre chose, reprit-elle. Ta clé, Mal, avait un rapport avec cette maison. Dans ton rêve, elle s'était transformée en un foyer heureux. Tu avais une famille, tu peignais dans ton atelier. Moi, mon rêve, c'était une île déserte tropicale. Je vois mal comment elle pourrait trouver ses racines à Pleasant Valley.

— Qui sait où ton imagination t'emmènera la prochaine fois ?

Dana posa son pinceau et leva les yeux au ciel.

— Eh bien, voilà qui est réjouissant.

8

Dana n'avait jamais tant travaillé que depuis qu'elle était sans emploi.

Dès le matin, il fallait s'occuper de Moe, un bébé de trente-cinq kilos à nourrir, gronder, distraire et surveiller de près.

Peindre durant plusieurs heures par jour avait considérablement accru le respect qu'elle vouait aux artisans. Mais de même qu'avec Moe venaient le réconfort et la gaieté, les travaux lui apportaient satisfaction et fierté.

Certes, ce n'était pas encore spectaculaire, car elles n'avaient pas commencé la couleur, mais avec trois femmes déterminées qui œuvraient de concert, les progrès étaient rapides.

Dana réfléchissait également à la stratégie de sa future entreprise. Elle dressait de longues listes de livres et d'idées pour les étagères et les tables, les verres et les tasses. Fantasmer depuis toujours sur une librairie-salon de thé était une chose, régler les mille et un détails de sa création en était une autre.

S'ajoutaient à cela les heures passées à chercher la clé. La lecture avait toujours été une passion, c'était devenu une mission. Quelque part dans un livre se trouvait la réponse. Ou au moins la question suivante.

Et comme si elle n'avait pas assez de tous ces soucis, il fallait encore qu'elle se prépare pour un rendez-vous. Un rendez-vous qu'elle n'aurait jamais dû accepter.

Si elle annulait, Jordan la harcèlerait jusqu'à ce qu'elle le débite en tranches et termine ses jours en prison. Ou, pire, il lui adresserait un de ses sourires suffisants et prétendrait qu'il venait de prouver qu'elle avait peur de lui.

Il ne lui restait donc qu'une solution : aller à ce rendez-vous, mais armée jusqu'aux dents. Non seulement elle démontrerait qu'elle n'était absolument pas émue à l'idée de passer quelques heures avec lui, mais elle le rendrait fou.

Le sachant très sensible aux parfums, elle s'enduisit de lait corporel, avant d'enfiler ses sous-vêtements les plus sexy. Non qu'elle eût l'intention de donner à Jordan une chance de les voir, mais elle saurait qu'elle portait ce soutien-gorge en dentelle noire, la petite culotte assortie, des porte-jarretelles et des bas de soie, et cela lui donnerait de l'assurance. Du pouvoir.

Dana s'inspecta dans le miroir sous toutes les coutures. Impeccable.

Elle prit la robe qu'elle avait étalée sur le lit. Elle avait l'air toute simple, comme ça, longue, fluide et noire. Mais une fois enfilée, elle était éblouissante.

Dana la passa, tira de-ci de-là, puis pivota de nouveau devant le miroir. Rempli, le décolleté prenait une dimension totalement nouvelle. Au moindre mouvement, une fente s'écartait sur le côté pour révéler la longueur d'une jambe.

Dana mit ses escarpins, ravie que les talons aiguilles ajoutent plusieurs centimètres à sa taille déjà impressionnante. Elle n'avait jamais souffert d'être grande. Au contraire, elle avait toujours adoré cela.

Zoé avait encore une fois fait des merveilles avec ses cheveux. Elle se donna un coup de brosse, puis appliqua quelques touches de parfum derrière ses oreilles, sur son cou, entre ses seins, à ses poignets.

— Mon pote, tu es fait comme un rat.

Elle se rendit soudain compte qu'elle attendait cette soirée avec impatience. Cela faisait des semaines qu'elle ne s'était pas pomponnée pour un rendez-vous. Et puis, elle était curieuse. Comment se comporterait Jordan ? Quelle attitude auraient-ils l'un envers l'autre ? Ils n'étaient plus des adolescents, maintenant, mais des adultes.

C'était excitant, il fallait bien l'admettre. D'autant plus qu'elle était certaine qu'il voulait la séduire, alors qu'elle était déterminée à ne pas se laisser faire.

Elle se pencha vers le miroir, appliqua un rouge meurtrier sur ses lèvres, puis rangea le tube dans son sac.

Quand Jordan frappa, à 19 h 30 précises, sa réaction fut exactement conforme aux attentes de Dana. Ses yeux s'écarquillèrent, devinrent vitreux. Elle vit une veine battre précipitamment à sa gorge.

— Tu as décidé de m'en mettre plein la vue, hein ?

— Absolument. C'est réussi ?

— À cent pour cent. Je bave ?

Elle sourit et se retourna pour enfiler son manteau. Il s'approcha, se pencha, huma son odeur.

— Si jamais je gémis inopinément, ne me…

Il s'interrompit en voyant les livres. Il y en avait partout, entassés à côté du canapé, sur la table basse, sur la table de la salle à manger.

— Mon Dieu, Dana, il faut que tu te fasses soigner.

— Ce n'est pas seulement pour mon plaisir, il s'agit de travail et de recherches. Je m'intéresse à la clé sous un nouvel angle, et n'oublie pas que je vais ouvrir une librairie.

Elle enfila son manteau en s'appliquant à ne pas se vexer de le voir s'intéresser plus aux livres qu'à sa merveilleuse personne.

— *Les Clés du royaume* de Cronin, *La Maison sans clé* d'Earl Derr Biggers. Ah, je vois. *La Clé de l'épanouissement sexuel* ? fit-il en lui jetant un regard narquois.

— Pas de commentaire, je te prie. Bon, on y va ?

— Oui, oui. Ce job est vraiment fait pour toi.

Il s'accroupit et se mit à tourner des pages.

— Tu veux que je t'en prenne quelques-uns ?

— J'ai déjà réparti la charge de travail entre Malory, Zoé et moi.

Elle savait que s'il se mettait à lire, il ne pourrait pas s'arrêter. Dans ce domaine, ils étaient aussi accros l'un que l'autre.

— Allez, j'ai faim, insista-t-elle.

— Tiens donc.

Jordan posa le livre sur une pile, se redressa et la regarda de nouveau.

— Tu es éblouissante.

— Merci. On y va ?

Il lui ouvrit la porte.

— Où est Moe ?

— Il cavale au parc avec son meilleur copain. Flynn le ramènera tout à l'heure. Où va-t-on dîner ?

— C'est une idée fixe, ma parole. Monte dans la voiture, tu l'auras, ton dîner.

Lorsqu'elle fut installée sur le siège du passager, il demanda :

— Alors, comment avancent les travaux ?

— À grande vitesse. Sérieusement, je suis impressionnée par le travail qu'on abat à nous trois. D'ailleurs, mon corps tout entier s'en plaint.

— Si tu as besoin de massages…

— Quelle offre gentille et désintéressée, Jordan !

— C'est tout moi, ça.

Elle croisa les jambes en veillant à remuer lentement et de façon que la fente s'ouvre jusqu'au milieu de sa cuisse.

— J'ai déjà Chris qui fait des merveilles dans ce domaine.

— Chris ? demanda-t-il après avoir promené son regard tout le long de la jambe de Dana.

— Oui.

— Et qui est Chris ?

— Quelqu'un qui a des doigts de fée et me masse divinement.

Dana s'étira, comme sous l'action des doigts de fée en question, et ajouta un petit gémissement discret. Oh, oui, songea-t-elle en sentant le souffle de Jordan s'accélérer, elle possédait désormais tout un arsenal efficace contre Jordan Hawke.

— C'est Zoé qui me l'a fait rencontrer, ajouta-t-elle. Elle a l'intention de proposer une vaste gamme de services dans son institut de beauté.

— S'agit-il d'une Christine ou d'un Christophe ?

Dana se contenta de hausser les épaules, puis fronça les sourcils en voyant qu'il quittait Pleasant Valley.

— On ne dîne pas en ville ?

Jordan ne pouvait pas respirer sans humer ce parfum indubitablement destiné à le faire craquer. Et Dana s'était donné un mal fou pour lui rappeler, au cas où il l'aurait oublié, qu'elle avait des jambes interminables.

D'une voix un peu tendue, il répondit :

— C'est moi qui régale. Donc, c'est moi qui décide de l'endroit où je t'emmène.

— J'espère que mon appétit sera satisfait, sinon je te ferai payer plus que l'addition.

— Je me souviens de tes appétits.

Il s'ordonna de se détendre. Elle avait décidé de se livrer à un sacré petit jeu, mais il saurait se montrer à la hauteur.

— À propos d'appétit, quelle est la clé de l'épanouissement sexuel, dis-moi ?

— Lis le livre. Dis-moi, toi, qu'est-ce qui te vient à l'esprit quand tu penses au mot « clé » en termes de littérature ?

— Des mystères derrière des portes condamnées.

— Mmm... Pourquoi pas ? Et les déesses, autres que dans la mythologie ?

— La femme fatale type. Comme Mary Astor dans *Le Faucon maltais*.

— En quoi est-elle une déesse ?

— Elle a le pouvoir de captiver les hommes, grâce au sexe, à la beauté et aux mensonges.

— Pas mal, admit Dana en passant une main nonchalante dans ses cheveux. J'approfondirai la question.

Elle médita le sujet jusqu'à ce qu'ils s'arrêtent devant une grande et spacieuse maison qui se dressait à flanc de colline. Elle écarquilla les yeux.

— *Luciano* ? s'exclama-t-elle. Il faut un décret présidentiel pour obtenir une réservation chez *Luciano* à cette époque de l'année ! On doit réserver quinze jours à l'avance hors saison, mais en octobre, même en donnant son sang, il n'y a pas moyen d'y entrer.

— J'ai négocié, tu n'auras qu'un demi-litre à donner.

Jordan descendit et laissa les clés de la Thunderbird à un voiturier.

— J'ai toujours eu envie de dîner ici, mais c'est largement au-dessus de mes moyens.

— J'avais essayé d'obtenir une réservation pour ton anniversaire, une fois. On m'avait presque ri au nez.

C'était exactement le genre de folie dont Jordan aurait été capable, songea Dana, attendrie.

— C'est drôlement gentil d'avoir tenté le coup, dit-elle en l'embrassant sur la joue.

— Cette fois, j'ai réussi, murmura-t-il en lui prenant la main pour la porter à ses lèvres. Bon anniversaire. Mieux vaut tard que jamais.

— Quel séducteur... Pourquoi ce déploiement de charme ?

— Pour accompagner ta tenue.

Sans lui lâcher la main, il lui fit monter les marches.

Le restaurant, tout en balcons, colonnades et vérandas, avait jadis été la résidence secondaire d'une famille de Pittsburgh riche et influente. La propriété était magnifique, et l'on pouvait dîner dans le jardin en admirant la vue. L'intérieur, restauré, était absolument charmant.

Dana eut à peine le temps d'admirer le sol en marbre, les œuvres d'art italiennes, le salon accueillant et les lumières tamisées, car le maître d'hôtel venait déjà les accueillir.

— Bonsoir, monsieur Hawke. Nous sommes heureux que vous ayez pu venir ce soir. *Signorina*, bienvenue chez *Luciano*. Votre table est prête si vous souhaitez dîner tout de suite. À moins que vous ne préfériez prendre l'apéritif au bar ?

— Cette jeune femme est affamée, nous allons nous installer à table, merci.

On prit leurs manteaux, et ils furent conduits en haut du majestueux escalier vers ce qui sembla à Dana être un salon privé où était dressée une table unique, pour deux.

Un garçon arriva avec du champagne.

— Tout est-il conforme à vos désirs ? demanda le maître d'hôtel à Jordan.

— Absolument.

— *Bene.* Si vous avez besoin de quelque chose, il vous suffit de le demander. Passez une bonne soirée. *Buon appetito.*

Il s'éclipsa, les laissant seuls. Au bout de quelques secondes, Dana observa :

— Quand tu sors le grand jeu, ça ne rigole pas.

— Pourquoi faire les choses à moitié ?

Jordan leva sa flûte et la fit tinter légèrement contre la sienne.

— Aux moments passés, présents et à venir.

— Cela me paraît relativement inoffensif, comme toast.

Elle avala une petite gorgée.

— Mon Dieu, murmura-t-elle avec un soupir d'aise, avant d'observer son compagnon par-dessus le rebord de sa flûte. Je l'avoue, je suis impressionnée. Tu es devenu un gros ponte, on dirait, monsieur Hawke.

— Le petit gars du coin qui a réussi n'a jamais trop de mal à obtenir une table au restaurant.

Dana promena son regard dans le salon si intime, si romantique. Une musique douce flottait dans la pièce, surgie de nulle part. Un feu brûlait doucement dans la cheminée de marbre noir.

— Et quelle table ! répondit-elle enfin.

— Je voulais être seul avec toi. Ne gâche pas tout, ajouta-t-il en couvrant sa main de la sienne avant qu'elle puisse se dérober. Ce n'est qu'un dîner, Trognon.

— Rien n'est *que* quelque chose, dans un endroit comme celui-ci.

Il retourna la main de Dana et passa un doigt sur sa paume en observant son visage.

— Alors, laisse-moi essayer de te faire la cour et d'être romantique. Juste le temps d'une soirée. Je pourrais déjà te dire que le simple fait de te regarder maintenant arrête presque les battements de mon cœur.

Celui de Dana fit un petit saut périlleux.

— Pour un débutant, tu es drôlement doué.

— Écoute bien, je vais encore me bonifier.

Elle ne retira pas sa main. Cela lui aurait paru déplacé et mesquin, après le mal qu'il s'était donné.

— Tu perds ton temps, Jordan. Nous n'en sommes plus là.

— Il me semble au contraire que nous sommes en plein dedans. Bon, tu as toujours faim ?

Elle prit le menu qu'il lui tendait.

— Plus que jamais, acquiesça-t-elle.

Il lui aurait fallu déployer de considérables efforts, songea Dana, ainsi qu'une bonne dose de détermination, pour ne pas se détendre et savourer la soirée. Et ç'aurait été ridicule. Elle avait accepté ce rendez-vous à contrecœur, mais Jordan avait su en faire un événement magique.

Et il avait parlé de romantisme. Une notion nouvelle, pour Jordan. Oh, il était capable de se montrer gentil et de la surprendre, autrefois, mais le romantisme n'avait jamais fait partie de leur relation. À l'époque, cette sorte de distance lui plaisait. Cela l'excitait.

Mais elle n'allait pas se plaindre d'être courtisée par un homme charmant et captivant qui semblait décidé à rendre la soirée mémorable.

— Dis-moi comment tu vois ta future librairie.

Elle prit une bouchée de son succulent loup de mer.

— Tu as du temps devant toi ?

— Tout le temps qu'il te faudra.

— Eh bien, d'abord, j'aimerais que ce soit un endroit convivial, que les gens se sentent libres d'y flâner, éventuellement de s'installer un moment pour lire autour d'une tasse de thé. Mais en même temps, ce ne sera pas leur bibliothèque personnelle. Je voudrais créer le genre de librairie de quartier où le client est prioritaire, où les gens aiment se retrouver.

— Je me demande pourquoi ça n'existe pas déjà à Pleasant Valley.

— Je préfère ne pas trop y réfléchir, avoua-t-elle. Si personne n'a encore tenté l'aventure, il doit y avoir une bonne raison.

— Peut-être personne n'était-il aussi passionné que toi, répondit simplement Jordan. Parle-moi encore de tes projets. Tu penses à de la littérature générale ou spécialisée ?

— Générale. Je voudrais des tas de collections différentes, mais j'ai travaillé assez longtemps à la bibliothèque pour savoir ce qui plaît aux gens d'ici. Donc certains domaines – la littérature sentimentale, policière, régionale – primeront sur des titres plus hermétiques. Je veux aussi me mettre en rapport avec les écoles, savoir sur quoi travaillent les profs, tâcher de former au moins un club de lecture dans les six premiers mois.

Elle prit son verre.

— Ça, c'est pour commencer. Mal, Zoé et moi, nous travaillerons ensemble et, idéalement, notre clientèle sera intéressée par nos trois activités. Tu sais, quelqu'un entre pour acheter un bouquin et se dit : « Hou la la, quel magnifique vase en verre soufflé ! Juste ce qu'il me faut pour l'anniversaire de ma sœur. » Ou bien quelqu'un vient se faire couper les cheveux chez Zoé et choisit un livre de poche à lire pendant ce temps.

— C'est une bonne idée. Vous formez un trio formidable. Vous allez bien ensemble, toutes les trois. Vous êtes complémentaires. Vous avez toutes des styles différents, mais ils se mêlent merveilleusement.

— C'est drôle, je me faisais la même réflexion l'autre jour. Si tu m'avais dit cet été que je m'associerais, en investissant toutes mes économies, avec deux femmes que je connais depuis à peine plus d'un mois, je t'aurais ri au nez. Et pourtant, me voilà lancée dans l'aventure. Sans le moindre état d'âme, et presque sans appréhension.

— En ce qui concerne la librairie, je miserais sur toi jusqu'à mon dernier kopeck.

— Économise tes kopecks. Il va peut-être falloir que je t'en emprunte. Mais dis-moi ce que toi, tu attendrais d'une bonne librairie de quartier. Du point de vue de l'écrivain.

Comme Dana, il se carra dans son fauteuil.

— Je n'en reviens pas. Tu m'as traité d'écrivain sans ajouter d'épithète péjorative.

— Ne te réjouis pas trop vite. Je préserve l'ambiance de la soirée, c'est tout.

— Alors, commandons le dessert et le café, et je vais te raconter ça.

Dana ne tarda pas à regretter de ne pas avoir emporté de carnet. Jordan ne manquait pas d'idées, il fallait le reconnaître. Il abordait des notions auxquelles elle n'avait pas songé, en étoffait d'autres.

En parlant littérature avec lui, elle comprit à quel point cela lui avait manqué de partager avec quelqu'un sa passion absolue pour les livres.

— Si nous prolongions cette bonne soirée en faisant un petit tour de la propriété avant de rentrer ? suggéra-t-il en l'aidant à se lever.

— C'est une façon polie de me dire que j'ai trop mangé et qu'il me faut une promenade digestive ?

— Non, c'est une façon d'essayer de rester plus longtemps seul avec toi.

Elle le laissa la guider hors de la pièce, et son manteau reparut comme par enchantement sur ses épaules. Elle remarqua que Jordan ne tiqua pas lorsque le maître d'hôtel lui apporta l'un de ses romans à signer.

Il était doué pour cela aussi, songea-t-elle. Il s'acquitta aimablement de sa tâche, ajoutant une petite plaisanterie et un remerciement pour la soirée.

— Qu'est-ce que ça te fait quand on te demande une dédicace ? s'enquit-elle, une fois qu'ils se retrouvèrent dehors.

— Beaucoup plus de bien que si les gens se fichaient royalement de moi.

— Non, sérieusement, quel effet ça fait ?

— C'est gratifiant. Flatteur. Surprenant. Tu te trouves face à quelqu'un qui a lu ton livre, ou va le lire, et qui a envie que tu le lui dédicaces. En quoi serait-ce désagréable ?

— Tu pourrais faire des caprices de star.

— Je ne suis pas quelqu'un de capricieux.

— Tu l'étais, pourtant, grommela-t-elle.

— Et toi, tu étais chicanière et obstinée.

Il lui adressa un large sourire en la voyant se rembrunir.

— Tu vois comme on a changé, tous les deux.

— Exceptionnellement, je ne relèverai pas cette remarque désobligeante parce que j'ai passé une soirée vraiment délicieuse.

Elle inspira profondément tandis qu'ils empruntaient un chemin pavé, puis leva les yeux vers le croissant de lune.

— J'entre dans la deuxième semaine, murmura-t-elle.

— Tu fais tout ce qu'il faut, Trognon.

Elle secoua la tête.

— Je n'ai pas l'impression de progresser réellement. Pas encore. Les jours passent à toute vitesse. Je ne m'affole pas, ajouta-t-elle vivement, mais je m'inquiète. Tant de choses dépendent de moi ! Des gens que j'aime comptent sur moi. Ce serait terrible de les décevoir. Tu comprends ce que je veux dire ?

— Bien sûr. Tu n'es pas seule dans cette histoire. Tu portes le fardeau, mais pas intégralement.

Il posa ses mains sur ses épaules et l'attira à lui, jusqu'à ce que le corps de Dana soit appuyé contre le sien.

— Je voudrais t'aider, Dana.

Elle se lovait parfaitement contre lui. Comme avant, songea-t-elle. Cette idée fit tinter une petite sonnette d'alarme dans son cerveau.

— Nous savons déjà que tu es lié à cette histoire, d'une façon ou d'une autre.

— Je veux davantage.

Il pencha la tête pour effleurer son cou de ses lèvres.

— Et je te veux, toi.

— J'ai assez de soucis pour l'instant.

— Cela ne change rien, déclara-t-il. Je te veux malgré tout. Et je continuerai à te le dire.

Il sourit et ajouta :

— J'ai toujours adoré cette expression.

— Quelle expression ?

— Cette expression vaguement irritée que tu as chaque fois qu'on te donne un problème à résoudre. Celle qui te creuse un petit pli ici.

Il posa ses lèvres sur le front de Dana, entre ses sourcils.

— Je croyais qu'on était sortis se promener.

— C'est ce qu'on a fait. Je trouve maintenant qu'il manque encore une chose à cette soirée.

Il savoura l'éclair de surprise sur son visage quand, au lieu de l'embrasser, il l'entraîna dans une danse lente.

— Bien joué, murmura-t-elle, troublée.

— J'ai toujours aimé danser avec toi. La façon que tu as de t'accorder à moi. L'odeur de tes cheveux, de ta peau. Voir mon reflet dans tes yeux si je m'approche assez. Tes yeux m'ont toujours hypnotisé. Je ne te l'ai jamais dit, si ?

— Non.

Elle se sentit trembler, et la sonnette d'alarme fut couverte par le tonnerre des battements de son cœur.

— Et pourtant, ils me fascinaient. Les rares nuits qu'on arrivait à passer ensemble, je me réveillais tôt pour te regarder dormir. Juste pour te voir ouvrir les yeux.

— Ce n'est pas juste, protesta-t-elle d'une voix tremblante. Ce n'est pas juste de me dire une chose pareille maintenant.

— Je sais. J'aurais dû te le dire à l'époque.

Il effleura ses lèvres des siennes, les frotta doucement, les mordilla. Il sentit Dana glisser vers la reddition et lutta contre l'envie de dévorer son corps de caresses, son visage de baisers.

Il s'y prit lentement, pour leur plaisir à tous les deux, savourant ce qu'ils avaient jadis englouti voracement, s'attardant là où ils s'étaient précipités. Sous le ciel étoilé, les bras de Dana autour de lui, il s'interdit d'être impérieux. Il resterait romantique.

Dana continuait à suivre Jordan dans sa danse. À moins que ce ne fût sa tête qui tournait ? Ses lèvres étaient chaudes et douces, d'autant plus excitantes qu'elle le sentait réprimer son désir et son impatience.

Elle soupira, l'attira plus près et le laissa l'emporter. Si toutes les années écoulées avaient creusé un gouffre entre eux, ce seul baiser dans un jardin désert commençait à former un pont pour les réunir.

Ce fut lui qui s'écarta, puis l'ébranla jusqu'à l'âme en lui serrant fort les mains et en disant :

— Donne-moi une chance, Dana.

— Tu ne sais pas ce que tu me demandes. Non, tu ne le sais pas, répéta-t-elle avant qu'il ne proteste. Et je ne peux pas te répondre pour l'instant. Si tu veux une réponse franche, alors laisse-moi le temps d'y réfléchir.

— D'accord.

Il garda ses mains dans les siennes, mais recula d'un pas.

— J'attendrai. Mais j'étais sincère en parlant de t'aider. Cela n'a rien à voir avec nous deux.

— Je vais y réfléchir aussi.

— Comme tu voudras.

Ils retournèrent en silence vers la voiture. Comme l'avait dit Jordan, songea Dana, ils avaient tous les deux changé. Elle n'était plus la jeune fille amoureuse qu'il avait connue. Mais ce qu'elle éprouvait pour lui aujourd'hui rendait l'amour qu'elle lui avait voué autrefois aussi pâle que la brume matinale.

Jordan rentra chez Flynn et alluma la lampe de l'entrée. Cela faisait bien longtemps que personne ne l'avait attendu la lumière allumée, songea-t-il.

C'était lui qui en avait décidé ainsi, bien sûr. Tout se ramenait à cela. C'était lui qui avait choisi de quitter Pleasant Valley, d'abandonner Dana, ses amis et tout ce qui lui était familier.

Il avait fait le bon choix. Mais il se reprochait à présent la façon dont il s'y était pris. Cela avait laissé une fêlure dans son passé. Comment construire quelque chose sur des fondations bancales ?

Il s'immobilisa en voyant Flynn venir à sa rencontre.

— Tu m'attendais, mon petit papa ? J'ai dépassé l'autorisation de minuit ?

— Je vois que ta soirée en ville t'a mis de bonne humeur. Viens.

Sans attendre son assentiment, Flynn se rendit dans la cuisine. Une pièce hideuse, même lui était obligé d'en convenir, bien qu'il eût du mal à comprendre pourquoi Malory se faisait une telle joie à l'idée du chantier qui les attendait.

— Les ouvriers attaquent les travaux lundi.

— Pas trop tôt.

— En fait, c'est depuis que je connais Malory que cette pièce appelée cuisine sert effectivement à faire la cuisine. Tu veux du lait ?

— Non, merci.

Flynn s'installa à table, devant un paquet de cookies et un verre de lait.

— Alors, comment va Dana ?

— Un peu angoissée par la tâche qui lui incombe, mais le nez dans le guidon. Tu as dû voir la montagne de bouquins qu'elle épluche, en ramenant Moe chez elle.

— Oui. J'ai mal au crâne rien que d'y penser. Et à part ça ?

— Elle a l'air de s'être bien remise après ce qui lui est arrivé l'autre nuit. Elle a eu la frayeur de sa vie, mais ça a excité sa curiosité. Tu la connais.

— Mmm.

— Pourquoi ne pas me demander franchement comment ça va entre elle et moi ?

— Moi, me mêler de votre vie privée ? Tu plaisantes !

— Va te faire voir, Hennessy.

— Oh, comme c'est créatif ! On voit tout de suite que tu es un romancier talentueux.

— Je me rends compte que j'ai tout fait de travers, avec elle : « Salut, c'était sympa. Maintenant, je me casse. »

Se remémorer sa rupture lui noua l'estomac.

— Enfin, ce n'était pas tout à fait aussi sec, mais presque. Et avec toi, j'ai merdé aussi ?

— Un peu, peut-être.

Flynn écarta la jolie bougie de Malory pour mettre le paquet de gâteaux entre eux.

— Je reconnais que je me suis senti un peu délaissé, mais je comprenais pourquoi tu devais partir. Et pour cause. Je comptais en faire autant.

— Le cadre sup, l'écrivain qui essayait de percer et le journaliste exalté. Tu parles d'un trio !

— N'empêche, on a tous réussi, non ? Chacun à notre façon. Je n'ai pas quitté Pleasant Valley, en définitive, mais j'en avais l'intention, donc pour moi, tu ouvrais la voie. La différence, c'est que moi, je ne couchais pas avec toi.

— Elle était amoureuse de moi.

Flynn attendit un instant, observa l'expression perplexe de son ami, puis demanda :

— Ne me dis pas que tu ne le savais pas.

— Si, je savais qu'elle m'aimait, bien sûr.

Jordan secoua la tête, puis se servit un verre de lait, bien qu'il n'en eût pas franchement envie.

— On s'aimait tous, Flynn. Comme si on était de la même famille. Mais j'ignorais que c'était le grand amour. Comment peut-on savoir ce genre de chose tant que la fille ne vous le dit pas, hein ? On pourrait s'attendre, de la part de Dana, qu'elle vous balance les vérités en pleine figure, non ? Mais elle n'a rien dit, alors je n'ai rien compris. Et à cause de ça, c'est moi qui me suis retrouvé dans le rôle du fumier.

Soulagé de voir son ami sortir enfin de son calme impassible, Flynn répliqua :

— Tu es un fumier pour des tas de raisons. Je pourrais en dresser une longue liste.

— Moi aussi, je pourrais en dresser une sur toi, marmonna Jordan.

— Génial. Concours de crasses.

Jordan n'était pas seulement en colère, constata Flynn. Il était aussi malheureux. Malgré tout, il fallait qu'il lui dise ce qu'il avait sur le cœur.

— Écoute, quand Lily m'a plaqué pour partir à New York, j'en ai pris plein la figure. Et pourtant, je n'étais pas amoureux d'elle. Vous me l'aviez déjà fait remarquer, Brad et toi. Mais je me croyais amoureux, j'étais prêt à l'être, et cette rupture m'a démoli. Dana, elle, était réellement amoureuse de toi. Tu ne dois pas t'étonner que ton départ, quelles qu'en aient été les raisons, l'ait anéantie.

Jordan se redressa et cassa distraitement un gâteau en deux.

— Tu es en train de me dire de ne pas la faire souffrir une nouvelle fois.

— Oui, c'est exactement ce que je suis en train de te dire.

9

Dana essaya d'oublier sa frustration sexuelle et émotionnelle dans les livres. Elle se concentra sur son objectif et passa la moitié de la nuit à analyser les données, les phrases et ses propres notes.

Sa seule récompense fut une sérieuse migraine.

Le peu de sommeil qu'elle s'octroya fut agité et peu réparateur. Même Moe ne parvint pas à améliorer son humeur le lendemain matin, aussi décida-t-elle de tenter le labeur physique.

Elle entra chez Flynn en utilisant sa clé et laissa Moe foncer à l'intérieur en aboyant. On était dimanche, et il était à peine 9 heures. Bien fait, songea-t-elle avec un sourire.

Ensuite, elle se rendit à Complaisance. En entrant dans la maison, elle fut frappée par l'odeur de peinture fraîche. Une bonne odeur, décida-t-elle. L'odeur du progrès, de la nouveauté, de l'accomplissement.

À défaut d'être jolie, la couche d'apprêt, bien blanche, permettait de juger du travail qu'elle et ses amies avaient abattu.

— Au boulot, ma fille !

Dana retroussa ses manches et s'arma d'un pinceau et d'un rouleau. C'était la première fois qu'elle se trouvait toute seule dans la maison. Peut-être n'était-ce pas raisonnable, sachant de quelle sorcellerie Kane était capable.

Elle jeta un coup d'œil inquiet vers l'escalier, revit le brouillard bleu et glacial dans lequel Malory s'était perdue et frissonna.

— Je n'ai pas peur d'être ici, dit-elle.

L'écho de sa voix la fit presque sursauter.

« Je ne veux pas avoir peur », se répéta-t-elle en ouvrant un pot de peinture. Comment espérait-elle s'approprier cet endroit si elle redoutait d'y venir seule ? C'était même plutôt chouette d'avoir la maison tout à soi. Non, le souvenir des sales petits jeux de Kane ne la ferait pas fuir.

Malgré tout, en travaillant, elle regretta de ne pas entendre les voix de Zoé et de Malory, qui transformaient ces pièces vides en un espace lumineux et joyeux. Elles avaient terminé la section dévolue à Malory et déjà bien entamé la sienne. Elle la finirait de ses propres mains.

Elle s'activa, tout en réfléchissant à l'espace dont elle disposait. Pourquoi ne pas installer là un coin lecture ? Et là-bas, le salon de thé ?

Enduire le mur beige et triste d'une couche de blanc agissait de manière thérapeutique. Cet endroit était le sien, personne ne l'en chasserait. C'était elle qui édictait les règles, ici. Nul ne pouvait l'arracher à ce rêve, à cet amour, comme elle avait été arrachée à d'autres rêves, d'autres amours.

— Crois-tu que ce soit important ? Une petite boutique dans une petite ville ? Souhaites-tu réellement te consacrer corps et âme à une chose aussi insignifiante ? Sais-tu pourquoi tu agis ainsi ? Parce que le reste de ta vie n'est qu'un désert. Mais tu pourrais avoir autre chose.

Dana sentit un frisson glacé sur sa peau. Sa respiration s'accéléra, les muscles de son ventre se contractèrent. Elle continua à peindre, à passer le rouleau automatique sur le mur en écoutant son discret bourdonnement. Elle semblait incapable de s'arrêter.

— Pour moi, c'est important. Je sais ce que je veux.

— Vraiment ?

Il était là, quelque part. Elle percevait sa présence dans le froid.

— Un endroit à toi. Tu as cru avoir cela, déjà, tu as passé des années à travailler pour les autres. Mais quelqu'un se soucie-t-il de ton départ ?

Cette pique fit mouche. Avait-on seulement remarqué qu'elle ne travaillait plus à la bibliothèque ? Les usagers qu'elle avait aidés s'étaient-ils rendu compte de son absence ?

— Tu as donné ton cœur à un homme, ta loyauté, et pourtant, il t'a rejetée sans arrière-pensée. Comptais-tu pour lui ?

Pas assez, songea-t-elle.

— Je peux changer cela. Je peux te le donner. Je peux te donner bien des choses. Le succès, si c'est ce que tu désires.

La boutique fut soudain remplie de gens, les étagères chargées de livres, les jolies tables occupées par des clients qui sirotaient du thé en bavardant. Elle vit un petit garçon assis en tailleur par terre dans un coin, en train de lire une bande dessinée. Tout évoquait le plaisir, un mélange de détente et d'efficacité.

Les murs étaient exactement de la bonne nuance, songea-t-elle. Malory avait vu juste. L'éclairage, idéal, créait une ambiance chaleureuse et amicale. Sur les étagères et les rayonnages, les livres étaient parfaitement présentés.

Elle déambulait dans la boutique tel un fantôme, voyait les visages, familiers ou non, entendait les voix, sentait les odeurs.

Quelle bonne idée d'avoir choisi la cuisine comme noyau central ! Une astucieuse disposition de livres, de bougies, de lotions et d'œuvres d'art illustrait à merveille la complémentarité des trois activités.

C'était son rêve, réalisa-t-elle. Tout à fait ce qu'elle espérait de Complaisance.

— Tu seras contente, bien sûr, mais cela ne suffira pas.

Dana se retourna. Il était là. Cela ne la surprit pas de voir Kane debout derrière elle tandis que les gens évoluaient autour d'eux. Qui étaient les fantômes ? se demanda-t-elle confusément. Elle et Kane, ou les autres ?

Kane était beau et ténébreux, romantique. Ses cheveux noirs encadraient un visage anguleux et séduisant. Mais, malgré ses yeux qui lui souriaient, elle sentait l'aura de menace qui l'enveloppait.

— Pourquoi ne serait-ce pas suffisant ?

— Que feras-tu à la fin de la journée, quand tout le monde sera rentré retrouver sa famille ? Tu resteras seule, avec tes livres en guise de compagnons ? Une fois le seuil de la boutique franchi, quelqu'un pensera-t-il encore à toi ?

— J'ai de la famille. Des amies.

— Ton frère a une femme, ton amie a un homme. L'autre a un fils. Ils te laisseront tomber, comme les autres.

Ses mots perçaient son cœur telles des flèches empoisonnées, et elle saignait. Il lui sourit, presque gentiment.

— Si tu le veux, il restera, murmura-t-il. Je peux lui faire payer son insouciance, son égoïsme. Ne souhaiterais-tu pas qu'il t'aime comme il n'a jamais aimé ? À toi, alors, de le garder ou de le rejeter.

Dana se retrouva dans une pièce qu'elle ne reconnaissait pas et qui, pourtant, lui était familière. C'était une grande chambre saturée de couleur : des murs d'un bleu soutenu, un lit immense recouvert d'un édredon rubis et de coussins chatoyants, un large coin salon avec deux fauteuils confortables devant un feu crépitant. C'était là qu'elle était assise, Jordan à ses pieds, leurs mains jointes. Celles de Jordan tremblaient.

— Je t'aime, Dana. Je n'aurais jamais pensé éprouver un sentiment pareil, comme s'il ne me servait à rien de respirer si tu n'es pas à mes côtés.

Ce n'était pas bien. Le visage de Jordan n'était jamais faible et implorant.

— Stop.

— Écoute-moi, je t'en prie, supplia-t-il en posant sa tête sur ses genoux. Donne-moi une chance de te montrer à quel point je t'aime. La plus grande erreur de ma vie a été de te quitter. Rien de ce que j'ai pu faire depuis, de ce que j'ai pu connaître, n'a eu d'importance. Je ferai tout ce que tu voudras.

Elle vit avec horreur une larme perler au coin de son œil.

— Si tu acceptes de me pardonner, je passerai chaque minute de ma vie à te vénérer.

— Arrête ! Va-t'en.

Elle repoussa Jordan et se leva précipitamment.

— Bats-moi. Frappe-moi. Je le mérite. Mais laisse-moi rester avec toi.

— Croyez-vous que ce soit ce que je veux ? cria Dana en tournant en rond. Croyez-vous que vous puissiez prendre le contrôle de mon esprit en formant des images avec mes pensées ? Vous ne comprenez pas du tout ce que je désire, et c'est pour cela que je vous aurai ! Je ne marche pas dans vos stupides combines. Ce ne sont pas seulement des mensonges, c'est pitoyable.

Elle se retrouva dans la pièce vide, son rouleau à ses pieds. Sa voix furieuse résonnait encore.

Sur le mur, elle lut une inscription en noir : « Toi, te noyer ! »

— C'est ça ! On en reparlera, espèce de fumier.

Les mains tremblantes, elle ramassa le rouleau et recouvrit l'inscription de peinture blanche. Puis, soudain, elle s'écria :

— Une seconde, une seconde !

L'esprit en ébullition, elle lâcha le rouleau, attrapa son sac et quitta Complaisance comme si le diable était à ses trousses.

Quelques minutes plus tard, elle était de retour chez elle, jetait son sac et s'emparait de l'exemplaire *d'Othello* qu'elle avait pris à la bibliothèque.

— « Toi, te noyer… » C'est là-dedans.

Elle feuilleta fébrilement les pages, visualisant mentalement la scène et le contexte tout en cherchant la citation. C'était une réplique de Iago, elle en était sûre.

Dès qu'elle l'eut retrouvée, Dana s'assit par terre.

— « L'amour n'est qu'une débauche du sang et une concession de la volonté, lut-elle à voix haute. Allons, sois un homme. Toi, te noyer ! On noie les chats et leur portée aveugle. »

Elle s'obligea à garder son calme. Une débauche du sang et une concession de la volonté. Oui, cela décrivait les actes vicieux de Kane.

Jalousie, ruse, trahison, ambition... Ce que savait Iago, ce qu'ignorait Othello. Kane était-il Iago ? Le dieu-roi était-il Othello ? Le roi n'avait pas tué, mais il avait perdu ses enfants, ses filles qu'il adorait, à cause de mensonges et de trahisons.

Cette pièce de Shakespeare, ce drame où existaient aussi beauté, vérité, courage, pouvait-elle être la clé ?

Dana s'ordonna d'être méthodique. Elle scruta de la première à la dernière page le livre emprunté à la bibliothèque, inspecta sa reliure. En vain. Elle le reposa, prit son propre exemplaire, fit de même, sans plus de résultat. Puis elle lut la scène en entier.

Il existait d'autres éditions de cette pièce. Elle irait au centre commercial, les examinerait aussi. Elle se leva et arpenta le salon. Il existait probablement des dizaines d'exemplaires d'*Othello* dans Pleasant Valley. Elle irait dans les écoles, au collège. Elle frapperait à toutes les portes, s'il le fallait.

Elle était déjà sur le palier quand une pensée lui traversa l'esprit. Elle s'immobilisa. Elle était stupide, complètement idiote. Qui avait écrit ces mots sur le mur ? Kane, bien sûr. Un menteur citant un autre menteur. Ce n'était pas un indice. Il ne cherchait qu'à la lancer sur une fausse piste... vers laquelle elle s'était précipitée.

— Bon Dieu ! grommela Dana en jetant son sac. Mensonges ou vérité tordue ? Que dois-je croire ?

Abattue, elle poussa un soupir et ramassa son sac. Il fallait qu'elle en ait le cœur net. Elle irait tout de même au centre commercial.

En rentrant chez elle, Dana était probablement aussi calme qu'on pouvait l'être après une matinée de vaines recherches. Elle était heureuse que Malory et Zoé aient répondu oui à son appel et avait hâte qu'elles la rejoignent. Elles déjeuneraient, discuteraient. Et Zoé lui avait promis de leur faire une pédicure à chacune.

Elle posa dans la cuisine les plats chinois qu'elle avait achetés au restaurant du coin de la rue. Puis, les mains agrippées à la table, elle prit une profonde inspiration. Non, elle n'était pas calme. Et sa tête menaçait d'exploser. Trop de peurs, de frustration.

Au coup de sonnette, elle vola à la porte.

— Ça va ? s'inquiéta Zoé en laissant tomber deux sacs par terre, avant de prendre Dana dans ses bras. Je suis désolée d'avoir mis si longtemps à arriver.

— Ça va, ça va. Je suis contente que tu sois là. Et Simon ?

— Flynn s'occupe de lui. C'est adorable de sa part. Jordan et lui vont l'emmener chez Bradley. Il pourra s'amuser avec Moe et ses « grands copains », manger des chips et des tas de cochonneries, regarder du football. Il est aux anges. Mal n'est pas encore arrivée ?

— Me voilà ! s'écria l'intéressée en brandissant un carton de gâteaux. J'ai fait une halte indispensable. Des brownies.

— Les filles, je vous adore !

La voix de Dana se brisa, et elle sentit avec horreur ses yeux s'embuer.

— Mon Dieu, je suis en moins bonne forme que je ne le croyais. J'ai eu une sale matinée.

— Viens t'asseoir, dit Zoé en l'emmenant vers le canapé. Détends-toi une minute, je te prépare quelque chose à manger.

— Je suis passée chez le traiteur chinois.

— Super. Laisse-toi dorloter. Malory et moi, on s'occupe de tout.

Elles sortirent les assiettes, firent du thé, lui mirent une couverture sur les genoux, effectuèrent les mille et une choses que savent faire les femmes instinctivement pour réconforter quelqu'un.

— Merci, les filles. Merci du fond du cœur. Je n'avais pas réalisé que j'étais à deux doigts de craquer. Ce salaud, il m'a vraiment flanqué la frousse.

— Raconte.

— Je suis allée à la maison pour peindre. Je me suis réveillée d'humeur bizarre, ce matin, et j'avais besoin de m'occuper.

Elle jeta un regard en coin à Malory.

— Désolée de vous avoir ramené Moe si tôt.

— Pas de problème.

— Mmm, ça fait du bien, ce thé. Bref, j'ai attaqué la peinture. J'étais contente, j'imaginais à quoi ressemblerait Complaisance. Et il est arrivé.

Comme elle leur racontait la suite, en s'efforçant de rester cohérente, Zoé l'interrompit avec indignation.

— C'est un tissu de mensonges ! Bien sûr que tu comptes ! Comment ose-t-il prononcer des jugements pareils ?

— Il joue avec mes propres faiblesses, je m'en rends compte maintenant. J'ai été bouleversée de renoncer à la bibliothèque, plus que je n'ai voulu l'admettre. Il exploite ma fragilité, amplifie des petites choses.

Elle leur expliqua ensuite la vision de Complaisance qu'elle avait eue.

— C'était exactement tel que je le rêve, non seulement en termes de décoration, mais aussi d'ambiance. Et bien sûr, il y avait un monde fou.

Ses fossettes firent une brève apparition sur ses joues.

— D'après Kane, cela ne pouvait devenir réel que s'il le faisait pour moi. Ce fut là son erreur, car je sais ce dont nous sommes capables, j'ai confiance en nous trois. Bon, ce ne sera pas forcément bondé comme ça, mais l'ambiance, nous pouvons la créer. Nous y arriverons.

— Parfaitement, affirma Zoé en lui pressant le genou.

— Puis il a parlé de Jordan. Là, il me faut un brownie.

Dana se pencha pour se servir dans l'assiette où Malory avait disposé les gâteaux.

— Je me suis retrouvée dans une chambre fabuleuse. Vous savez, le genre d'endroit qui vous fait fantasmer, qu'on construit dans sa tête lorsqu'on évoque ce qu'on aurait si on pouvait exaucer un rêve. Et là, imaginez notre Jordan agenouillé à mes pieds, en larmes. Il me supplie, me répète qu'il m'aime, qu'il ne peut pas vivre sans moi. Enfin, toutes ces conneries qu'il ne me dirait jamais même s'il devait vivre mille ans.

Un sourire échappa à Zoé, et Dana soupira.

— Je sais, c'est risible, Jordan Hawke, prosterné à mes pieds, m'implorant de le flageller et de le laisser passer le reste de sa vie à me vénérer.

Malory décida qu'il était temps de s'offrir un brownie aussi. Puis elle demanda :

— Comment était-il habillé ?

Après un long silence, Dana éclata de rire. Toutes les douleurs, la tension, le malaise se dissipèrent.

— Merci. Mon Dieu, dire que j'étais sur le point de fondre en larmes ! Je me sentais même coupable, tant cette vision ressemblait aux fantasmes que je nourris depuis des années – que Jordan me revienne, la queue basse, pour que je puisse l'envoyer promener. C'est très satisfaisant quand on l'imagine, mais je vous jure que lorsque ça arrive réellement – ou que ça semble arriver –, c'est l'horreur. Donc, en gros, j'ai dit à Kane d'aller se faire voir, et je me suis retrouvée toute seule dans la maison redevenue normale.

Zoé retira les chaussures de Dana et entreprit de lui masser les pieds.

— Ce n'est pas tout. Il y avait quelque chose d'écrit sur le mur, en noir : « Toi, te noyer ! » J'ai repeint par-dessus.

— C'est ignoble, commenta Zoé d'une voix furieuse. Il voulait sûrement te rappeler l'île, la tempête. Mais en fin de compte, il n'a fait que brasser de l'air. Il n'a même pas réussi à te donner l'impression que ce que tu as vécu ce matin était réel. Tu savais dès le départ que c'était lui qui créait ce monde de toutes pièces.

— Je crois que c'était son intention, répondit Dana, songeuse. Il tentait une nouvelle tactique. Mais ce qu'il a écrit, à mon avis, ce n'était pas pour me rappeler mon rêve précédent. C'est une citation *d'Othello.* Il était sûr que je la reconnaîtrais. Et ça n'a pas raté. J'ai détalé comme une folle pour venir retrouver la citation dans son contexte et chercher la clé dans le livre.

Zoé ramassa un des livres posés sur la table basse.

— Comment fais-tu pour te rappeler tout ce que contient un livre ? Ça m'impressionne, c'est un authentique talent. Mais pourquoi Kane te donnerait-il un indice ?

— Le talent que j'aimerais avoir, c'est de réfléchir vite, soupira Dana. Je suis tombée dans le panneau les pieds joints. Mon idée fixe, ça a été de me dire que je connaissais cette réplique, que je m'étais justement focalisée sur cette pièce parce que Iago me rappelait Kane. Alors, j'ai foncé. Et j'ai perdu mon temps.

Elle se laissa retomber contre le dossier du canapé.

— Même après l'avoir compris, je n'ai pas pu m'empêcher de consacrer une demi-journée à cette quête vaine.

— Ça n'a pas été si vain si tu as pris conscience qu'il te trompait, intervint Malory. Tu savais que c'était lui qui avait écrit ça sur le mur. Mais si tu n'avais pas suivi ton idée, tu n'en aurais jamais été sûre.

— Tu as raison. D'ailleurs, je compte tout de même examiner tous les exemplaires d'*Othello* que je pourrai trouver.

— Aujourd'hui, tu as compris une chose importante, reprit Malory. Nous sommes liées, dans cette histoire, c'est pourquoi tu nous as téléphoné. Et tu sais aussi que même si tu te complais dans certains fantasmes, tu ne veux pas que Jordan soit une carpette.

— Euh... si, pendant un jour ou deux, peut-être. Surtout si Zoé lui apprend à faire aussi bien les massages des pieds.

Elle pencha la tête en arrière, essaya de se détendre.

— Le problème, c'est que je suis amoureuse de ce crétin.

Elle poussa un très long soupir.

— Je ne sais pas ce que je vais faire de ça.

Malory lui tendit l'assiette.

— Reprends un brownie.

Si elle rêva, cette nuit-là, Dana ne s'en souvint pas en se réveillant. Et quand elle ouvrit une paupière, la grisaille et le martèlement de la pluie la poussèrent à refermer les yeux, dans l'espoir de se rendormir aussitôt.

Mais Moe avait d'autres projets.

N'ayant guère le choix, elle se résigna à se lever et enfila un imperméable et ses vieilles bottes. Préférant une tasse de café à un parapluie, elle sortit Moe sous la pluie et remit son organisme en route à l'aide de la caféine.

Ils étaient tous les deux trempés comme des soupes une fois la balade terminée, et elle dut l'entraîner dans la salle de bains, ce qui ne fut pas une mince affaire. Il gémit, protesta, enfonça ses pattes dans le sol comme si elle l'emmenait à l'abattoir. Quand elle eut fini de l'essuyer, elle sentait le chien mouillé autant que lui.

Une douche et une nouvelle dose de café l'aidèrent à faire surface. Elle était en train de choisir un livre pour cette matinée pluvieuse lorsque le téléphone sonna.

Dix minutes plus tard, elle raccrocha et contempla Moe avec un grand sourire béat.

— Tu sais qui c'était ? M. Hertz. Tu ne connais probablement pas M. Hertz ni M. Foy, qui se livrent au plus ancien concours de culture générale de notre belle région. Ils pensaient que si je n'étais pas à mon fidèle poste d'animatrice ces derniers temps, c'est parce que j'étais en vacances.

Amusée et secrètement ravie, elle alla chercher son troisième café de la matinée à la cuisine.

— Quoi qu'il en soit, ce matin, M. Foy s'est rendu à la bibliothèque et a appris que je ne faisais plus partie du personnel.

Elle s'appuya contre le plan de travail et but deux petites gorgées de café pendant que Moe l'écoutait religieusement.

— D'après M. Hertz, M. Foy a fait savoir à l'odieuse Sandi que mon départ était, je cite, « un véritable scandale », fin de citation, et il est parti en claquant la porte.

Comme fasciné, Moe inclina la tête et haleta.

— Peu après, les deux *aficionados* du concours ont tenu une réunion impromptue au *Diner* de Main Street et décidé que si les pouvoirs en place à la bibliothèque de Pleasant Valley ne savaient pas apprécier une perle comme moi, ils n'avaient plus l'intention de faire appel aux services de cette institution. M. Hertz vient de me demander si je voulais continuer à les arbitrer, en tant qu'animatrice documentaliste indépendante.

Son public n'étant composé que de Moe, dont la compassion n'avait d'égale que la puanteur, Dana n'eut aucune gêne à verser une petite larme.

— C'est stupide d'être émue comme ça, mais je suis tellement contente de savoir qu'il y a des gens pour me regretter.

Elle se moucha énergiquement.

— Résultat, je dois reprendre mes recherches et être en mesure de dire en quelle année le chef Boy-Ar-Dee a fabriqué sa première boîte de préparation pour pizza.

Elle se dirigea, son café à la main, vers son ordinateur et secoua la tête.

— On se demande où ils vont chercher leurs questions.

Cet épisode remit Dana en selle. Elle décida que c'était symbolique. Cela validait sa place au sein de la communauté. Pleasant Valley était vital pour elle, et cette étape intermédiaire entre la bibliothèque et sa future librairie lui avait donné l'impression d'être privée de ses droits de citoyenne.

Elle se lança dans le travail avec ardeur, commandant des livres, ouvrant des comptes, achetant des étagères. Elle était de si bonne humeur qu'elle ne fut même pas agacée d'être interrompue par un coup de sonnette.

— De toute façon, c'était le moment de faire une pause, dit-elle à Moe.

Elle ouvrit la porte et se retrouva devant un jeune garçon qui tenait une rose rouge dans un joli soliflore en verre.

— Tu es bien mignon, mais un peu jeunot pour moi, dit-elle en lui souriant.

Il devint cramoisi.

— Oui, m'dame. Dana Steele ?

— C'est moi.

— Tenez, c'est pour vous.

Il lui tendit le vase et s'enfuit.

Dana fronça les sourcils, referma la porte et prit la carte attachée au vase.

Cette rose m'a fait penser à toi. Jordan.

Jordan se trouvait – virtuellement – dans une forêt de l'Oregon. On le traquait. Ses ressources : son intelligence, sa volonté et son désir de revoir la femme qu'il aimait. S'il pouvait survivre encore cinq minutes, il survivrait dix minutes. S'il survivait dix minutes, il survivrait une heure.

Car le chasseur voulait davantage que sa vie. Il voulait son âme.

Le brouillard ondoyait en arabesques grises au ras du sol. Le sang suintait de son bras blessé, trempait son bandage et coulait par terre. La douleur aiguisait ses facultés, lui rappelait qu'il avait plus à perdre que du sang.

Il aurait dû deviner que c'était un piège. Tant pis pour lui. Trop tard, inutile de se perdre en regrets et en prières. Sa seule issue consistait à avancer. Et survivre.

Il entendit un bruit sur sa gauche, comme un murmure dans la brume. Il se fondit dans les arbres, plaqua son dos contre l'écorce d'un tronc. Fuir ou se battre ? se demanda-t-il.

— À quel petit jeu joues-tu ?

— Mon Dieu…

Il émergea du monde de son esprit, celui qui défilait à toute vitesse sur l'écran grâce à l'agilité de ses doigts sur le clavier.

La surprise fit rugir son sang dans ses oreilles lorsqu'il vit Dana. Elle se dressait sur le seuil de sa chambre, les mains sur les hanches, le regard soupçonneux.

— J'appelle ce petit jeu écrire pour gagner ma vie. Je voudrais terminer. Reviens plus tard.

— Je te parle de la rose, et j'ai autant le droit d'être ici que toi. C'est la maison de mon frère.

— Et c'est, pour l'instant, ma chambre dans la maison de ton frère.

Avec un petit rictus de dérision, elle balaya du regard le lit défait, la valise ouverte par terre, sa commode de jeune fille, qu'elle avait donnée à Flynn quand il avait acheté la maison. Le bureau sur lequel travaillait Jordan avait appartenu à Flynn durant ses années d'étudiant. Il manquait un des trois tiroirs verticaux, sur le côté. Sur le plateau étaient posés un ordinateur portable, quelques dossiers et livres, un paquet de cigarettes, un cendrier en métal.

— On dirait plutôt une chambre d'hôtel minable.

— Je n'ai pas besoin que ce soit joli.

Résigné, il prit son paquet de cigarettes.

— C'est une habitude stupide, commenta Dana.

— Je sais, je sais.

Il alluma une cigarette et souffla lentement la fumée.

— J'en fume à peine dix par jour, et presque uniquement pendant que je travaille, alors fiche-moi la paix avec ça. Qu'est-ce qui te met de si mauvaise humeur, d'ailleurs ? Je croyais que les femmes aimaient qu'on leur offre des fleurs.

— Tu m'as envoyé une seule rose rouge.

— Très juste.

Il l'observa plus attentivement. Elle avait attaché ses cheveux, signe qu'elle venait de travailler. Elle ne s'était pas maquillée, donc elle n'avait pas eu l'intention de sortir de chez elle. Elle portait un jean, un vieux sweat-shirt de l'université de Pennsylvanie et des bottes en cuir noir.

D'après ce qu'il savait d'elle, cela signifiait qu'elle avait projeté de travailler chez elle et avait enfilé les premières chaussures qui lui étaient tombées sous la main, car elle était sortie précipitamment.

Donc, la fleur avait bien fait son boulot.

— Le coup de la rose rouge unique, c'est censé être romantique, dit-il avec un petit sourire un brin suffisant.

Elle entra dans la pièce et écarta la valise du pied.

— D'après ce que tu as écrit, elle t'a fait penser à moi. Qu'est-ce que ça veut dire, exactement ?

— Elle est longue et sexy, et elle sent bon. Quel est le problème, Trognon ?

— Écoute, samedi soir, tu m'as sorti le grand jeu. C'était parfait. Mais si tu crois qu'il suffit d'un repas fin et d'une rose rouge pour m'avoir, tu te trompes complètement.

Il n'était pas rasé, remarqua-t-elle, et il avait les cheveux un peu trop longs. Et zut ! Elle avait toujours adoré ce look négligé, chez lui. Tout comme elle adorait l'expression à moitié rêveuse, à moitié absente qu'elle avait surprise sur son visage avant qu'il ne remarque sa présence.

Il l'observait à présent, un petit sourire aux lèvres, impudent et sexy.

— Je ne suis plus une gamine inexpérimentée, Jordan, et… Qu'est-ce qui te fait sourire comme ça ?

— J'ai réussi à te faire venir, non ?

— D'accord, mais je n'ai pas l'intention de rester. Je suis venue te dire que tes petits stratagèmes ne marchaient pas.

— Tu m'as manqué. Plus je te revois, plus je me rends compte à quel point tu m'as manqué.

Le cœur de Dana palpita, mais elle s'interdit de perdre ses moyens.

— Ça ne marche pas non plus, le baratin.

— Qu'est-ce qui marche ?

— Essaie d'être franc et sincère, pour une fois, de dire ce que tu as vraiment sur le cœur et de laisser tomber tes petites manigances. Qui sont autant de clichés, par-dessus le marché, ajouta-t-elle, tandis qu'il écrasait sa cigarette et se levait.

— D'accord.

Il se campa devant elle, l'attrapa par son sweat-shirt et l'attira à lui.

— Je ne pense qu'à toi, Dana. J'arrive à te mettre dans un petit coin de mon esprit pendant un certain temps, mais tu es toujours là. Comme une épine.

— Eh bien, arrache-moi, répliqua-t-elle en relevant le menton. Vas-y.

— Ça me plaît que tu restes plantée en moi, ce qui fait de moi un masochiste. J'aime que tu hantes mon esprit, que tu me souries et que tu sentes la pluie.

Il défit l'élastique de ses cheveux et le jeta par terre. Puis il enfouit les doigts dans sa chevelure.

— J'ai envie de coucher avec toi, là, maintenant. J'ai envie d'enfoncer mes dents dans ton corps. J'ai envie de me perdre en toi. Et quand ce sera fini, je n'aurai qu'une envie, c'est de tout recommencer.

Il pencha la tête, sans la quitter des yeux.

— C'est assez franc et sincère pour toi ?

— Pas mal du tout.

10

Il la dévisagea, essayant de jauger son humeur.

— Si ça ne veut pas dire oui, tu as intérêt à détaler, et vite.

— Ça... commença Dana.

Il la souleva de terre, et la fin de sa phrase resta coincée dans sa gorge.

— Trop tard, déclara-t-il. J'ai gagné par abandon.

Elle s'efforça de prendre une mine sévère, mais l'enivrante jubilation qui la traversait ne lui rendait pas les choses faciles.

— Peut-être que j'ai envie de toi uniquement parce que tu es l'un des rares garçons à pouvoir me porter comme si j'étais en catégorie poids plume.

— Ça me plaît que tu sois grande, Trognon. Ça fait un grand territoire à explorer. Et délicieusement agrémenté. Et j'adore aussi ton visage.

— Si tu as l'intention d'ajouter qu'il a du caractère, je t'en colle une.

— J'aime tes grands yeux sombres.

Il la déposa sur le lit en plongeant son regard dans le sien.

— Je n'ai jamais pu me sortir de la tête l'image de tes yeux. Et puis, il y a ta bouche, aussi. Toute douce et charnue.

Il mordilla sa lèvre inférieure, tira doucement dessus.

— Je pourrais passer des heures à penser à ta bouche.

Elle ne se transformait pas exactement en guimauve, mais elle devait reconnaître que quelque chose en elle était en train de fondre.

— Tu as fait beaucoup de progrès en compliments.

— Chut. Je travaille.

Il fit glisser ses lèvres sur sa joue.

— Viennent ensuite les fossettes. Inattendues, capricieuses, étrangement sexy. Je les ai toujours adorées.

Il reprit sa bouche, lentement, goulûment, jusqu'à ce que le plaisir se répande dans le corps tout entier de Dana, de ses lèvres jusqu'à ses orteils.

Oh, oui, il était bien meilleur qu'avant à ce jeu-là.

— Tu te souviens de notre première fois ?

Elle haussa les sourcils.

— Étant donné qu'on a mis le feu au salon, c'est un peu difficile à oublier.

— Toute cette passion et cette énergie... C'est un miracle que nous y ayons survécu.

— Nous étions jeunes et robustes.

Il recula, lui sourit.

— À présent, nous sommes mûrs et avisés. Je vais te faire perdre la tête, et ça va prendre très, très longtemps.

Les muscles frémirent dans le ventre de Dana. Elle avait su qu'ils finiraient sur ce lit dès l'instant où elle avait quitté son appartement. Peut-être même l'avait-elle su, confusément, dès qu'elle avait revu Jordan, quelques semaines plus tôt.

Elle le désirait, il la désirait. Son seul espoir était que cela dure toujours.

— Il se trouve que j'ai justement du temps devant moi.

— Débutons... par là.

Les lèvres de Jordan prirent les siennes avec un empressement contenu qui fit déferler des ondes de désir dans tout l'organisme de Dana. Puis il changea de rythme et devint doux et tendre, jusqu'à ce qu'elle sente son pouls affolé ralentir.

L'esprit de Dana se mit à flotter dans les souvenirs de leurs étreintes passées. Le feu et la passion. Puis elle revint au présent, à l'émerveillement qu'elle retrouvait avec lui.

Éperdue, avide de ce qui était familier et de ce qui était nouveau, elle s'enveloppa autour de lui. Elle reconnaissait son corps. Les années ne l'avaient pas radicalement transformé. Il était toujours grand et large d'épaules. Ses hanches étroites, ses muscles, la forme de sa bouche, ses mains étaient les mêmes.

Comme cela lui avait manqué ! Mais alors qu'elle se coulait dans le rythme qu'elle connaissait par cœur, il s'écarta légèrement.

— Quoi ? Qu'y a-t-il ?

— J'ai envie de te regarder.

Il ôta son sweat-shirt, puis déboutonna son chemisier en prenant son temps, effleurant des doigts la peau qu'il dévoilait peu à peu, sans détacher les yeux des siens.

— Je veux que tu me regardes aussi. Nous ne sommes pas si différents de ce que nous étions, finalement. Mais juste assez pour être intéressants, tu ne trouves pas ?

— Tu voudrais que je réfléchisse ?

Elle frissonna lorsque ses doigts nonchalants effleurèrent son soutien-gorge.

— Tu réfléchis toujours.

Il la souleva et lui ôta son chemisier.

— Ton esprit est toujours actif. Encore une chose que j'aime chez toi.

— Tu es affreusement bavard, Hawke, dit-elle en s'agrippant à lui tandis qu'il lui caressait le dos.

— Ça te donne une chose de plus à laquelle penser.

Il défit l'agrafe de son soutien-gorge, puis promena ses doigts sur ses épaules pour en faire glisser les bretelles. Ses lèvres effleurèrent les siennes, s'écartèrent, revinrent et s'éloignèrent de nouveau, jusqu'à ce que Dana referme les bras autour de lui et plaque sa bouche contre la sienne.

C'était ce qu'il avait voulu, ce brusque afflux de désir. Qu'elle ne pense pas, mais qu'elle ressente ce qu'ils pouvaient s'apporter l'un à l'autre.

Les doigts emmêlés dans ses cheveux, il lui fit pencher la tête en arrière pour dévorer sa bouche, sa gorge. Pour libérer, l'espace d'un moment, l'animal qui était en lui.

Il aurait voulu la dévorer toute crue d'un seul coup. Mais cela aurait été trop rapide, trop facile. Il préférait laisser le désir enfler et les tourmenter tous les deux.

Le corps de Dana avait toujours constitué pour lui le plus pur des plaisirs. Non seulement ses courbes et la saveur de sa peau, mais son avidité à jouir, sa joie à vivre l'aventure du sexe. Les battements accélérés de son cœur sous ses lèvres l'excitaient autant que ses seins ronds et lourds.

Impatiente, elle tira sur sa chemise. Le ronronnement d'approbation qu'elle émit en enfonçant ses ongles dans sa peau fit bouillir le sang de Jordan, à tel point qu'il eut du mal à ne pas se précipiter.

Non, se rappela-t-il. Préserver son appétit. Déguster.

D'où lui venait une telle patience ? s'étonnait Dana. Il allait la rendre folle. Comment sa bouche pouvait-elle être si fiévreuse et ses caresses si délicieusement maîtrisées ? Les muscles de Jordan frémissaient sous ses mains, et elle le connaissait assez pour deviner ce qu'il ressentait. Pourtant, chaque fois qu'il l'emmenait tout au bord de l'abîme, il se retenait et la laissait tremblante et en proie au vertige.

— Jordan, je t'en supplie…

— Tu n'es pas encore assez folle.

Son souffle était un râle, mais il la cloua sur le lit et continua à entretenir le brasier par ses baisers.

— Et moi non plus.

Il y avait tant à prendre en elle, et il en avait tant besoin ! Son corps splendide, son esprit curieux, cette partie de son cœur qu'il avait perdue par désinvolture… Mais il désirait plus que le désir et la passion de Dana. Il avait besoin de regagner sa confiance, de retrouver l'affection qu'ils avaient jadis partagée. Il voulait récupérer ce à quoi il avait renoncé pour survivre.

Il lui lâcha les mains pour la serrer dans ses bras, tandis qu'ils roulaient sur le lit.

Sa peau luisait de sueur. Elle était brûlante, humide, prête. Il n'avait qu'à la cueillir, telle une fleur ouverte et épanouie. Elle prononça son nom dans un sanglot. Et il sut, en la sentant offerte sous lui, que cette femme lui donnait une chose qui lui était vitale.

Son abandon.

— Dana.

Il répéta son nom inlassablement, en faisant papillonner ses lèvres sur son visage. Au moment où les paupières de Dana se rouvrirent sur ses yeux sombres qui plongèrent droit dans les siens, il se glissa en elle.

Il eut l'impression de rentrer chez lui, et ce qu'il y retrouva lui parut plus riche, plus authentique, plus fort qu'autrefois. Ému au-delà de toute expression, il enlaça ses doigts aux siens, les serra fort et s'abandonna lui aussi.

Ils étaient encore soudés l'un à l'autre, par les hanches, les lèvres, les mains, les reins, quand ils retombèrent.

C'était peut-être bien l'expérience sexuelle la plus intense, la plus spectaculaire de toute sa vie, songea Dana, allongée au-dessus de Jordan, immobile.

Elle ne lui en dirait rien, bien sûr. Malgré la béatitude et le halo vaporeux dans lesquels elle flottait, inutile de flatter son ego.

Pourtant, si elle devait en dire quelque chose, elle lui avouerait que son corps ne s'était jamais senti aussi délicieusement utilisé et qu'elle ne verrait aucune objection à ce qu'il le soit encore à intervalles réguliers.

De toute façon, le sexe entre eux n'avait jamais posé de problème. Le problème, en réalité, ne venait-il pas du fait qu'elle n'ait pas su quel était leur problème, justement ?

Stop. Migraine assurée.

— Tu te remets à réfléchir, murmura Jordan en passant un doigt le long de sa colonne vertébrale. Tu penses pratiquement à voix haute. Tu ne pourrais pas arrêter cinq minutes, histoire que quelques-uns de mes neurones se régénèrent ?

— Une fois morts, ils sont morts, tête d'œuf.

— C'était une métaphore, un délicat euphémisme.

— Il n'y a rien de délicat chez toi, et certainement pas tes euphémismes.

— Je préfère prendre ça comme un compliment.

Il lui tira doucement les cheveux, jusqu'à ce qu'elle relève la tête.

— Tu es magnifique, Trognon, toute chiffonnée et repue comme ça. Tu restes ?

Elle pencha la tête sur le côté.

— Est-ce que je me ferai encore chiffonner ?

— Je l'espère.

— Alors, je veux bien rester après l'entracte.

Elle roula sur le côté, s'assit et passa les doigts dans ses cheveux. Jordan fronça les sourcils et laissa glisser un index léger sur sa poitrine.

— J'ai un peu irrité ta peau, ici, et là. Si j'avais su que tu passerais, je me serais rasé.

— Je suppose que « passerais » est encore un de tes euphémismes ?

Il fallait qu'elle reste dans un registre léger, sinon son cœur allait fondre là, dans les mains de Jordan.

— D'ailleurs, c'est ce look négligé et bohème qui m'a attirée dans ton lit.

Elle frotta la joue rugueuse de Jordan en souriant, puis s'étira.

— Mmm, je meurs de faim.

— Tu veux commander une pizza ?

— Je ne peux pas attendre. J'ai besoin de carburant immédiatement. Il doit y avoir quelque chose de vaguement comestible dans la cuisine, non ?

— Ne compte pas trop là-dessus. C'est en chantier.

— Un homme, un vrai, irait tout de suite chercher à manger.

— Est-ce que je ne l'ai pas toujours fait ?

— Si, reconnut-elle avec un regain d'attendrissement. Et… tu vas le faire encore ?

— Parfaitement.

Il se leva et attrapa son jean.

— Mais tu n'auras que ce que je trouverai. Alors, pas de critique.

— Promis.

Satisfaite, elle se rallongea sur le côté et se blottit contre l'oreiller.

— Il y a quelque chose qui ne va pas ? demanda-t-elle en le voyant la dévisager.

— Non. C'est encore la régénération de mes cellules.

Avec un grand sourire plein de fossettes, elle réclama :

— J'ai faim.

— J'y vais.

Elle ne se sentait pas peu fière quand il quitta la pièce. Peut-être était-ce un peu mesquin de triompher, fût-ce mentalement, de savoir qu'elle pouvait encore le mener par le bout du nez. Mais c'était si agréable, songea-t-elle avec un soupir d'aise, et presque inoffensif, non ?

Et cela valait mieux que de se tracasser en se demandant ce qui allait se passer ensuite. Cette fois, elle serait plus maligne. Elle savourerait le moment présent et s'interdirait d'aspirer à davantage.

Ils aimaient être ensemble, appréciaient leur culture commune, leurs petites joutes oratoires. Ils avaient pour amis des gens qui comptaient beaucoup pour eux deux. Et ils avaient une relation sexuelle fabuleuse.

C'était la base d'une saine liaison. Alors, pourquoi fallait-il qu'elle soit amoureuse de lui ? À ce détail près, tout aurait été idéal.

Néanmoins, c'était à elle de gérer ce problème. Il n'était pas obligé de l'aimer aussi.

Il était attaché à elle. Il tenait à elle, avait-il dit. Dana ferma les yeux et étouffa un soupir. Seigneur ! songea-t-elle. Qu'y avait-il de plus douloureux, de plus humiliant, que d'être amoureuse d'un homme qui se contentait de tenir sincèrement à vous ?

Mieux valait ne pas y songer. Si possible. Elle ne se faisait plus d'illusions, cette fois. Elle savait qu'ils n'avaient pas d'avenir ensemble. La vie de Jordan était à New York, la sienne à Pleasant Valley. Et Dieu sait qu'elle avait largement de quoi s'occuper sans fantasmer sur Jordan Hawke.

S'il l'avait blessée, toutes ces années auparavant, c'était uniquement parce qu'elle s'était laissé faire. Elle n'était pas seulement plus mûre, aujourd'hui, elle était aussi plus forte. Tout en essayant de s'en convaincre, Dana posa les yeux sur l'ordinateur. L'écran s'était mis en veille, et la spirale de couleur lui donnait déjà le tournis.

Comment Jordan pouvait-il supporter cela ? Cela devait l'agacer suffisamment pour qu'il se remette au travail.

Elle se redressa en réfléchissant. Jordan n'avait pas éteint l'ordinateur, quand elle l'avait interrompu. Il n'avait pas refermé le document…

Elle se mordit la lèvre et jeta un coup d'œil vers la porte.

Ce qu'il était en train d'écrire lorsqu'elle était arrivée était toujours sur l'écran. Il suffisait de toucher la souris pour tout faire resurgir. Quel mal y avait-il à regarder ce qu'il avait écrit ?

Elle se leva, s'approcha du bureau, puis remua la souris pour faire disparaître l'économiseur d'écran, remonta deux ou trois pages en arrière et commença à lire.

Elle fut rapidement happée par sa lecture. Jordan avait le don de vous attirer dans une scène, de vous en imprégner. À la fin de la première page, Dana était dans la tête du héros, vivait sa lutte, son angoisse.

Arrivée au bout de ce qu'il avait écrit, elle jura :

— Merde ! Et après, qu'est-ce qui se passe ?

— Sacré compliment de la part d'une femme nue, commenta Jordan.

Elle sursauta, puis rougit, ce qui était pis encore. Elle sentit la chaleur se diffuser en elle tandis qu'elle se retournait et découvrait Jordan sur le seuil, échevelé, son jean à moitié déboutonné, un paquet de chips, une canette de Coca et une pomme dans les mains.

— Je voulais juste...

Impossible de sauver la face. Il ne restait plus qu'à avouer la vérité, si embarrassante fût-elle.

— J'étais curieuse. Désolée de m'être montrée indiscrète.

— Ce n'est pas grave.

— Si, si. Je n'aurais jamais dû fouiner dans ton travail. Mais c'est ta faute, après tout, tu n'avais pas refermé le dossier...

— C'est surtout la faute de quelqu'un qui a débarqué pour me distraire et me séduire.

— Je n'ai pas du tout fait ça pour...

Elle s'interrompit et poussa un soupir. Il lui souriait.

— Passe-moi les chips.

Au lieu d'obéir, il alla s'asseoir sur le lit et s'adossa contre les oreillers.

— Viens les chercher.

Il prit une poignée de chips dans le sachet et se mit à manger.

— C'est la faute de l'économiseur d'écran, reprit Dana. Il me faisait loucher.

Elle s'assit sur le lit avec désinvolture – du moins l'espérait-elle – et lui prit le paquet des mains.

— Je comprends. J'ai horreur de ce truc.

Il mordit dans la pomme et lui tendit le soda.

— Alors, tu veux savoir ce qui se passe ensuite ?

— J'étais vaguement intéressée.

Elle ouvrit la canette et but une longue gorgée. Elle mangea quelques chips, les échangea contre la pomme, puis y revint. Voyant qu'il n'allait pas craquer, elle dit :

— D'accord. Qui est-ce ? Qui le poursuit ? Comment s'est-il retrouvé dans cette situation ?

Jordan prit le Coca. Y avait-il une chose plus gratifiante que de voir une femme qui partageait votre amour de la littérature s'intéresser à ce point à un de vos livres ? Si l'on ajoutait à cela le fait qu'il s'agissait d'une femme très sexy et très nue, c'était le paradis.

— C'est une longue histoire. Disons que notre héros a commis des erreurs et qu'il cherche à les réparer. En chemin, il se rend compte qu'il n'existe pas de réponse toute faite, que la rédemption se paie et que c'est le prix du véritable amour.

— Qu'a-t-il fait ?

— Il a trahi une femme et tué un homme.

Tout en mangeant quelques chips, Jordan écouta la pluie résonner dehors, et dans la forêt de son imaginaire.

— Il pensait avoir de vraies raisons dans les deux cas. Sans doute en avait-il. Mais étaient-ce les bonnes raisons ?

— C'est toi qui écris. Tu devrais le savoir.

— Non. C'est lui qui doit le savoir. Cela fait partie du chemin vers la rédemption. Le doute le hante, autant que ce qui le traque dans les bois.

— Qu'est-ce qui le traque, justement ?

Il rit.

— Lis le livre.

Elle mordit dans la pomme.

— C'est une méthode très sournoise pour vendre un exemplaire de ton roman.

— Il faut bien gagner sa croûte. Et mes œuvres se vendent, même s'il s'agit de fiction triviale, prévisible et commerciale. C'est ainsi que tu qualifies mon travail, non ?

Dana éprouva un bref pincement de culpabilité.

— Je suis bibliothécaire. Enfin, ex-bibliothécaire. Et je m'apprête à devenir libraire. J'aime tous les livres.

— Certains plus que d'autres.

— C'est une question de goût personnel plus que de point de vue professionnel, riposta-t-elle en essayant de cacher son malaise. Ton succès commercial indique que tes livres plaisent aux gens.

Jordan secoua la tête. Il avait soudain désespérément besoin d'une cigarette.

— Je n'ai jamais vu quelqu'un éreinter mon œuvre aussi sournoisement que toi, Dana.

— Ce n'est pas ce que je voulais dire.

Elle était en train de s'enfoncer. Mais elle pouvait difficilement lui avouer qu'elle était fan de son travail alors qu'elle mangeait des chips assise toute nue sur son lit. Ils se seraient sentis ridicules tous les deux. Et tout compliment honnête aurait paru flagorneur.

— Tu fais ce que tu as toujours voulu faire, Jordan, et avec succès. Tu dois être fier de toi.

— Incontestablement.

Il vida la canette de Coca et la reposa. Puis il enroula les doigts autour des chevilles de Dana.

— Tu as encore faim ?

Soulagée que le sujet soit clos, elle froissa le paquet de chips et le jeta par terre, à côté du lit.

— À vrai dire, je suis affamée... répondit-elle avant de se jeter sur Jordan.

Cela n'aurait pas dû le contrarier autant. Il ne s'attendait pas que tout le monde aime son travail. Il avait cessé depuis longtemps d'être vexé ou démoralisé par une mauvaise critique ou une observation déplaisante d'un lecteur. Jordan Hawke n'était pas un artiste écorché vif et caractériel.

Mais, bon sang, le mépris de Dana pour ses romans le blessait.

Le pire, songea Jordan en regardant par la fenêtre de sa chambre, morose, c'était cette façon gentille qu'elle avait eue de l'enfoncer. Il préférait quand elle lui balançait des réflexions cinglantes sur son talent et le genre de littérature qu'il écrivait – des thrillers, qu'elle rejetait en les taxant de produits commerciaux qui flattaient les pulsions les plus basses du public.

Il l'aurait supporté si elle avait été snob et élitiste, mais Dana adorait simplement les livres. Son appartement était truffé d'ouvrages de toutes sortes, de tous genres. Elle ne possédait rien de Jordan Hawke, néanmoins, avait-il remarqué.

Oui, c'était difficile à encaisser.

C'est pourquoi il avait été ridiculement heureux de la trouver penchée sur son ordinateur, semblant manifester un intérêt avide pour ce qu'il avait écrit. Mais il ne s'agissait que de curiosité.

Bon. Mieux valait cesser d'y penser, songea-t-il, avant que cela ne le ronge.

Ils étaient redevenus amants. Quelle merveille ! Et ils étaient presque redevenus amis, aussi. Il ne voulait pas la perdre, amie ou amante, sous prétexte qu'elle ne s'intéressait pas à son travail. Elle ignorait ce que l'écriture représentait pour lui. Comment l'aurait-elle su ? Elle ne se rendait pas compte qu'écrire était vital pour lui, car il ne le lui avait jamais confié.

Il y avait beaucoup de choses, il devait l'admettre, qu'il ne lui avait jamais confiées.

Autrefois, il lui demandait souvent de relire ce qu'il avait écrit. Il était heureux et satisfait lorsqu'elle l'approuvait, intrigué et intéressé quand elle analysait l'histoire et émettait des suggestions. D'un point de vue pratique, son opinion était l'une de celles qui lui étaient le plus profitables.

Mais il ne lui avait jamais dit à quel point il éprouvait le besoin d'accomplir quelque chose. En tant qu'homme, en tant qu'écrivain. Pour lui-même, incontestablement, mais aussi pour sa mère. C'était la seule façon pour Jordan de la remercier de tout ce qu'elle avait fait pour lui, de tous ses sacrifices.

Mais cela, il ne l'avait jamais avoué à Dana, ni à personne. Cette douleur intime, cette culpabilité, il les avait toujours gardées pour lui.

Les confidences attendraient. Pour l'instant, il allait consacrer son énergie à reconstruire ce qui pouvait l'être, et repartir à zéro pour le reste.

Son héros n'était pas le seul à avoir besoin de rédemption.

Dana attendit d'avoir peint un mur entier dans ce qui serait la partie principale de l'institut de Zoé. Elle s'était mordu la langue une douzaine de fois ce matin-là, s'était obligée à ne rien dire, puis avait repris son débat intérieur depuis le début. Enfin, elle avait décidé que ne pas parler constituait une insulte à l'amitié.

— J'ai couché avec Jordan.

Elle lâcha cette phrase en gardant les yeux sur le mur qu'elle peignait et attendit que les deux autres se répandent en exclamations et en questions.

Après cinq longues secondes de silence, elle tourna la tête et surprit un regard entre Malory et Zoé.

— Vous le saviez ? Vous le saviez déjà ? Vous voulez dire que ce salopard arrogant et imbu de sa personne a couru se vanter devant ses copains de m'avoir sautée ?

— Non, répondit Malory en étouffant un éclat de rire. Du moins, pas à ma connaissance. Et si Jordan en avait parlé à Flynn, Flynn me l'aurait dit. Non, nous n'étions pas au courant, mais...

Elle s'interrompit et contempla le plafond.

— On se demandait combien de temps il vous faudrait pour vous sauter dessus, tous les deux, acheva Zoé à sa place. On a même envisagé de parier, mais on trouvait ça un peu mesquin. Entre parenthèses, j'aurais gagné, ajouta-t-elle. J'avais prédit que le jour de la combustion spontanée serait aujourd'hui. Malory vous donnait encore une petite semaine.

— Eh bien... fit Dana, les poings sur les hanches.

— On n'a pas véritablement parié, reprit Malory. Et comme on est de vraies amies, on ne te fait même pas remarquer que tu nous le racontes, alors que d'après toi, si Jordan en parlait à ses copains, ça ferait de lui un salopard arrogant et imbu de sa personne.

— J'en reste muette.

— Oh, non ! s'exclama Zoé en secouant la tête. Pas avant de nous avoir tout raconté ! Tu préfères utiliser un barème de un à dix ou une description détaillée ?

Dana éclata de rire.

— Je me demande ce que je vous trouve, à toutes les deux.

— Tu le sais très bien. Allez, raconte, insista Zoé. Tu en meurs d'envie.

— C'était fabuleux, et pas seulement parce que j'étais mûre pour la combustion spontanée. Ça me manquait, d'être avec lui. On croit qu'on peut oublier ce que c'est que d'être en phase totale avec quelqu'un, mais non. En fait, ça reste imprimé dans l'inconscient. On s'est toujours bien entendus, au lit, et maintenant, c'est encore mieux.

Zoé poussa un long soupir.

— C'était romantique ou inavouable ?

— À quel moment ?

— Frimeuse.

Avec un éclat de rire, Dana se remit à peindre.

— Ça fait un moment que je n'ai pas eu de quoi frimer.

— Comment comptes-tu gérer ça ? demanda Malory.

— Gérer quoi ?

— Tu vas lui dire que tu es amoureuse de lui ?

Cette question fit naître une petite ombre rampante à la lisière de la bonne humeur de Dana.

— À quoi bon ? Soit il se débinerait, soit il se sentirait mal de ne pas se débiner.

— Si tu es sincère avec lui…

— C'est ta façon d'être, pas la mienne, coupa Dana. Tu as avoué franchement tes sentiments à Flynn, et cela a marché. Mais dans mon cas… Eh bien, cette fois, je n'attends rien de Jordan, et je suis prête à endosser la responsabilité de mes émotions et leurs conséquences.

Je refuse de lui remettre entre les mains mon gros cœur sentimental et de l'obliger à faire un choix. Ce que nous partageons me convient. Pour l'instant. Je penserai à l'avenir le moment venu.

— Tu as sans doute raison, concéda Zoé. Tu as besoin de laisser passer du temps, d'attendre que les choses se tassent ou évoluent. Et puis, c'est peut-être ce à quoi tu es destinée. Va savoir si ça ne fait pas partie de la quête.

Le rouleau sursauta dans la main de Dana.

— Que je couche avec Jordan ? D'où sors-tu ça ?

— Je ne parle pas uniquement de sexe. Bien que ça puisse être magique, reconnaissons-le.

— Admettons que les dieux ont chanté et les fées pleuré, mais à mon avis, ce ne sont pas mes galipettes avec Jordan qui vont me conduire à la clé.

— Je parle de votre relation, de ce lien entre vous. Ce qui a été, ce qui est et ce qui sera.

Zoé se tut, et Dana abaissa son rouleau, puis se retourna vers elle, l'air songeur.

— Tu ne crois pas que cela correspond à ce que t'a dit Rowena au sujet de la clé ? insista Zoé.

Dana garda le silence un moment, puis trempa le rouleau dans la peinture.

— Mon Dieu, Zoé… Oui, je vois là une certaine logique, mais en quoi cela fait-il avancer la quête ? Je ne trouverai pas la clé de l'écrin des âmes emmêlée dans les draps du lit la prochaine fois qu'on fera l'amour. Néanmoins, c'est une réflexion intéressante, qui mérite d'être approfondie.

— Il pourrait s'agir d'une chose ou d'un endroit qui a eu et a encore une signification particulière pour toi, ou pour vous deux.

Zoé lança les bras en l'air.

— Oh, je dis n'importe quoi.

— Pas du tout, protesta Dana en fronçant les sourcils. Ça ne m'évoque rien, là, à brûle-pourpoint, mais j'y réfléchirai sérieusement. J'en parlerai éventuellement à Jordan. Autant qu'il se rende utile, puisqu'il est embarqué dans cette histoire !

— J'aimerais ajouter une chose, fit Malory en redressant les épaules. L'amour n'est pas un fardeau. Pour personne. Et si Jordan ne partage pas cet avis, il n'est pas digne de toi.

Après un instant de surprise, Dana reposa son rouleau et alla embrasser Malory sur la joue.

— Tu es adorable.

— Je t'aime beaucoup, Dana. Je vous aime beaucoup toutes les deux. Et quiconque ne vous aime pas en retour n'est qu'un imbécile.

— Waouh, ça mérite encore un baiser, décréta Dana en serrant Malory contre elle. Quoi qu'il puisse arriver, je suis heureuse de vous avoir, toutes les deux.

— C'est génial ! fit Zoé en venant les prendre par les épaules. Je suis bien contente que Dana ait couché avec Jordan pour qu'on puisse partager ce moment.

Dana éclata de rire.

— Je vais voir ce que je peux faire cette nuit, et peut-être que demain, on versera quelques torrents de larmes de joie en s'étreignant toutes les trois. Après la signature de l'acte de vente.

11

Jordan dormit le bras autour de la taille de Dana, la jambe en travers de la sienne, comme pour la maintenir en place. C'était lui qui l'avait quittée, huit ans plus tôt, mais cette fois, il n'était pas sûr du tout qu'elle le laisserait rester, que ce soit dans son lit ou dans sa vie.

Ainsi cramponné à elle, il dériva en rêve dans une torride nuit d'été. L'air était chargé d'odeurs mûres, fortes et mystérieuses.

La forêt était plongée dans l'ombre. Il savait qu'il était un homme, et non le petit garçon qu'il avait été dans les herbes hautes à l'orée de ce bois. Son cœur cognait dans sa poitrine.

Ce n'était pas cette chaude nuit d'été d'autrefois qu'il avait partagée avec Flynn et Brad. Cette fois, il n'y avait ni cigarettes, ni bière, ni matériel de camping, ni le courage et l'insouciance de l'adolescence.

Il était seul. Les guerriers de Warrior's Peak montaient la garde à la grille derrière lui, et la maison vide était silencieuse comme une tombe.

Mais non, elle n'était pas vide. C'était une erreur de croire que les vieilles maisons étaient vides. Elles étaient pleines de souvenirs, de larmes, de gouttes de sang, de l'écho des voix, des rires, des éclats de colère qui avaient résonné entre leurs murs au fil des années. N'était-ce pas une forme de vie, après tout ?

Et certaines maisons, il le savait, respiraient. Elles abritaient dans leur bois et leurs pierres, leurs briques et leur mortier, un cœur presque humain.

Mais il y avait une chose qu'il lui fallait se rappeler au sujet de cette maison, de cet endroit. D'une certaine nuit. Une chose qu'il connaissait mais ne parvenait pas à faire surgir clairement dans son esprit. Elle allait et venait à la lisière de sa conscience à la façon d'une chanson à moitié oubliée, le narguant, l'asticotant.

Il était crucial, vital, même, qu'il fasse défiler tout ce qui lui traversait l'esprit, comme avec l'objectif d'un appareil photo, jusqu'à ce que l'image apparaisse nettement.

Dans son rêve, il ferma les yeux, respira lentement et profondément en essayant de faire le vide dans son esprit pour le rendre disponible à ce qui pourrait vouloir y entrer.

Quand il rouvrit les yeux, il la vit. Elle marchait le long du parapet, sous le disque blanc de la lune. Solitaire, comme lui. Sa cape ondulait, bien qu'il n'y ait pas de vent.

La nuit sembla retenir son souffle, et tous les bruits, les froissements des feuilles, les craquements et les cris d'oiseaux, s'interrompirent brutalement, cédant la place à un terrible silence.

Son cœur se mit à battre violemment. Sur le parapet, la femme se retourna lentement. Dans un instant, songea-t-il, un tout petit instant, ils se verraient.

Enfin…

Le soleil l'aveugla brusquement. Il vacilla, frappé par le contraste entre la nuit noire et le grand jour.

Des oiseaux chantaient avec une ardeur désespérée au son de flûtes, de harpes et de cornemuses. Alors, il entendit un grondement semblable au bruit d'une cascade qui se déverse en tourbillons.

Il plissa les yeux, essaya de s'orienter. Il y avait des bois, là encore, mais il ne les reconnaissait pas. Les feuilles étaient d'un vert chatoyant ou d'un bleu doux et lumineux, et les branches alourdies par des fruits couleur rubis et topaze. L'air avait une odeur de fruit mûr, comme s'il pouvait lui aussi être cueilli et goûté.

Jordan se mit à marcher parmi les arbres, sur un sol souple d'un brun chaud. Il passa devant une majestueuse cascade au pied de laquelle, dans un bassin, dansaient des poissons rouge et or.

Curieux, il trempa la main dans l'eau, sentit sa fraîcheur. Quand il laissa les gouttes dégouliner de sa paume, il s'aperçut que l'eau n'était pas transparente mais du même bleu éclatant que la cascade.

Les couleurs, les odeurs, tout était intense, presque insoutenable pour les sens. Après avoir connu ce monde, comment pouvait-on revenir à la terne réalité ?

Fasciné, il se penchait de nouveau vers le bassin lorsqu'il aperçut un cerf en train de se désaltérer du côté opposé.

C'était une bête immense, à la robe luisante et dorée. Ses bois semblaient argentés. Lentement, il releva sa tête majestueuse et braqua sur Jordan des yeux d'un vert aussi soutenu que celui de la forêt qui les entourait. Autour de son cou brillait un collier de pierres précieuses dans lesquelles se reflétait le soleil.

L'animal semblait parler, bien qu'il ne fît aucun mouvement, aucun bruit autre que les mots qui se formaient dans la tête de Jordan.

Les représenteras-tu ?

— Qui ?

Va, et tu le sauras.

Le cerf pivota et s'éloigna dans les bois, ses sabots argentés silencieux sur le sol.

« Ce n'est pas un rêve », songea Jordan. Il se redressa, contourna le bassin et suivit l'animal.

Non, il n'avait pas dit « viens », mais « va ». Se fiant à son instinct, Jordan repartit en sens inverse.

Il avança vers une prairie de fleurs si colorées que les regarder était presque douloureux. Rubis, saphir, améthyste, ambre scintillaient au soleil comme si chaque pétale était une facette parfaitement découpée d'une pierre précieuse. Et au centre de ce gigantesque tapis, telles les plus précieuses des fleurs, se trouvaient les sœurs de verre, enfermées dans leurs cercueils transparents.

— Non, je ne rêve pas, dit-il à voix haute, pour entendre le son de sa propre voix.

Leurs visages, il les connaissait déjà. Elles semblaient endormies. Leur beauté n'était pas diminuée, simplement figée dans un instant du temps.

Il ressentit de la pitié et de l'indignation en contemplant le visage si semblable à celui de Dana et fut déchiré par un chagrin qu'il n'avait jamais connu depuis la mort de sa mère.

— C'est cela, l'enfer, dit-il. Être enfermé entre la vie et la mort, ne pouvoir choisir ni l'une ni l'autre.

— Oui, c'est exactement cela.

Kane se tenait de l'autre côté du cercueil où reposait la déesse qui avait les traits de Dana. Vêtu d'une élégante tunique noire, ses longs cheveux de jais coiffés d'une couronne sertie de joyaux, il souriait à Jordan.

— Tu possèdes une vivacité d'esprit qui fait cruellement défaut à nombre de tes compagnons mortels. L'enfer, comme tu l'appelles, est simplement l'absence de tout, sans fin.

— L'enfer se mérite.

— Ah. La philosophie, commenta Kane, amusé. Parfois, tu l'admettras, l'enfer s'hérite, tout simplement. Leur père et sa femelle mortelle les y ont condamnées, ajouta-t-il avec un geste en direction des cercueils. Je n'ai été qu'un instrument, pour ainsi dire, qui a...

Il souleva la main, tordit le poignet.

— Qui a donné un tour de clé.

— Pour la gloire ?

— La gloire, le pouvoir et tout ceci.

Il étendit les bras, comme pour englober son monde.

— Tout ceci, qui ne pourra jamais être, ne sera jamais à elles. Les cœurs tendres et les faiblesses humaines n'ont pas leur place dans le royaume des dieux.

— Pourtant, les dieux aiment, haïssent, convoitent, calculent, font la guerre, rient, pleurent. Ne sont-ce pas des faiblesses humaines ?

Kane pencha la tête.

— Tu m'intéresses. Comment oses-tu argumenter, sachant qui je suis, sachant que je t'ai fait venir ici, de l'autre côté du Rideau du pouvoir, où tu n'es qu'une fourmi que l'on peut catapulter n'importe où ? Il me suffirait d'une seule pensée pour te tuer.

— Ah, oui ?

Lentement, Jordan fit le tour du cercueil de verre. Il ne voulait pas voir le reflet de Dana entre eux.

— Pourquoi ne l'avez-vous pas encore fait, alors ? Peut-être préférez-vous harceler et blesser les femmes. C'est autre chose, n'est-ce pas, de se trouver face à un homme ?

Le coup le propulsa trois mètres en arrière. Il sentit le goût du sang dans sa bouche, le recracha sur les fleurs écrasées avant de se relever. Il y avait davantage que du pouvoir, sur le visage de Kane. Il y avait de la fureur. Et de la faiblesse, aussi.

— De l'esbroufe, des effets de manches... mais vous n'avez pas le cran de vous battre comme un homme, avec vos poings. Je vous demande un round, espèce de fumier. Un seul round à ma façon.

— Ta façon ? Ce n'est pas toi qui décides, ici. Tu vas connaître la douleur.

Des griffes glacées effilées comme des lames de rasoir enserrèrent le cœur de Jordan. L'indescriptible supplice le fit tomber à genoux et lui arracha un cri.

— Supplie-moi, fit Kane avec un ronronnement de plaisir. Implore ma pitié. Rampe.

Avec le peu de forces qu'il lui restait, Jordan releva la tête et plongea les yeux dans ceux de Kane.

— Allez vous faire...

Sa vision se brouilla. Il entendit un cri couvrir faiblement le rugissement dans ses oreilles, sentit un flot de chaleur se mêler au froid mortel. Et la voix furieuse de Kane sembla hurler dans son esprit :

— Je n'en ai pas fini !

Jordan sombra dans l'inconscience.

— Jordan ! Mon Dieu, ô mon Dieu, Jordan, reviens !

Il était dans un bateau et voguait sur les flots déchaînés au gré du vent. Il allait se noyer. Sa poitrine le brûlait atrocement, ses tempes palpitaient. Mais quelqu'un le secourait, pressait ses lèvres chaudes contre les siennes, le ramenait à la vie, qu'il le veuille ou non.

Mais pourquoi diable un chien aboyait-il comme un forcené en pleine mer ?

Il cligna des yeux. Dana.

Bien qu'elle fût pâle comme un linge, Jordan se sentit mieux dès qu'il la vit. Elle passait une main tremblante sur son visage, dans ses cheveux, se cramponnait à lui, le berçait.

Derrière la porte de la chambre, Moe aboyait et grattait.

— Que se passe-t-il ?

Elle se mit à rire nerveusement, et il la contempla, hébété.

— Tu es revenu. C'est bien, tu es revenu, dit-elle d'une voix presque hystérique. Ta bouche saigne, ta poitrine aussi, et tu es… tu es tellement glacé.

Il n'essaya pas de bouger. Il avait déjà remarqué que le plus infime mouvement entraînait une horrible vague de nausée et de douleur.

Mais quel soulagement, quelle bénédiction, d'être dans la chambre de Dana, allongé sur le lit ! Elle le plaquait contre sa poitrine comme elle l'aurait fait avec un nourrisson.

S'il n'avait pas eu l'impression qu'un camion lui avait roulé dessus, cela aurait pu être très agréable.

— Je rêvais.

— Non, dit-elle en appuyant sa joue contre la sienne. Non, tu ne rêvais pas.

— Au début, si... ou peut-être pas. Trognon, tu n'aurais pas une bouteille de whisky ? J'ai besoin de boire quelque chose de fort.

— J'ai du Paddy's.

— Je te donne mille dollars en échange d'un verre de Paddy's.

— Vendu, fit-elle avec un rire trop proche du sanglot pour le réconforter. Ne bouge pas. Je vais le chercher. Seigneur, tu trembles des pieds à la tête !

Elle remonta les couvertures sur lui, le borda jusqu'au cou.

— Mon Dieu, murmura-t-elle en l'embrassant sur le front.

— Deux mille dollars si tu m'apportes ce whisky dans les quarante-cinq secondes.

Elle détala, et Jordan songea qu'il ne devait pas être en si mauvaise forme que ça, puisqu'il était capable d'apprécier la beauté de Dana en train de courir, nue.

Un instant plus tard, Moe bondit sur le lit et tripla chacune de ses douleurs. Un cri lui échappa, qui se transforma en soupir quand il vit le chien renifler partout le lit et les couvertures, avant de lui lécher le visage.

— Tu as raison, ça nous apprendra à te laisser dehors pour nous ébattre en privé.

Moe gémit, secoua l'épaule de Jordan avec sa truffe, puis décrivit trois cercles patauds sur lui-même et s'installa contre lui.

Dana revint au pas de course, une bouteille dans une main, un verre dans l'autre. Après lui avoir servi largement plus de trois doigts de whisky, elle glissa un bras derrière sa tête et porta le verre à ses lèvres.

— Merci. Je vais me débrouiller tout seul, maintenant.

Elle reposa délicatement sa tête contre l'oreiller, avant de reprendre la bouteille et d'avaler une longue gorgée de whisky qui lui brûla le ventre. Un peu calmée, elle sortit son peignoir de la penderie.

— Tu es obligée de le mettre ? J'aime bien te regarder.

Elle n'osa pas lui répondre qu'elle avait l'impression qu'on lui avait frotté la peau avec des glaçons.

— On n'aurait pas dû enfermer Moe dehors, dit-elle simplement.

— C'est justement ce qu'on se disait, Moe et moi. C'est lui qui t'a réveillée ? demanda Jordan en posant la main sur le large dos de l'animal.

— Lui, et ton cri.

Elle frissonna et s'assit au bord du lit.

— Jordan, ta poitrine...

— Quoi ?

Il écarta un peu les couvertures et distingua cinq traînées distinctes, semblables à des traces de serres, à l'endroit de son cœur. Les coupures n'étaient pas trop profondes, constata-t-il avec soulagement. Mais elles saignaient et lui faisaient horriblement mal.

— Je salis tes draps.

— Peu importe, répondit Dana en déglutissant. Je les laverai. Je vais nettoyer tes blessures. Et pendant ce temps, tu me raconteras ce qu'il t'a fait.

Dans la salle de bains, elle posa les deux mains sur le rebord du lavabo et prit plusieurs inspirations, jusqu'à ce qu'elle parvienne à respirer sans avoir l'impression d'avaler des lames de rasoir.

Elle savait ce qu'était la peur. Elle l'avait ressentie quand la tempête l'avait entraînée dans la mer d'encre de l'île déserte. Mais même cela, même cette terreur qui lui avait glacé le sang, n'avait été que l'ombre de l'angoisse qui s'était emparée d'elle lorsque le cri de Jordan l'avait arrachée au sommeil.

Elle ravala ses larmes, prit du désinfectant et des bandages et retourna auprès de Jordan.

— Je t'ai apporté de l'aspirine, je n'ai rien de plus fort.

— Ça ira. Merci.

Il avala trois cachets avec le verre d'eau qu'elle lui tendait.

— Écoute, laisse-moi nettoyer ça moi-même. Si je me souviens bien, tu supportes mal la vue du sang.

— Je vais tâcher de ne pas tomber dans les pommes, promis.

Faisant fi de son malaise, elle s'assit pour nettoyer ses plaies.

— Parle-moi. Que s'est-il passé, Jordan ? Où t'a-t-il emmené ?

— Au début, je marchais dans un bois. Il faisait nuit, mais c'était la pleine lune. Peut-être étais-je à Warrior's Peak. Je n'en suis pas sûr, c'est trop flou.

— Continue.

Elle se concentra sur sa voix, sur ses mots, pour détourner son attention du coton imbibé de désinfectant qu'elle appliquait sur ses blessures.

— Puis, soudain, je me suis retrouvé aveuglé par le soleil. C'était... un peu comme une téléportation dans *Star Trek*. Tu vois ce que je veux dire ? C'est instantané, et on est désorienté.

— Ce ne serait pas mon moyen de locomotion préféré.

— Tu rigoles ? Ça doit tout de même être autre chose qu'une vulgaire voiture.

— Sûrement. Désolée, ajouta-t-elle, comme une grimace de douleur crispait le visage de Jordan.

Elle serra les dents et continua à désinfecter ses blessures.

— Continue à parler, qu'on en finisse.

Alarmé par le spectacle, Moe déserta les lieux et rampa sous le lit, tandis que Jordan s'efforçait de respirer calmement malgré la douleur.

— J'étais de l'autre côté du Rideau du pouvoir, reprit-il.

Il lui raconta tout.

— Tu as provoqué Kane délibérément ?

Elle recula et, sur son visage, l'inquiétude laissa la place à l'irritation.

— Tu étais obligé de la jouer viril ?

— Oui. Obligé. De toute façon, il n'allait en faire qu'à sa tête. Alors, pourquoi ne pas lui balancer quelques piques d'abord ?

— Tiens, c'est vrai, dans le fond, pourquoi ? Voyons, réfléchissons, fit-elle d'un ton éminemment sarcastique, en pianotant sur sa tempe. Eh bien, disons, parce que… c'est un dieu.

— Toi, tu serais restée plantée là, les bras croisés, à papoter poliment avec lui ?

— Je n'en sais rien.

Dana soupira et termina le bandage.

— Sans doute pas.

Estimant qu'elle avait fait de son mieux, elle baissa la tête et l'enfouit entre ses genoux.

— Seigneur, faites que je n'aie plus jamais à recommencer !

— On est deux à l'espérer.

Ankylosé, endolori, il se tourna pour passer une main dans le dos de Dana.

— Merci beaucoup, c'est très gentil.

— Mmm. Raconte-moi la suite.

— La suite, tu viens de la soigner. Je préciserai simplement que c'était beaucoup plus douloureux que ça n'en a l'air.

— Tu as hurlé.

— Arrête de répéter ça, c'est horriblement gênant…

— Si ça peut te soulager, moi aussi, j'ai hurlé. Je me suis réveillée, et tu étais… J'ai eu l'impression que tu avais des convulsions. Tu étais blanc comme un linge, tu saignais, tu tremblais. Je ne savais pas quoi faire. Je crois que je me suis affolée. Je t'ai attrapé, je me suis mise à crier. Tu es devenu tout mou entre mes mains. J'ai cru… L'espace d'une seconde, je t'ai cru mort.

— Je t'ai entendue.

Elle resta immobile un moment, luttant contre les larmes.

— Tu m'as entendue ? Quand ?

— Après qu'il a frappé son deuxième coup. Je t'ai entendue m'appeler, et ça m'a fait remonter, comme aspiré dans le téléporteur. Je l'ai entendu lui aussi, au moment où je m'éloignais. « Je n'en ai pas fini », voilà ce qu'il a dit. Et il était dans un état de rage... Il n'a pas pu me retenir là-bas. Il n'en avait pas terminé avec moi, mais il n'a pas pu me retenir là-bas.

— Pourquoi ?

— Parce que tu t'es réveillée.

Jordan lui caressa la joue.

— Tu m'as appelé. Tu m'as touché, et ça m'a ramené.

— Le contact humain ?

— Si ça se trouve, c'est aussi simple que cela, en effet. Aussi simple que cela... lorsque deux êtres humains sont unis.

— Mais pourquoi toi ? Pourquoi t'a-t-il emmené derrière le Rideau des rêves ? demanda-t-elle en reprenant un coton pour lui tamponner la lèvre.

— Il va falloir se pencher là-dessus, Dana. Aïe !

— Pardon.

— Et à partir du moment où nous aurons compris pourquoi il s'en est pris à moi, conclut-il en écartant sa main, nous aurons quelques pièces de plus à ajouter au puzzle.

Simples ou complexes, Dana avait besoin de réponses. Accompagnée de Moe, qui penchait joyeusement la tête par la vitre du passager, elle alla les chercher à Warrior's Peak. Les recherches et les supputations, c'était bien beau, mais le sang de son amant avait coulé. À présent, elle voulait des faits, bruts.

Les arbres éclaboussaient de leurs teintes flamboyantes le morne ciel ardoise chargé de nuages menaçants. Mais de plus en plus de feuilles mortes jonchaient la route et le sol de la forêt.

« Le compte à rebours est lancé », songea Dana. Le temps passait. Il restait à peine plus de deux semaines sur les quatre qui lui avaient été imparties.

Qu'avait-elle découvert ? Que savait-elle ? Elle passa en revue tout ce qui lui traversait l'esprit en parcourant les derniers kilomètres qui la séparaient de Warrior's Peak. Puis elle franchit la grille.

Rowena était dehors, en train de cueillir les dernières fleurs de l'automne. Elle portait un épais pull bleu moucheté d'or et, à la surprise de Dana, un vieux jean et des bottes qui avaient connu des jours meilleurs. Elle avait attaché ses cheveux, qui retombaient en une lisse queue-de-cheval entre ses omoplates. La déesse dans son jardin à la campagne, songea Dana.

Rowena lui adressa un signe, et un sourire éclaira son visage à la vue de Moe.

— Bienvenue.

Elle courut vers la voiture et ouvrit la portière du passager à un Moe exubérant.

— Voilà mon beau toutou ! s'exclama-t-elle en riant.

Moe bondit pour lui lécher le visage.

— J'espérais cette visite.

— Laquelle ? La mienne ou celle de Moe ?

— C'est une délicieuse surprise de vous voir tous les deux. Tiens, qu'est-ce donc ?

Elle mit une main dans son dos. Lorsqu'elle la ramena devant elle, elle tenait un énorme gâteau pour chien en forme d'os qui arracha un gémissement de plaisir à Moe.

— Mais oui, c'est pour toi. Assieds-toi et serre-moi la main comme un bon gentleman…

À peine avait-elle fini de parler que Moe s'était assis par terre et levait la patte. Elle la lui prit dans sa main et ils échangèrent un regard entendu. Puis Moe lui prit délicatement la friandise des doigts et entreprit de la réduire en miettes.

— Vous êtes comme le docteur Doolittle ? s'étonna Dana.

— Pardon ? fit Rowena, perplexe.

— Vous savez parler aux animaux ?

— Ah. Disons… d'une certaine façon, oui. Et vous, que puis-je vous offrir ?

— Des réponses.

— Vous êtes si sobre, si sérieuse… et si séduisante, ce matin. Quelle ravissante tenue ! Vous avez une collection de vestes impressionnante, commenta Rowena en passant une main sur le revers de Dana. Je vous les envie.

— Vous n'avez qu'à les faire apparaître aussi facilement que vous avez fait surgir cette friandise pour chien.

— Ah, mais ce ne serait pas drôle de les avoir sans l'excitation de faire les courses. Voulez-vous entrer ? Nous prendrons le thé au coin du feu.

— Non, merci. Je n'ai pas beaucoup de temps. Nous signons l'acte de vente de notre maison, Zoé, Malory et moi, cet après-midi, et je vais devoir me rendre directement chez le notaire. Rowena, il y a certaines choses que j'ai besoin de savoir.

— Je vous dirai ce que je peux. Marchons donc un peu. Il va bientôt pleuvoir, ajouta-t-elle en levant les yeux vers le ciel. J'aime cette atmosphère lourde qu'il y a dans l'air avant la pluie.

Moe ayant déjà terminé sa friandise, Rowena ouvrit la main, dans laquelle apparut une balle en caoutchouc rouge vif qu'elle jeta sur la pelouse.

— Je préfère vous avertir que Moe va s'attendre que vous jouiez à la balle avec lui pendant les trois ou quatre années à venir.

— Rien n'est aussi parfait qu'un chien.

Rowena glissa un bras sous celui de Dana et se mit à marcher.

— C'est un réconfort, un ami, un guerrier, une source d'amusement. Tout ce qu'il demande, c'est qu'on l'aime.

— Pourquoi n'en avez-vous pas ?

— Ah…

Avec un sourire triste, Rowena tapota la main de Dana et se pencha pour ramasser la balle que Moe avait déposée à ses pieds. Elle ébouriffa son pelage et jeta la balle au loin.

— Que je suis bête !

Dana comprit soudain et leva les yeux au ciel.

— Vous ne pouvez pas en avoir. Enfin, je ne veux pas dire que vous ne pourriez pas, mais d'un point de vue réaliste… La vie d'un chien est misérablement plus courte que la vôtre.

Jordan avait raison. Dans ce monde, l'immortalité de Rowena et de Pitte s'apparentait davantage à une malédiction qu'à un cadeau.

— En effet. J'ai eu des chiens. Chez moi, c'était l'un de mes plus grands plaisirs.

Elle ramassa la balle, déjà piquée de traces de dents, et la lança de sa main élégante.

— Quand nous avons été chassés, très vite, beaucoup de choses m'ont manqué, alors je me consolais avec un chien. Le premier était si brave, si fidèle…

Elle poussa un soupir, tout en se dirigeant vers la lisière du bois.

— Il a été à moi pendant dix ans – le temps d'un claquement de doigts. Il existe certaines choses que nous ne pouvons changer, qui nous sont refusées tant que nous vivons ici. Je ne peux prolonger la durée de vie d'une créature.

Elle ramassa la balle rapportée par Moe et la jeta une nouvelle fois au loin.

— J'avais un chien, autrefois, dit Dana.

Elle suivit le regard de Rowena et vit Moe courir après la balle avec autant d'enthousiasme que si c'était la première fois.

— Enfin, c'était le chien de mon père, en fait. Une femelle. Il l'avait adoptée l'année précédant ma naissance, et je l'ai toujours connue. Elle est morte quand j'avais onze ans. J'ai pleuré trois jours d'affilée.

— Ainsi, vous comprenez.

Rowena sourit en voyant revenir Moe, frétillant de tout son corps, la balle dans la gueule.

— Après la mort de ce premier chien, je me suis juré de ne plus jamais en avoir, reprit-elle. Mais j'en ai eu. Plusieurs. Jusqu'à ce que j'admette que mon cœur se briserait si je devais encore voir mourir un être que j'aimais tant.

Elle se pencha pour prendre la tête de Moe entre ses mains.

— Voilà pourquoi je vous suis si reconnaissante de m'avoir amené le beau Moe.

— Le pouvoir, l'immortalité, ce n'est pas si fabuleux que ça, hein ?

— Rien ne va sans douleur, sans perte, sans prix à payer. Est-ce ce que vous vouliez savoir ?

— En partie. Vous avez donc des limites, du moins tant que vous serez ici. Et Kane également, en tout cas dans ce monde, n'est-ce pas ?

— Bonne déduction. Vous êtes des créatures dotées d'un libre arbitre. Il ne saurait en être autrement. Kane peut vous tenter, vous séduire, vous mentir, vous tromper, mais pas vous contraindre à faire ce que vous ne voulez pas.

— Peut-il nous donner la mort ?

Rowena lança de nouveau la balle, plus loin, cette fois.

— Le meurtre d'un mortel est puni d'un châtiment tel qu'il ne courra certainement pas ce risque.

— Je sais, je me suis renseignée : cela signifierait la fin de son existence. Pas la mort, ni le passage vers une autre vie, mais une fin, véritablement.

— Même les dieux ont des craintes. C'en est une. Qu'on le prive de son pouvoir en est une autre. Il se trouverait dans une prison entre deux mondes, sans pouvoir accéder à aucun.

— Il a essayé de tuer Jordan.

Rowena fit volte-face et saisit le bras de Dana.

— Dites-moi tout. En détail.

Dana lui raconta ce qui s'était passé.

— Il l'a emmené avec lui derrière le Rideau ? Et là-bas, il a fait couler son sang ?

— Oui.

Rowena se mit à faire les cent pas, si agitée que Moe s'assit, perplexe, sa balle entre les dents.

— Les sœurs étaient seules, dites-vous ? Il n'y avait personne d'autre alentour ?

— Jordan a parlé d'un cerf.

— Un cerf, répéta Rowena en s'immobilisant soudain. Quel genre de cerf ? À quoi ressemblait-il ?

— Sa robe avait l'air d'être en or, et il avait des bois argentés.

— C'était bien un mâle, alors.

— Oui. Ah, et il avait aussi un collier de pierres précieuses.

— C'est possible, murmura Rowena. Mais qu'est-ce que cela signifie ?

— À vous de me le dire.

— Si c'était lui, pourquoi a-t-il laissé faire une chose pareille ?

Rowena recommença à marcher nerveusement.

— Pourquoi a-t-il permis que cela arrive ?

— De qui et de quoi parlez-vous ? demanda Dana.

Elle secoua le bras de Rowena pour attirer son attention.

— Je me demande si ce cerf était notre roi, expliqua Rowena. Si c'est le cas, pourquoi a-t-il laissé Kane emmener un mortel de l'autre côté du Rideau ? Et pour le blesser, pour verser son sang ? Quelle guerre est en train de se dérouler dans mon monde ?

— Je suis désolée, je n'en sais rien. Mais le seul blessé, apparemment, a été Jordan.

— Je vais en parler à Pitte, déclara Rowena. Il faut que je réfléchisse. Jordan n'a vu personne d'autre ?

— Non. Seulement le cerf et Kane.

— Je ne détiens pas les réponses que vous souhaitez. Jamais Kane n'était allé aussi loin. Le sortilège est son œuvre, et lui seul en dicte les limites. Pourtant, il les franchit impunément. Je peux agir, et j'agirai. Mais je ne suis plus certaine de l'étendue de son pouvoir. Je ne puis plus être certaine que notre roi règne.

— Et s'il ne règne plus ?

— Alors, c'est la guerre, répondit Rowena tristement. Ce qui ne nous ramène pas chez nous pour autant. Quoi qu'il ait pu se passer dans notre monde, Pitte et moi devons achever ce pour quoi on nous a envoyés ici. C'est notre destin. Je préfère penser que le vôtre est de nous y aider.

Rowena prit une profonde inspiration pour recouvrer son calme.

— Je vais vous donner un baume pour les blessures de votre homme.

— Nous couchons ensemble. Je ne sais pas si cela fait de lui mon homme.

D'un geste distrait, Rowena écarta la remarque.

— Je dois m'entretenir avec Pitte. La stratégie est davantage son domaine que le mien. Venez, que je vous donne le remède.

— Une seconde. Jordan est-il un élément essentiel de ma quête ?

— Pourquoi demander ce que vous savez déjà ?

— Je voudrais en avoir confirmation.

En guise de réponse, Rowena posa les doigts sur la tête de Dana.

— Vous l'avez déjà également.

— Fait-il partie de cette histoire parce que je l'aime ?

— Il fait partie de vous parce que vous l'aimez. Et la clé, c'est vous.

Elle prit la main de Dana.

— Je vais vous donner le baume pour votre guerrier, puis vous rentrerez chez vous. La pluie arrive, ajouta-t-elle en levant les yeux vers le ciel assombri.

12

Brad mit les glaçons dans un seau galvanisé, créant un nid réfrigéré, bien que modeste, pour une bouteille de champagne, puis il le recouvrit d'un chiffon à peinture propre. Derrière lui, Flynn et Jordan installaient une table de bridge.

— La nappe est dans le fourre-tout, là-bas.

— La nappe ? répéta Flynn en levant les yeux vers lui.

— Oui. Ne fais pas l'imbécile, mets-la sur cette table.

Jordan alla ouvrir le sac en question.

— Hé, regarde, Flynn, il y a de jolies fleurettes roses brodées dessus.

— Et des serviettes assorties, ajouta Flynn en les sortant.

— Comme c'est charmant ! Je ne te connaissais pas cette délicatesse toute féminine, Brad.

— Quand tout sera prêt, je vous botterai les fesses à tous les deux pour réhabiliter ma virilité. Et parce que ça me fera immensément plaisir.

Brad prit les flûtes qu'il avait apportées et les leva vers la lumière pour s'assurer qu'elles étaient impeccables.

— Ensuite, je dirai peut-être aux filles que c'était mon idée, et je vous éliminerai de la course.

— Hé, c'est moi qui ai payé les fleurs, lui rappela Flynn.

— Et moi, j'ai acheté les petits-fours, ajouta Jordan.

— Les idées rapportent plus de points que les gâteaux et les fleurs, mes chers amis, décréta Brad en lissant la nappe. Tout est dans le style et la présentation. Ce qui prouve que savoir rester en contact avec son côté féminin aide à mieux séduire les femmes.

— Alors, comment se fait-il que Flynn et moi soyons les seuls à nous envoyer en l'air ?

— Laissez-moi le temps.

— Je devrais te filer une trempe pour parler comme ça de la femme de ma vie et de ma sœur, grommela Flynn à l'intention de Jordan. Néanmoins, puisque c'est non seulement un fait avéré, mais qu'en plus ça rabat son caquet à Brad, je passe l'éponge, pour cette fois. Combien de temps nous reste-t-il ?

— Encore une bonne demi-heure, répondit Jordan. La signature devrait être une simple formalité, mais entre les notaires, les banquiers et la paperasserie, ça prend toujours deux fois plus de temps que prévu.

Il recula de quelques pas et contempla la table dressée dans le spacieux vestibule. Il fallait admettre qu'elle faisait un tableau charmant, au milieu des chiffons et des pots de peinture. Elle mettait une note de couleur et de fête entre les murs blancs. Les filles, il en était certain, fondraient comme de la crème glacée sous le soleil de juillet.

— Bravo, Brad. J'admets que tu as eu là une excellente idée.

— J'en ai à la pelle, des idées comme ça.

— Je ne vois pas pourquoi on devrait partir avant leur arrivée, se plaignit Flynn. J'aimerais bien goûter au champagne et aux petits-fours, moi aussi. Sans parler des effusions que ça va susciter.

— Parce que c'est leur moment à elles. Voilà pourquoi nous devons nous éclipser.

Satisfait, Brad s'adossa à l'escabeau.

— Ayez un peu de patience. Vous verrez que ça vous vaudra des effusions encore plus chaleureuses.

— Moi, j'aime bien la gratification immédiate, déclara Flynn, avant de promener son regard autour de lui. Ça va être un endroit formidable, vous ne croyez pas ? Un concept novateur, un emplacement idéal, un décor séduisant... C'est bon pour Pleasant Valley. C'est bon pour elles. Si vous voyiez certaines des pièces que Mal a commencé à acheter ! Ce week-end, nous sommes allés rencontrer deux ou trois des artistes qu'elle voudrait promouvoir. Ils font des trucs superbes.

— Il est allé voir des œuvres d'art avec Malory, fit Jordan avec un sourire entendu à l'adresse de Brad. À quand une soirée à l'opéra ?

— On verra bien qui ricanera quand tu siroteras du thé aux agrumes, assis à une petite table dans la librairie de Dana.

— Il y a pire. Brad, lui, sera probablement obligé de passer par la case « nettoyage de peau » pour conquérir Zoé.

— Il y a des limites à ne pas franchir, affirma Brad d'un ton docte, avant de lever les yeux vers l'escalier. Elles vont devoir réfléchir à l'éclairage. Et certaines moulures sont à remplacer. Il faudrait aussi un nouveau lavabo dans les toilettes, à l'étage.

— Tu comptes séduire Zoé en lui parlant sanitaires ? railla Flynn. Sacré vicelard ! Je suis fier de te compter parmi mes amis.

— Ça a déjà marché avec l'escabeau. Grâce à lui, j'ai fait un pas dans la conquête de Zoé, et j'ai même eu du poulet frites.

— Du poulet frites ? s'écria Flynn. Tu peux en avoir au restau de Main Street. C'est la spécialité du mardi soir. Ma fierté diminue, ajouta-t-il en secouant la tête avec tristesse.

— Ce n'est qu'un début. N'empêche qu'elles auraient besoin d'aide, ici. Il y a quelques tuiles à remettre, un peu de menuiserie, de plomberie, d'électricité à faire... Il faut aussi remplacer certaines fenêtres. On pourrait racheter du champagne et des petits-fours et apporter notre contribution, non ?

— Entièrement d'accord, approuva Jordan.

— J'y avais songé, moi aussi, fit Flynn en haussant les épaules. Ma maison est déjà en plein chantier, autant leur faire profiter du matériel. Et planter quelques clous pourrait nous éviter de devenir cinglés à force de nous concentrer sur la clé.

— Puisque tu abordes le sujet, dit Jordan en regardant dehors tomber les premières gouttes de pluie, je ferais bien de vous raconter ce qui s'est passé hier soir.

— Il est arrivé quelque chose à Dana ? demanda Flynn, aussitôt inquiet.

— Non, non. Elle va très bien. Bon sang, je meurs d'envie de griller une cigarette. Sortons.

À l'abri du porche martelé par la pluie, il leur raconta tout, les odeurs, les couleurs, les mouvements, les entraînant dans son histoire comme il l'avait fait maintes fois par le passé, sous la tente ou autour d'un feu de camp dans les bois.

Mais cette fois, le récit n'était pas issu de son imagination. Les lacérations sur sa poitrine continuaient à le brûler. Ce fut une maigre consolation de voir les grimaces compatissantes de ses amis lorsqu'il souleva sa chemise pour les leur montrer.

— Mon Dieu, sale blessure, commenta Flynn en examinant les griffures rouges. Il ne faudrait pas te bander ou quelque chose comme ça ?

— Dana m'a désinfecté hier soir, mais ce n'est pas une infirmière chevronnée. J'ai remis une crème cicatrisante ce matin. Mais ce que je voulais vous dire, c'est que notre bonhomme est vraiment très, très énervé. Au point d'avoir tenté de me tuer. S'il en est là, qu'est-il capable de faire aux filles ?

Un éclair traversa les yeux de Flynn.

— Il n'a jamais touché Malory. Du moins, pas physiquement. Mais c'était terrible, effrayant, la façon dont il s'en est pris à son esprit. Bref, il faut qu'on lui règle son compte.

— Je suis ouvert à toutes les suggestions, dit Jordan en écartant les mains. Le problème, c'est que, question magie, je suis incapable de sortir un lapin de mon chapeau.

— Lorsqu'il intervient, c'est souvent pour nous lancer sur de fausses pistes, fit remarquer Brad. Pour nous distraire de notre but.

— Laisse-moi te dire, mon pote, que se faire lacérer le ventre, ça ne distrait pas des masses.

— Tu as très bien compris ce que je voulais dire. Nous n'avons qu'à en faire autant : si nous l'incitons à s'intéresser à nous, il fichera la paix aux filles. Il avait une raison de s'en prendre à toi. Si nous parvenons à comprendre cette raison et à l'exploiter, cela détournera son attention de Dana pendant les deux prochaines semaines. Et de Zoé, lorsque viendra son tour.

— Je n'ai rien de concret, malheureusement. J'ai juste l'impression de savoir quelque chose, mais pas moyen de mettre le doigt dessus.

Frustré, Jordan enfonça les mains dans ses poches.

— Une chose que je sais, que j'ai faite ou que j'ai possédée... Voilà la réponse. Du moins, l'une des réponses. À mon avis, il s'agit d'un élément du passé, qui intervient dans le présent.

— Entre Dana et toi ? suggéra Brad.

— Certainement. Ça paraît logique. Et si ce n'est pas quelque chose de décisif, pourquoi Kane s'en serait-il pris à moi ?

— Je pense que le moment est venu d'organiser une réunion, déclara Brad.

— Pour vous, les cols blancs, c'est toujours l'heure d'une réunion, railla Flynn.

— Je me vois obligé de te signaler que mon col n'est pas blanc.

— Symboliquement, si. Mais je m'éloigne du sujet. Il n'a peut-être pas tort, notre col blanc, reprit-il en se tournant vers Jordan. Si on se faisait un bon remue-méninges, tous les six ?

Il tapota l'épaule de Brad.

— On pourrait se réunir chez toi. Tu as plus de meubles, et on y mange bien.

— Pas de problème. Le plus tôt sera le mieux.

Brad consulta sa montre.

— Ah ah, vous allez rire, mais j'ai une réunion. Voyez ça avec les filles et tenez-moi au courant.

Il retourna dans la maison remettre sa veste, puis courut sous la pluie jusqu'à sa voiture. Jordan le regarda s'éloigner.

— Si on franchit cette étape et qu'on passe à la dernière, il sera prêt à tout pour éviter que Kane ne nuise à Zoé.

— Tu crois qu'il ne s'en rend pas compte ?

— Si. Mais je me demande si Zoé s'en rend compte, elle.

La seule chose dont Zoé se rendait compte, en cet instant, c'était qu'elle était en train de vivre l'un des plus grands jours de sa vie. Elle serra dans son poing les clés, *ses* clés toutes neuves, destinées à ouvrir les verrous qu'elle avait achetés pour remplacer les anciens.

Elle installerait elle-même le verrou sur la porte d'entrée, elle l'avait décidé. Ce serait sa première initiative de propriétaire. Une sorte de rituel, de bénédiction de la maison.

Elle se gara, courut sous la pluie jusqu'au porche et attendit que ses amies se garent derrière elle. C'était Malory qui possédait le trousseau original. Et puis, il était normal qu'elles entrent ensemble.

D'ailleurs, n'était-il pas juste, voire symbolique, que ce soit Malory qui détienne cette clé originale et que Dana et elle attendent pendant qu'elle ouvrirait la porte – la première porte ?

Malory avait réussi sa partie de la quête, elle avait donné sa clé à Rowena et Pitte. C'était le tour de Dana, à présent. Puis, si Dieu le voulait, ce serait le sien.

— La pluie va faire tomber encore plein de feuilles, remarqua Malory en courant se mettre à l'abri. Il ne restera plus grand-chose des belles couleurs d'automne, ensuite.

— On en aura tout de même bien profité.

— Absolument.

Malory s'apprêtait à ouvrir la porte quand elle s'immobilisa.

— Je viens de penser à une chose. C'est chez nous, maintenant. Officiellement chez nous. Est-ce qu'on ne devrait pas prononcer des paroles profondes, accomplir un acte symbolique ?

— Pas question que je vous porte pour franchir le seuil, protesta Dana en rejetant en arrière ses cheveux mouillés.

— On remue les fesses ? proposa Zoé.

Dana éclata de rire.

— Chiche ! On compte jusqu'à trois.

Les rares personnes qui passèrent à ce moment-là eurent la surprise de voir trois jeunes femmes debout sur un joli porche bleu se trémousser devant une porte fermée.

En gloussant encore, Malory introduisit la clé dans la serrure.

— C'était parfait, déclara-t-elle. Allez, on entre.

Elle ouvrit la porte avec un geste qu'elle jugea convenablement théâtral et resta bouche bée.

— Ça alors, regardez !

— Quoi ? Kane ?

Instinctivement, Zoé prit le bras de Malory pour la faire reculer.

— Oh, non ! C'est trop mignon ! Regardez ce qu'ils ont fait.

Elle courut vers la jolie table et enfouit son visage dans les roses.

— Des fleurs ! Nos premières fleurs dans cette maison. Flynn peut s'attendre à une jolie récompense.

— C'est drôlement attentionné de sa part, approuva Zoé en humant les fleurs à son tour, avant d'ouvrir le carton de pâtisserie. Et des petits-fours, s'il vous plaît. Tu as trouvé la huitième merveille du monde, Malory.

— Il n'a pas agi tout seul, intervint Dana en sortant la bouteille de champagne du seau. Je devine les empreintes digitales de Brad sur toute la bouteille. Non seulement du champagne, mais un champagne extraordinaire. Du Cristal.

Zoé regarda l'étiquette en fronçant les sourcils.

— Il est hors de prix ?

— Oui, mais surtout très chic. La seule fois où j'en ai goûté, c'est quand Brad m'en a offert une bouteille pour mes vingt et un ans. Ce type a toujours eu de la classe. Bon, ne le décevons pas, ajouta-t-elle en débouchant la bouteille et en servant le vin.

Zoé prit les flûtes et les tendit à ses amies.

— Portons un toast, dit-elle.

— Pas un toast qui va nous faire pleurer, demanda Malory. Les fleurs ont déjà commencé à titiller mes glandes lacrymales.

— Je sais, déclara Dana en levant son verre. À Complaisance.

Elles trinquèrent, burent une petite gorgée. Et versèrent une ou deux larmes.

— J'aimerais vous montrer quelque chose, les filles, dit Malory en posant son verre et en prenant sa mallette. Juste un petit truc qui m'a amusée. Mais je ne veux pas que vous vous sentiez obligées d'accepter. Ça ne me vexera pas si le concept vous déplaît. C'est juste… juste une idée comme ça.

— Cesse ce suspense, c'est insupportable, fit Dana en prenant un petit-four.

— D'accord. J'ai réfléchi à un logo, quelque chose qui incorporerait nos trois activités. Naturellement, il faudrait qu'on ait chacune le nôtre, mais on pourrait aussi imaginer un logo commun pour du papier à en-tête, des cartes de visite, un site web…

— Un site web ? répéta Dana en opinant de la tête. Tu as déjà une longueur d'avance sur moi.

— Ça ne mange pas de pain d'être un peu prévoyant. Vous vous souvenez de Tod ?

— Bien sûr. Le garçon adorable avec qui tu travaillais à La Galerie, répondit Dana.

— Voilà. C'est aussi un bon ami, et il est doué en graphisme informatique. On pourrait lui demander de créer un petit site Internet pour nous. En fait, j'espère même pouvoir lui offrir un boulot ici, dans quelque temps. C'est un peu prématuré, mais si les affaires marchent, je vais avoir besoin d'aide. Nous en aurons toutes besoin.

— Je n'ai pas poussé ma réflexion si loin, avoua Dana. Mais c'est vrai qu'il me faudra au moins quelqu'un à mi-temps pour servir le thé et le vin. En fait, j'aurai probablement besoin de deux personnes.

— Quant à moi, j'ai pris contact avec une coiffeuse et une spécialiste des ongles.

Zoé posa une main sur son estomac secoué.

— Vous vous rendez compte… Nous allons avoir des employés !

— Personnellement, j'adore cette idée, déclara Dana en levant de nouveau sa flûte. C'est bien d'être patron.

— Il va aussi nous falloir un conseiller fiscal, des fournitures de bureau, un budget de pub, des installations téléphoniques… J'ai dressé des listes, conclut Malory.

Dana éclata de rire.

— Pour ça, je te fais confiance. Alors, que caches-tu dans ta mallette ?

— C'est juste un petit truc que j'ai griffonné à partir d'une idée qui m'est venue.

Elle sortit une chemise, l'ouvrit et déposa un dessin sur la table. On y voyait la silhouette d'une femme assise dans un fauteuil incliné en position de relaxation, un livre ouvert dans les mains. Sur la table à côté d'elle étaient disposés un verre de vin et une rose dans un petit vase. L'ensemble s'insérait dans une frise ornementée qui l'encadrait à la façon d'un portrait stylisé.

Au-dessus de la frise, un seul mot : « Complaisance. » En dessous, on pouvait lire : « Pour le corps, l'âme et l'esprit. »

— Hou la la…

Zoé posa une main sur l'épaule de Malory.

— C'est juste une idée comme ça, dit précipitamment Malory. J'ai simplement essayé de lier nos trois activités. Nous pourrions avoir ce genre de logo sur nos cartes de visite individuelles, nos factures, etc. Chacune ajouterait sa spécialité sous le nom de l'établissement, ce qui différencierait chaque aspect de Complaisance tout en les gardant sous une même égide.

— C'est merveilleux ! s'exclama Zoé. Dana ?

— Parfait. Absolument parfait, Mal.

— C'est vrai ? Vous aimez ? Je ne veux pas vous contraindre à quoi que ce soit sous prétexte…

— Faisons un pacte, coupa Dana. Chaque fois qu'une de nous ne sera pas complètement d'accord avec les autres, qu'elle le dise. Nous sommes des filles, mais pas des lavettes. D'accord ?

— D'accord, approuva Malory. Je pourrais donner ça à Tod pour qu'il nous fasse un modèle de papier à en-tête, par exemple, à titre gracieux. Il est plus doué que moi pour ces trucs-là.

— Oh, j'ai hâte de voir ça !

Zoé poussa un cri et exécuta une petite danse tout autour de la pièce.

— Dès demain matin, nous démarrerons vraiment les travaux.

— Hé, une seconde ! protesta Dana en montrant les murs. Comment tu appelles tout ça, si ce n'est pas du travail ?

— La partie émergée de l'iceberg, répondit gaiement Zoé en attrapant sa flûte de champagne.

Dana ne s'était jamais considérée comme une tire-au-flanc. Elle mettait un point d'honneur à ne pas se satisfaire du minimum et à abattre de la besogne. Elle s'estimait assez exigeante vis-à-vis d'elle-même, d'un point de vue personnel autant que professionnel, et avait tendance à dénigrer ceux qui prenaient leur travail par-dessus la jambe, se plaignaient que leur emploi ne soit trop dur, trop contraignant, trop pénible.

Mais, comparée à Zoé, elle n'était qu'une grosse fainéante, une mollassonne pleurnicheuse, songea-t-elle en allant au supermarché chercher quelques provisions. Cette femme l'épuisait.

Peintures, papiers peints, échantillons, éclairage, matériel, fenêtres, revêtements de sol, tout cela entraînait des réflexions qui auraient suffi à vous faire exploser le cerveau. Mais il y avait aussi le travail qui s'ensuivait. Grattage, ponçage, transport, déballage, forage, vissage...

Aucun doute possible, se dit Dana en prenant des bananes. En termes d'organisation, de délégation et de mise en œuvre, Zoé McCourt était une championne.

Entre les projets, les travaux, la quête de la clé et son conflit intérieur pour garder la tête au moins tiède en ce qui concernait Jordan, Dana était harassée.

Il lui fallait impérativement deux heures de solitude et de calme absolu. Deux heures déjà grignotées par les courses, si elle ne voulait pas mourir de faim avant la fin de la semaine.

Par-dessus le marché, elle n'était plus du tout certaine de trouver un indice dans la pile de livres qu'elle avait accumulés. Elle avait lu inlassablement, suivi chaque piste, mais ne semblait pas plus proche du but qu'au début.

Et si elle échouait ? Non seulement elle décevrait ses amies, son frère, son amant, Rowena et Pitte, mais son échec scellerait le destin des sœurs de verre jusqu'à ce que la triade suivante de mortelles soit choisie.

Comment vivre avec ce fiasco ? Déprimée, Dana mit un litre de lait dans son panier. Elle avait contemplé de ses yeux l'écrin des âmes, souffert de voir ces lumières bleues s'agiter fiévreusement contre les parois de leur prison.

Si elle ne trouvait pas la clé, tout le travail qu'elle et ses amies avaient accompli ne servirait à rien.

Et Kane l'emporterait.

— Plutôt mourir, déclara-t-elle, avant de sursauter en sentant quelqu'un lui toucher le bras.

— Excusez-moi, fit la femme en riant. Je suis désolée. On aurait dit que vous vous disputiez avec vous-même. Personnellement, j'en arrive rarement à ce stade avant le rayon des desserts surgelés.

— C'est une jungle, là-dedans. Lait entier, lait écrémé, demi-écrémé… Comment choisir ?

L'inconnue était une jolie brune qui devait approcher la quarantaine.

— On se connaît, non ? fit Dana en l'observant plus attentivement.

— Vous nous avez aidés à la bibliothèque, mon fils et moi, il y a quelques semaines, répondit la femme en choisissant une brique de lait. Il devait rendre un devoir le lendemain à sa prof d'histoire.

— Ah, oui, bien sûr !

Dana fit un effort pour écarter ses sombres pensées et lui rendit son sourire.

— Histoire américaine, Mme Janesburg, classe de cinquième.

— Exactement. Je m'appelle Joanne Reardon, dit la femme en tendant la main à Dana. Et vous avez sauvé la vie de mon fils, Matt. Je suis repassée à la bibliothèque l'autre jour pour vous remercier encore, mais on m'a dit que vous n'y travailliez plus.

— En effet, répondit Dana, replongée momentanément dans ses pensées moroses. Disons que j'ai pris une retraite brutalement anticipée.

— Je suis navrée de l'apprendre. Vous avez été fabuleuse avec Matt. Il a eu un A. À moins, certes, mais tout ce qui est rattaché au nom de Matt et inclut un A est un motif de grandes réjouissances à la maison.

— Ça me fait plaisir.

C'était particulièrement réconfortant à entendre à la fin d'une longue journée.

— Il a dû faire du bon travail. Mme Janesburg ne distribue pas les A à tour de bras.

— En effet, il a bien travaillé, mais il ne s'y serait pas mis si vous ne l'aviez pas orienté dans la bonne direction et si vous n'aviez pas trouvé la bonne clé à tourner dans sa tête. Je suis ravie d'avoir l'occasion de vous le dire.

— Moi aussi. Vous venez d'ensoleiller ma journée.

— Je suis désolée que vous ayez perdu votre emploi. Cela ne me regarde pas, mais si jamais vous avez besoin de références, vous pouvez compter sur la mienne.

— Merci. Merci beaucoup. En fait, avec deux amies, nous sommes en train de monter une petite affaire. Je vais ouvrir une librairie, d'ici un mois environ.

— Une librairie ? fit Joanne, dont le visage s'éclaira. À Pleasant Valley ?

— Oui. En fait, notre établissement regroupera une librairie, une galerie d'art et d'artisanat, et un institut de beauté. Nous restaurons une maison sur Oak Leaf.

— Ça a l'air fabuleux. Tout cela en un seul lieu, et en ville ! Je n'habite qu'à deux ou trois kilomètres d'ici. Je vous promets d'ores et déjà d'être une de vos clientes régulières.

— Si nous continuons les travaux à ce rythme, nous pourrons ouvrir d'ici les vacances.

— Formidable. Vous n'auriez pas besoin de quelqu'un, par hasard ?

Dana réfléchit un instant.

— Vous cherchez du travail ?

— Je songe à revenir sur le marché du travail. Mais il me faudrait quelque chose qui soit proche de la maison, amusant, et avec des horaires flexibles. Le job en or introuvable, quoi ! D'autant plus que je n'ai pas travaillé en dehors de la maison depuis plus de dix ans, que je viens seulement de m'initier à l'informatique – et encore, c'est un bien grand mot – et que l'essentiel de mon expérience professionnelle se résume à du secrétariat juridique dans un petit cabinet d'avocats à Philadelphie, où je n'ai pas brillé par mon excellence.

Elle émit un petit rire de dérision.

— Je me vends bien, n'est-ce pas ?

— Aimez-vous lire ?

— Donnez-moi un livre et deux heures de tranquillité, et je suis aux anges. J'ai aussi un bon contact avec les gens, et je ne cherche pas un gros salaire. Mon mari gagne bien sa vie, et nous n'avons pas de problèmes financiers, mais j'aimerais bien accomplir quelque chose par moi-même, autre que la lessive, le ménage, la cuisine ou l'éducation d'un garçon de onze ans.

— Je trouve vos qualifications excellentes pour une employée potentielle. Passez donc nous voir, un de ces jours. C'est la maison au porche bleu. Vous pourrez y jeter un coup d'œil, et nous parlerons un peu plus.

— Avec grand plaisir. Je viendrai. Je suis tellement contente d'être tombée sur vous ! ajouta-t-elle en riant. Ce doit être le destin.

Le destin... songea Dana lorsqu'elles se quittèrent. Elle n'avait pas accordé suffisamment de crédit au destin.

C'était le besoin de remplir son garde-manger qui l'avait amenée là, au rayon laitages du supermarché local. Un petit rien, se dit-elle en repartant le long de l'allée. Un petit rien anodin et quotidien. Mais il l'avait placée là exactement au bon moment, en la mettant en contact avec une femme qui deviendrait peut-être un nouveau rouage de son engrenage personnel.

Mieux encore, cette femme lui avait dit exactement ce qu'elle avait besoin d'entendre : « Vous avez trouvé la bonne clé à tourner dans sa tête. »

N'était-ce pas une incroyable coïncidence que Joanne ait employé cette expression ? La clé de Dana, la bonne clé, était la connaissance.

« Je la trouverai, se promit-elle. Je la trouverai en gardant l'esprit ouvert. »

13

De l'avis de Dana, on pouvait dire des tas de choses sur Bradley Charles Vane IV.

Il était drôle, intelligent, beau garçon. Il pouvait, selon son humeur et les circonstances, présenter l'image raffinée d'un James Bond commandant une vodka martini à Monte-Carlo, ou devenir un parfait imbécile et renverser de l'eau gazeuse sur votre pantalon.

Il pouvait discuter de films d'art et d'essai français avec la passion d'un homme qui n'avait pas besoin des sous-titres et se montrer tout aussi fervent dans un débat sur les mérites comparés de deux joueurs de base-ball.

C'était ce genre de choses qu'elle adorait chez Brad.

Une autre chose était sa maison.

Les habitants de Pleasant Valley l'appelaient « la villa des Vane » ou « la maison de la rivière ». Elle appartenait à la famille depuis quatre décennies. C'était le père de Brad qui l'avait construite, rendant ainsi un vibrant hommage au bois de construction sur lequel reposait l'empire familial. Grâce à ce bois, et parce qu'il avait su dénicher l'emplacement idéal, Bradley Charles Vane III avait créé quelque chose de simple et de spectaculaire.

Située le long de la rivière, la maison était flanquée de spacieuses terrasses et de charmants balcons. Les toits avaient des pentes et des angles différents, tous harmonieusement équilibrés. D'où que l'on se trouve, la vue sur la rivière, les bois ou les jardins était charmante.

Ce n'était pas le genre d'endroit où l'on se sentait éclaboussé par l'argent. C'était tout simplement magique.

Dana avait passé d'innombrables après-midi de son enfance dans cette maison, pendue aux basques de Flynn. Elle s'y était toujours sentie bien. Quoique d'une grande élégance, cette maison avait pour but premier d'être confortable.

On pouvait reconnaître une autre qualité à Brad, songea-t-elle. Il savait recevoir.

Oh, ce n'était rien de sophistiqué – du moins n'était-ce pas présenté comme tel –, juste une incroyable salade de pâtes qui vous donnait envie d'en reprendre, des tas de petits amuse-gueule intéressants, du jambon en tranches, et un pain noir et dense pour confectionner des sandwiches. Un brie entier était entouré de grosses framboises rouges et accompagné de crackers merveilleusement croustillants, si fins qu'on pouvait voir à travers. Il y avait de la bière, du vin, des boissons non alcoolisées et de l'eau minérale.

Dana savait déjà qu'elle ne résisterait pas à la pyramide de petits choux à la crème.

Le buffet était disposé sans prétention dans le salon, où crépitait un feu. Les canapés et les fauteuils étaient de ceux dans lesquels on se serait volontiers enfoncé plusieurs semaines d'affilée.

Ce n'était pas de la sophistication – en tout cas, pas au point d'avoir l'impression qu'on n'avait pas le droit de poser ses pieds sur la table basse –, simplement de la classe. Du Bradley Vane tout craché.

Les conversations allaient bon train autour d'elle, et Dana se laissait dériver dans l'agréable engourdissement induit par un bon repas.

Du moins, elle s'y serait laissée dériver si Zoé avait cessé de se tortiller à côté d'elle.

— Tu as la bougeotte, Zoé. Qu'est-ce qui ne va pas ?

— Désolée, fit Zoé en jetant un coup d'œil vers la porte cintrée du salon. Je m'inquiète un peu pour Simon.

— Pourquoi ? Il a une assiette géante avec de quoi nourrir un régiment, et il s'amuse bien tranquillement dans la salle de jeu. Tout ce dont rêve un gamin de neuf ans.

— Il y a tellement de choses, dans cette maison, chuchota Zoé. Des objets précieux, des œuvres d'art, de la vaisselle, tout ça. Il n'a pas l'habitude.

« Et moi non plus », songea-t-elle.

— Imagine qu'il casse quelque chose, ajouta-t-elle.

— Dans ce cas, répondit Dana en mangeant une framboise, Brad lui flanquera une bonne raclée.

— Hein ? Il frappe les enfants ? s'écria Zoé.

— Bien sûr que non, voyons. Calme-toi, Zoé. Cette maison a déjà survécu à des garçons de neuf ans. Au moins trois d'entre eux sont bien vivants et présents aujourd'hui. Détends-toi, prends un verre de vin et rapporte-moi quelques framboises, pendant que tu y es.

« Je ne boirai qu'un demi-verre », se dit Zoé en se levant. Mais alors qu'elle allait prendre la bouteille, Brad la souleva.

— Tu as l'air un peu agitée, remarqua-t-il en remplissant un verre de vin, qu'il lui tendit. Tout va bien ?

— Oui.

Zut, elle ne voulait pas tant de vin. Pourquoi fallait-il qu'il se mêle constamment de ses affaires ?

— Je me disais que je devrais peut-être aller jeter un coup d'œil à Simon, voir ce qu'il fait.

— Il va bien. Il sait où tout se trouve dans la salle de jeu. Mais si tu veux y faire un petit tour, je t'accompagne, ajouta-t-il en la voyant se rembrunir.

— Non, non, je suis sûre qu'il est sage. C'est très gentil de ta part de le laisser jouer.

Elle savait que sa voix était sèche et pincée, mais elle ne pouvait s'empêcher d'adopter ce ton avec Brad.

— D'après la rumeur, une salle de jeu est faite pour ça.

La voix de Brad étant aussi pincée que la sienne, Zoé se contenta de hocher la tête.

— Dana. Elle voulait encore des framboises.

Mortifiée sans vraiment savoir pourquoi, Zoé mit deux cuillerées de framboises dans un bol et retourna s'asseoir sur le canapé.

— Ce qu'il peut être pédant, ce mec, marmonna-t-elle dans sa barbe.

— Brad ? fit Dana en écarquillant les yeux et en lui prenant le bol des mains. Désolée, Zoé, mais là, tu as tout faux.

Jordan vint s'asseoir sur l'accoudoir à côté de Dana et piocha dans son bol.

— Va en chercher, si tu en veux.

— Les tiennes sont meilleures.

Il joua avec une mèche de ses cheveux.

— Dis-moi, où as-tu attrapé ces reflets auburn ?

— Ce n'est pas moi, c'est Zoé.

Il lui chipa une autre framboise et adressa un clin d'œil à Zoé.

— Beau travail.

— Si tu as besoin d'une coupe de cheveux, je me ferai un plaisir de te l'offrir.

— Je m'en souviendrai. Bon, les filles, je suppose que vous vous demandez toutes pourquoi nous vous avons fait venir ce soir… ajouta-t-il.

Dana éclata de rire.

— Là, tu as affaire à un type pédant, dit-elle à Zoé.

Mais elle posa une main sur la cuisse de Jordan.

— Puisque nous sommes ici pour parler de la clé et que c'est moi qui suis censée la trouver, je vais attaquer.

Elle tendit à Jordan son bol de framboises, se leva et prit son verre sur la table basse. Jordan s'assit à sa place en lui souriant, puis tourna la tête vers Zoé.

— Vous venez ici souvent, mademoiselle ? demanda-t-il.

— Non, mais je serais venue plus tôt si j'avais su qu'on y rencontrait de beaux garçons comme vous.

— Ah ah, qu'est-ce qu'on rigole, marmonna Dana.

Elle prit la bouteille de vin et se resservit. Après tout, elle ne conduisait pas.

— Bien. Êtes-vous tous confortablement installés ? demanda-t-elle. Ma clé se rapporte à la connaissance, ou à la vérité. Je ne suis pas sûre que les termes soient interchangeables, mais les deux s'appliquent à ma quête, ensemble ou séparément. Il existe également un lien avec le passé, le présent et l'avenir. Après pas mal de cogitations, j'en ai déduit qu'il s'agissait d'un lien qui a trait à mon histoire, à ma personnalité.

— À mon avis, tu as raison, intervint Malory. Rowena nous répète toujours que nous sommes les clés. Toutes les trois. Or, la mienne était personnelle. Cela procède d'une même logique.

— Je suis d'accord. Les personnes de sexe masculin ici présentes font partie de mon passé et de mon présent. *A priori*, nous garderons vraisemblablement un lien d'une façon ou d'une autre, donc elles feront aussi partie de mon avenir. Nous savons également que différentes choses nous rapprochent, tous les six. Les tableaux de la quête de Malory ont encore renforcé ce qui nous unit.

Comme les autres, elle jeta un regard à la toile que Brad avait accrochée au-dessus de la cheminée. Elle représentait les sœurs de verre après le sortilège, privées de leur âme. Elles gisaient, pâles et inertes, dans leurs cercueils transparents.

— Brad a acquis ce tableau peint par Rowena il y a longtemps, dans une vente aux enchères. Jordan a acheté une autre de ses œuvres, qui représente le jeune Arthur sur le point d'extraire Excalibur de la pierre, dans la galerie où travaillait Malory. Là encore, des années avant que nous sachions ce qui allait se passer. Donc, nous sommes tous rattachés à Rowena et à Pitte, ainsi qu'aux déesses.

— Et à Kane, ajouta Zoé. Je crois qu'il serait judicieux de ne pas l'exclure.

— Tu as raison. Et à Kane. Il nous a déjà presque tous tourmentés et, à l'évidence, il ne s'arrêtera pas là.

Nous savons qu'il est cruel et puissant, mais que ses pouvoirs ont des limites.

— Ou bien que quelqu'un ou quelque chose le limite, intervint Jordan. Il m'a lacéré le torse. Vous avez vu ma blessure hier. Puis Rowena a donné à Dana je ne sais quelle potion pour me soigner. Eh bien, regardez, fit-il en ouvrant sa chemise. Il ne reste qu'une légère boursouflure. Les coupures se sont mises à cicatriser quelques minutes après que j'ai appliqué son produit miracle. Ce que je veux dire, c'est que ce que Kane m'a fait n'a pas résisté à Rowena. Mais ce qu'elle a fait pour le contrer ne l'a pas effacé intégralement.

— Nous pouvons donc en conclure, acheva Dana à sa place, que les adversaires sont à peu près de même niveau.

— Il a ses faiblesses, dit Jordan en reboutonnant sa chemise. Il est orgueilleux et coléreux.

— Qui a dit que c'étaient des faiblesses ? répliqua Dana en allant s'asseoir sur l'accoudoir du fauteuil occupé par Brad. Quoi qu'il en soit, il ne nous touche pas au cœur, nous, humains. Il nous effleure, s'attaque à nos petits fantasmes ou à nos angoisses, mais il ne va pas jusqu'au noyau. Du moins, pour l'instant. C'est grâce à cela que Malory a été plus forte que lui.

— Oui, mais quand il s'en prend à nous, c'est difficile de comprendre ce qui se passe, objecta Malory en secouant la tête. Nous ne devons pas le sous-estimer.

— Bien sûr que non. Mais pour l'instant, c'est lui qui nous a sous-estimés.

Songeuse, Dana examina le tableau.

— Il veut qu'elles souffrent, pour la seule raison qu'elles sont en partie mortelles. Rowena a parlé de forces contraires. La beauté et la dégradation, la connaissance et l'ignorance, le courage et la lâcheté. Sans l'un, l'autre perd de son énergie. Kane représente les ténèbres, or sans ténèbres, pas de lumière. Je pense que Kane est essentiel à cette quête, qu'il ne faut pas le considérer uniquement comme un agresseur et un obstacle.

Elle hésita, but une gorgée de vin.

— Par ailleurs, ce n'est un secret pour personne, Jordan et moi avons été proches. Vous savez aussi probablement que nous… nous le sommes de nouveau.

Jordan patienta une seconde, puis déclara :

— Je ne savais pas que ça te gênait de parler de sexe, Trognon.

— Je veux juste que ce soit clair pour… les autres. Pour toi, aussi. Je ne couche pas avec toi dans le but de trouver la clé. Même si c'est en partie lié à la quête, poursuivit-elle vivement, parce que, comme quelqu'un me l'a dit récemment, le sexe a un pouvoir presque magique…

— Si on le fait bien, précisa Jordan.

— Récapitulons, intervint Brad. Rien de tout ceci ne serait arrivé sans Kane : c'est le passé. Ses manipulations influencent la recherche de la clé : c'est le présent. Et sans lui, le sortilège ne peut être brisé. Il est donc un élément incontournable. Sans travail, pas de récompense. Sans effort, pas de réussite. Sans risque, pas de victoire.

— Un démon à terrasser, commenta Jordan. Encore un élément traditionnel de toute quête.

— Je comprends que tout ceci soit fondamental, fit Zoé. Mais en quoi cela aidera-t-il Dana à trouver la clé ?

— Connais ton ennemi, lui dit Brad.

— Exactement, approuva Dana.

— Mais ce n'est pas tout, renchérit Flynn. Du sang a été versé. Autre élément traditionnel de la quête. Moi aussi, je sais lire. Pourquoi était-ce le sang de Jordan ? Il doit y avoir une raison.

— Probablement parce que Jordan l'a poussé à bout, suggéra Dana, ce en quoi il excelle. Mais plus vraisemblablement parce que j'ai besoin de Jordan pour trouver la clé.

— Mon Trognon, tu as besoin de moi pour des tas de choses.

— Je ne relèverai pas cette remarque présomptueuse, déclara Dana. Restons concentrés. Ma clé représente la connaissance, une chose que je connais ou que je dois apprendre, une vérité qui doit émerger d'entre les mensonges. Kane mélange sa vérité et ses mensonges. Qu'a-t-il fait, ou dit, qui soit sincère ? J'ai envie de m'orienter dans cette direction. Et puis, il y a aussi la dernière partie de l'indice, sur laquelle je bute encore : « Là où marche une déesse, une autre attend. » La déesse de Malory chantait, et elle a recréé ce moment, ainsi que la clé, en les peignant. Logiquement, ma déesse, Niniane, devrait marcher. Mais où ? Pourquoi ? Quand ? Et quelle déesse attend ? Celle de Zoé ?

— Peut-être es-tu censée l'écrire, suggéra Zoé. Comme une histoire, je veux dire. De la même façon que Malory a peint la sienne.

— Pas bête, répondit Dana. Sauf que je n'ai jamais eu l'ambition d'écrire, alors que Malory aspirait à peindre. Ma passion, c'est la lecture. C'est pourquoi j'ai pensé trouver la réponse dans un livre, or je n'ai rien découvert dans les six milliards d'ouvrages que j'ai consultés jusqu'à présent. Alors, oui, peut-être faut-il que je l'écrive moi-même.

— Ou Jordan, lança Flynn en jouant distraitement avec les cheveux de Malory. C'est lui, l'écrivain. Je ne voudrais pas diminuer mon remarquable talent, mais je ne suis que journaliste, je rapporte des faits. Jordan, lui, invente des fariboles.

— D'excellentes fariboles, lui rappela l'intéressé.

— Cela va sans dire. À mon avis, tu devrais rédiger toute cette histoire. Et quand Dana la lira, une réponse lui sautera aux yeux, elle trouvera la clé, et on fera une grande fête avec plein de gâteaux.

— Ce n'est pas entièrement stupide, commenta Dana.

Zoé se tourna pour regarder Jordan.

— Tu vas le faire ? J'adore tes livres, et celui-ci serait encore plus passionnant.

— Pour toi, beauté, j'écrirais n'importe quoi, répondit-il solennellement, en lui prenant la main pour l'embrasser.

— Je meurs d'impatience, déclara Dana en se tapotant le ventre. Quand auras-tu quelque chose à me faire lire, Jordan ?

— Pitié, j'ai l'impression d'entendre un éditeur. Fais attention, tu risques de me plonger dans une crise créatrice.

— Tu en as ? Des crises créatrices ? demanda Zoé, fascinée. Je me suis toujours demandé comment fonctionnait le processus de création chez les artistes.

— Mon Dieu, la voilà qui le traite d'artiste, maintenant, soupira Dana. Si ça continue, je rentre me coucher.

Jordan l'ignora et consacra son attention à Zoé.

— À vrai dire, je n'ai jamais connu de vraies crises. Écrire, c'est une passion, mais aussi un métier, tu sais. La personne qui m'édite, la vraie, ajouta-t-il avec un coup d'œil en coin à Dana, est une femme qui a du goût, du talent et de la diplomatie.

— Ton éditeur est une femme ? Une éditrice, alors ? Comment ça se passe ? Tu travailles avec elle du début à la fin d'un livre ? Ou est-ce qu'elle te dit ce qu'elle attend de toi, et tu…

Zoé se tut et secoua la tête.

— Pardon, pardon, je m'égare.

— Pas de problème. Ça te tente, d'écrire ?

— Écrire ? Moi ?

Zoé écarquilla ses jolis yeux et éclata de rire.

— Non. Mais j'aime bien savoir comment les choses fonctionnent.

— Bon, moi, je vais me coucher. J'ai du pain sur la planche, demain, déclara Malory en tapotant la main de Flynn.

— J'ai compris le message. Je t'amène Moe, dit Flynn à Dana.

— Je vais bientôt être à court de nourriture pour chien. Il mange comme un éléphant.

— Je t'en apporterai.

Flynn prit le visage de sa sœur entre ses mains.

— Garde-le près de toi, hein ?

— Il ne me laisse pas tellement le choix.

— Flynn, tu ne voudrais pas m'envoyer Simon par la même occasion ? demanda Zoé en empilant les assiettes. Tu le trouveras certainement englué à Moe.

— Bien sûr.

— On va y aller, nous aussi, dit Dana. Il va falloir que je lui fasse faire ses devoirs, à celui-là, ajouta-t-elle en montrant Jordan du pouce. Tu as un truc, Zoé ?

— Je soudoie. C'est ma méthode.

Brad vint poser la main sur celle de Zoé, qui sursauta comme un lapin.

— Ce n'est pas la peine de débarrasser.

— Désolée, dit-elle en reposant aussitôt les assiettes. C'est l'habitude.

— Quelqu'un veut-il du café ? proposa Brad.

— Moi, répondit Jordan.

— Non, pas lui, décréta Dana en le poussant vers la porte. Toi, tu te mets au boulot, mon bonhomme. Tu auras du café dès que tu auras pondu deux pages.

— La corruption, approuva Zoé. Ça marche à tous les coups.

Une grosse masse de poils fit irruption dans le salon. Dans sa joie de voir tout le monde, Moe bondit, lécha, renversa les verres de la table basse et fourra le museau dans une assiette de crevettes avant d'être maîtrisé.

— Désolé, désolé.

Une main coincée sous le collier de Moe, Flynn le traîna, ou plutôt se fit traîner, vers la porte.

— Je le mets dans la voiture de Jordan. Envoie-moi la facture pour les dégâts, Brad. À plus. Oh, Zoé, Simon voudrait juste quelques minutes de rab pour terminer un jeu. Bon sang, Moe ! Au pied !

— Voilà ma nouvelle vie, commenta joyeusement Malory. C'est plutôt chouette, en fait. Au revoir, Brad. Toutes nos excuses pour la vaisselle. À demain, Zoé et Dana. Bonne nuit, Jordan.

— Il faut que je file sauver mes housses de voiture, dit Jordan en prenant le bras de Dana pour l'entraîner vers la porte. *Ciao.*

— Arrête de me tirer comme ça. Salut, Brad. À demain, Zoé.

La porte claqua derrière eux, et le silence retomba brusquement.

Tout s'était passé très vite. Zoé se retrouvait la dernière à partir. C'était horrible. La catastrophe intégrale.

Elle hésita à courir récupérer Simon, mais elle ne se rappelait pas exactement l'emplacement de la salle de jeu. Et elle ne pouvait pas rester plantée là et l'appeler.

Il fallait absolument qu'elle fasse quelque chose. Elle se pencha pour ramasser les verres qu'avait renversés Moe. Au même moment, Brad en fit autant.

Leurs têtes se heurtèrent. Ils se redressèrent tous les deux précipitamment et restèrent raides comme des piquets.

— Je m'en occupe.

Brad s'accroupit, ramassa les verres et les morceaux et les posa sur la table basse. Il était assez près de Zoé pour sentir son odeur. Elle avait toujours un parfum différent, parfois dense, parfois subtil, mais invariablement féminin.

C'était l'une des choses qui le fascinaient, chez elle. Cette diversité.

— Du café ?

— Je vais plutôt récupérer mon fils. Il va être l'heure d'aller au lit, pour lui.

— Ah, bon. D'accord.

Il se contenta de rester là, debout, à la regarder. Zoé sentit une chaleur embarrassante envahir ses joues. Avait-elle commis un impair ? Oublié quelque chose ?

— Merci de nous avoir accueillis.

— Je suis content que vous ayez pu venir.

Durant le long silence qui suivit, elle dut faire un effort pour ne pas se mordre la lèvre.

— Et Simon ? Je ne sais pas exactement où il est.

— Dans la salle de jeu. Oh.

Amusé par leur attitude à tous les deux, Brad reprit :

— Mais tu ne sais pas où c'est. Viens, je t'y emmène.

Plus Zoé découvrait la maison, plus elle tombait sous son charme, et plus elle se sentait intimidée. C'était si grand, si charmant, si étonnant… et tout simplement ravissant. Les bibelots qu'elle remarquait sur des tables ou des étagères avaient tout de même plus de classe que les vieilleries qu'elle dénichait dans des brocantes.

Brad la fit passer sous une voûte qui donnait sur une grande pièce chaleureuse, une sorte de bibliothèque au plafond en bois.

— C'est immense.

Elle s'immobilisa, horrifiée d'avoir pensé à voix haute.

— En fait, une fois que mon père a démarré, il n'a plus pu s'arrêter. Dès qu'il lui venait une idée, il intégrait une nouvelle pièce à l'agencement.

— C'est une maison merveilleuse, dit Zoé. Tant de détails charmants et, en même temps, rien de surchargé. Tu as dû adorer ton enfance ici.

— Oui.

Il pénétra dans une autre pièce. Zoé entendait déjà un rugissement de moteurs, des fusillades et l'incantation « vas-y, vas-y, vas-y » – de son fils.

Le jeu, qui s'étalait sur un écran géant, consistait en une sorte de guérilla urbaine au volant. Simon avait préféré s'asseoir par terre, en tailleur, plutôt que de s'installer dans un des confortables fauteuils capitonnés.

La pièce, digne d'un catalogue de jouets, comportait un billard, trois flippers, deux consoles vidéo, des machines à sous, un distributeur de boissons, un jukebox, un petit bar et un téléviseur.

— Mon Dieu, murmura Zoé. C'est la version du paradis vu par Simon Michael McCourt.

— Mon père adore les jeux. J'ai passé beaucoup de temps ici avec lui.

— J'imagine… Simon, fit Zoé en venant se placer derrière son fils, on y va.

— Oh, non, pas tout de suite.

Son regard était fixé sur l'écran, son visage animé par la concentration.

— C'est Grand Theft Auto III ! J'y suis presque ! Ils vont bientôt appeler les militaires, les tanks et tout le bazar. Je crois que je vais établir un record ! Laisse-moi dix minutes.

— Simon, M. Vane aimerait bien qu'on le laisse tranquille.

— M. Vane ne voit aucun inconvénient à ce qu'il reste, corrigea Brad.

— S'il te plaît, maman. S'il te plaît. Les tanks...

Zoé fléchissait. Sur le visage de son fils, il y avait autre chose que la fièvre de la compétition. Il y avait de la joie.

Quelqu'un mourut dans de grandes effusions de sang, et au gloussement ravi de Simon, elle supposa que ce n'était pas lui.

— C'est un jeu un peu violent, dit Brad en faisant une grimace. Si tu préfères qu'il ne joue pas à ce genre de choses...

— Simon sait faire la différence entre la réalité et les jeux vidéo.

— Bien. Bon, si on allait prendre ce café, alors ? suggéra Brad.

— D'accord. Dix minutes, Simon.

— OK, maman, merci. Je vais y arriver, marmonna-t-il, déjà repris par son jeu.

— C'est gentil à toi de le laisser jouer avec tes affaires, dit Zoé tandis que Brad et elle quittaient la salle de jeu. Il a reparlé pendant des jours de sa dernière visite ici.

— C'est un garçon adorable. Rigolo.

— Ce n'est pas moi qui vais dire le contraire.

Elle se retrouva dans la cuisine avec lui. Encore une pièce spacieuse et étonnante, songea-t-elle. Elle était peinte dans des teintes lumineuses, blanc et jaune doré, qui devaient donner l'impression qu'elle était ensoleillée même les jours de pluie.

Il y avait là des hectares de plans de travail, des forêts de placards, certains dotés de superbes vitres en verre dépoli, et des appareils ménagers qui devaient faire de la cuisine une activité joyeuse et créative au lieu d'une corvée triviale.

Puis elle songea soudain qu'elle était de nouveau seule avec Brad.

— Tu sais, je vais peut-être plutôt rejoindre Simon et te laisser... vaquer à tes occupations. Tu seras plus vite débarrassé de nous.

Il finit de doser le café avant de se retourner.

— Pourquoi crois-tu que je sois pressé de me débarrasser de vous ?

— Tu as sûrement des tas de choses à faire.

— Pas tant que ça.

— Moi, si. Un million de choses. Je vais récupérer Simon avant qu'il ne débute une nouvelle partie.

— Ça m'échappe.

Abandonnant le café, Brad fit un pas vers elle.

— Ça m'échappe complètement.

— Quoi ?

— Tu es suffisamment à l'aise avec Flynn et Jordan pour flirter avec eux, mais deux minutes avec moi, et te voilà devenue glaciale, et déjà un pied dehors.

— Je ne flirte pas, protesta-t-elle d'un ton cinglant. Pas du tout. Nous sommes amis. Ce sont les petits copains de Malory et de Dana, bon sang ! Et si tu me prends pour le genre de personne à...

— Il y a ça, aussi, coupa Brad avec un calme qu'il jugea olympien. Cette façon dont tu tires des conclusions hâtives, en général erronées, dès que je t'adresse la parole.

— Je ne vois pas de quoi tu parles. De toute façon, je te connais à peine.

— C'est faux. Les situations fortes et exceptionnelles donnent l'occasion de se connaître très vite. Cela fait bientôt deux mois que nous sommes dans une de ces situations. Nous avons passé du temps ensemble, nous avons de bons amis en commun, et tu m'as même préparé à dîner.

— Je ne t'ai pas préparé à dîner, répliqua-t-elle. Il se trouve que tu étais à la maison pendant que je faisais la cuisine. Tu as mangé chez moi. C'est différent.

— Soit, admit-il. Tu sais, c'est un mystère, mais ta façon de te comporter avec moi m'incite à parler comme mon père lorsqu'il est contrarié. Ça me rendait dingue, quand j'étais môme.

— Je n'ai pas l'intention de te rendre dingue. Nous allons partir.

D'après Brad, il y avait un temps pour parler, et un temps pour agir. La coupe étant pleine, c'était le moment d'agir. Il posa une main sur le bras de Zoé pour l'empêcher de se sauver et observa son visage ravissant.

— Et voilà, conclut-il. Ta réaction habituelle face à moi : colère et nervosité. J'ai passé pas mal de temps à m'interroger à ce sujet, et...

— Alors, tu dois avoir pas mal de temps à perdre. Bon, je rentre chez moi.

— Et l'une de mes théories, continua-t-il sans s'émouvoir, est la suivante.

De sa main libre, il lui souleva le menton et l'attira contre lui. Pour l'embrasser.

Cela faisait des semaines qu'il en avait envie. Des années, peut-être. Il rêvait de connaître son goût sur ses lèvres, sur sa langue, dans son sang ; de sentir son corps souple et mince contre lui.

Sa bouche était charnue et incroyablement plus sensuelle qu'il ne l'avait imaginé. Le corps de Zoé frissonna une fois contre lui, sous le choc. Tant pis, se dit-il.

Tant pis aussi si cet acte était pris comme une déclaration de guerre. Pour l'instant, tout ce qui comptait pour lui, c'était de la serrer dans ses bras. Cela faisait trop longtemps qu'il se consumait à petit feu dans l'attente de ce moment.

Au lieu de le repousser, Zoé avait hésité. Et cela avait été une grave erreur, se dirait-elle plus tard, lorsqu'elle serait de nouveau capable de réfléchir.

Le corps de Brad était chaud et ferme, ses lèvres habiles. Elle sentit le désir remonter depuis ses orteils jusqu'à son ventre et sa gorge. Pendant un moment de folie, elle se plaqua contre lui, étourdie par son odeur virile, le goût de sa bouche, la force de son désir, et elle laissa toutes ces sensations se bousculer en elle dans une bouffée d'allégresse.

Cela ressemblait aux montagnes russes : on n'était jamais absolument sûr qu'on n'allait pas être arraché à son siège et envoyé dans les airs. N'était-ce pas merveilleusement enivrant ?

Puis elle enfonça la pédale de frein. Non, elle ne voulait pas de ça. Elle savait ce qui arrivait quand la course était trop rapide, trop vertigineuse, trop débridée.

Elle s'arracha aux bras de Brad.

Ébranlé jusqu'à la plante des pieds, il la regarda néanmoins droit dans les yeux et hocha la tête avec calme.

— Je crois que cela se passe de commentaire.

Elle n'était ni une vierge effarouchée, ni une marie-couche-toi-là. Sans reculer – cela lui aurait donné l'avantage –, elle soutint son regard.

— Laisse-moi mettre certaines choses au point. J'aime les hommes. J'aime leur compagnie, leur conversation, leur humour. Il se trouve que j'en élève un, et j'ai l'intention de faire du bon boulot.

Elle ressemblait à une nymphe des bois, songea-t-il.

— Tu fais du bon boulot.

— J'aime les baisers, mais il faut que ce soit avec l'homme qui me convient, et dans les bonnes circonstances. J'aime le sexe, sous ces mêmes conditions.

Les yeux de Brad s'adoucirent, prirent une teinte gris fumée inattendue et affreusement séduisante. Les plis dans ses joues, trop virils pour être taxés de fossettes, s'accentuèrent.

— Tu m'en vois soulagé.

— Tu dois comprendre qu'à ce stade de ma vie, c'est moi qui impose mes conditions. Le fait que j'aie un enfant et que je ne sois pas mariée ne fait pas de moi une fille facile.

Brad s'empourpra.

— Bon Dieu, Zoé, qui a dit que tu étais une fille facile ? Je n'ai pas le droit de te trouver intéressante et ravissante et d'avoir envie de t'embrasser ?

— Je tiens à ce que les choses soient claires, c'est tout. Et qu'il soit clair aussi que personne ne se servira de mon fils pour m'avoir.

— Si tu penses que c'est ce que je suis en train de faire, tu nous insultes tous les trois, rétorqua Brad d'un ton glacial.

Zoé éprouva une bouffée de culpabilité mêlée de gêne. Au moment où elle allait répondre, Simon arriva en courant.

— Je suis le meilleur ! J'ai battu ton record, Brad !

Il virevolta autour de lui en agitant ses deux index dans les airs en signe de victoire.

Brad s'obligea à mettre ses émotions de côté et passa un bras autour du cou de Simon.

— Ça ne va pas durer. Jubile pendant que tu le peux encore, va.

— La prochaine fois, je te prends au championnat de la NBA et je t'écrase.

— Aucune chance. Et quand je t'aurai humilié, tu ramperas à mes pieds comme le vermisseau insignifiant que tu es.

En voyant leur complicité, la facilité avec laquelle ils communiquaient, Zoé sentit sa culpabilité grimper d'un cran.

— Simon, on y va.

— D'accord. Merci de m'avoir invité, Brad.

— Je t'amadoue, pour que ce soit encore plus jubilatoire de t'écrabouiller.

Le bras toujours autour des épaules de l'enfant, il se tourna vers Zoé.

— Je vais chercher vos manteaux.

14

Il devint très rapidement manifeste que Dana n'était guère à l'aise en matière de bricolage pour manipuler des outils, aussi fut-elle désignée peintre en chef. Ce qui signifiait, songea-t-elle, un peu boudeuse, qu'elle passait sa journée à badigeonner les murs pendant que Zoé s'affairait avec une chouette petite perceuse électrique et que Malory s'occupait de la fuite sous l'évier. Le fait que Malory, la plus féminine de toutes ses amies, fût armée d'une clé à molette, était humiliant pour Dana.

Cela ne la dérangeait pas vraiment de peindre, bien que ce fût effroyablement lassant, en dépit du rouleau automatique. Mais elle aurait apprécié un peu de diversité.

Néanmoins, il était gratifiant de voir les murs se couvrir d'exquis coloris. Malory et Zoé avaient fait un choix excellent. Sa librairie serait non seulement chaleureuse, mais raffinée. Zoé jurait qu'une fois le plancher décapé et restauré, ce serait sublime.

Dana savait à quoi cela ressemblerait. Kane le lui avait montré. Et peu importait qu'il se soit servi de son fantasme pour créer cette image. Celui-ci, elle veillerait à ce qu'il se concrétise.

Une idée la frappa soudain. Elle se retourna, coupa la machine et posa le rouleau.

La vérité dans les mensonges. L'imagination de Dana, et les manipulations de Kane.

Et si la clé se trouvait ici, comme celle de Malory ? « Regarde ce que tu peux avoir, à condition de coopérer avec moi, avait dit Kane. La librairie de tes rêves, pleine de clients. » Ce n'était pas réel, et pourtant, il y avait de la vérité, là-dedans, puisque c'était ce qu'elle souhaitait, ce qu'elle avait l'intention de créer. Ce qu'elle pouvait avoir, grâce à ses efforts et à son intelligence.

La clé était peut-être dans la maison. À elle de la voir et de la faire surgir, à l'instar de Malory.

Dana respira profondément plusieurs fois, secoua les bras, fit rouler ses épaules, tel un plongeur sur le point de s'élancer du plongeoir de dix mètres. Puis elle ferma les yeux et essaya de laisser son imagination l'emporter.

Elle entendait le bourdonnement de la perceuse de Zoé, la musique entraînante qu'écoutait Malory à la radio.

Qu'est-ce que c'était ? ABBA ? Mon Dieu, ne pouvait-elle pas trouver une station qui passait autre chose que de la musique du siècle dernier ? Agacée, Dana s'efforça de chasser de son esprit le souvenir d'une adolescente au bal de promo.

Elle inspira encore et se concentra. La clé. La jolie clé en or. Petite, brillante, avec un motif celte.

Au-delà du bourdonnement de la perceuse et des échos de la musique, elle percevait le son distant des voitures qui passaient dans la rue et le ronronnement de la chaudière qui se mettait en marche. Et, si elle tendait bien l'oreille, les craquements et les murmures de la vieille maison.

Sa maison. Leur maison. La première dont elle soit propriétaire. Un pas du passé vers l'avenir. Une démarche qui la faisait basculer de ce qui avait été vers ce qui serait.

L'odeur de peinture fraîche témoignait d'un nouveau départ. Ces choses-là étaient réelles, aussi réelles que sa chair et son sang. Elles incarnaient la vérité.

La clé aussi était réelle. Elle n'avait qu'à la voir, la toucher, la prendre.

Elle la vit, qui flottait dans un champ verdoyant et se détachait, scintillante, sur cette étendue intense. Mais lorsqu'elle tendit la main, ses doigts la traversèrent, comme si elle était sans substance.

« Je suis la clé, se rappela-t-elle. Elle m'est destinée. »

Elle se concentra de plus belle, déployant de tels efforts que bientôt, la sueur perla à son front.

« Elle est à moi, ne cessait-elle de se répéter. Et cette maison est à moi. Bientôt, des livres seront rangés contre ces murs. Du savoir, de la connaissance. »

— Dana !

Elle revint à elle et vacilla tandis que les mains de Zoé lui serraient les bras.

— Que t'a-t-il fait ? Ô mon Dieu ! Malory, viens vite !

— Mais non, ça va, je vais bien.

— Tu n'en as pas l'air. Accroche-toi à moi. Mal !

Dana devait bien peser treize ou quatorze kilos de plus que Zoé, mais son amie réussissait à la maintenir droite et stable.

— Que se passe-t-il ? Qu'est-ce qui ne va pas ?

Sa clé à molette brandie telle une arme, Malory accourait. Bizarrement, voir cette jolie blonde féminine en tenue de plombier (caleçon noir sexy et pull vert) agiter son outil fit pouffer Dana.

— Elle semblait en transe, dit Zoé. Elle devait être sous l'emprise de Kane.

— Non, ce n'était pas Kane. J'ai un peu le vertige. Je crois que je vais m'asseoir.

Elle se laissa glisser par terre, entraînant Zoé avec elle.

— Ô mon Dieu, tu es enceinte ?

— Quoi ? s'exclama Dana.

Le choc contribua largement à lui éclaircir les idées, tandis qu'elle fixait Zoé de ses yeux exorbités.

— Grands dieux, non ! Je viens seulement de redécouvrir le sexe. Est-ce que vous pourriez arrêter de me dévisager comme si j'allais me mettre à parler en grec ancien ?

— Tiens, bois un peu d'eau.

Zoé sortit une petite bouteille d'une pochette de sa ceinture de menuisier.

— Je vais très bien, répéta Dana en avalant néanmoins de longues gorgées d'eau. Je me livrais juste à une petite expérience d'autohypnose.

— Donne, réclama Malory en tendant la main vers la bouteille. Tu m'as fichu une de ces frousses !

— Je suis désolée. Je m'étais mis dans la tête que la clé était ici. Tu y as trouvé la tienne, et puis, toute cette histoire de présent, de passé et d'avenir, ça m'a fait penser au magasin, à notre affaire...

— Je comprends, répondit Zoé en retirant son bandana pour tamponner le front de Dana avec. Mais que s'est-il passé ? Je t'ai trouvée debout au milieu de la pièce, le bras tendu. Tu chancelais un peu, tu avais les yeux fermés. Je t'assure que tu faisais peur à voir.

— J'essayais de... Comment dire ? De faire surgir la clé. De voir la clé. D'être la clé. Et zut, ça a l'air complètement idiot.

— Pas du tout.

Malory rendit la bouteille à Zoé et réfléchit.

— C'est même une bonne idée. La clé pourrait très bien être ici.

— Bonne idée, en effet, renchérit Zoé. Mais je ne pense pas que tu devrais t'adonner à ce genre de tentative toute seule. Cela pourrait te rendre vulnérable, t'ouvrir à Kane, sans personne pour te retenir. Je t'assure que tu avais vraiment l'air ailleurs, Dana.

— Tu as raison, je serai plus prudente, désormais. Allez, maman, dit Dana en souriant, ne fais pas cette tête.

Pour détendre l'atmosphère, elle pinça le biceps de Zoé.

— Tu es drôlement plus forte que tu n'en as l'air. Tu fais de la musculation ou quoi ?

— Un peu de gym de temps en temps, mais c'est tout. Bon, je te trouve meilleure mine que tout à l'heure. On pourrait peut-être tenter une expérience de ce genre, toutes les trois.

— Ça mérite un essai, admit Malory.

— Si tu te sens d'attaque, Dana, on n'a qu'à s'asseoir là en se tenant les mains et canaliser notre énergie vers toi.

— Tu as déjà oublié un certain incident du mois dernier avec la planchette de oui-ja ? objecta Dana.

— Je ne risque pas de l'oublier, répliqua Zoé avec un frisson. Mais cette fois, on n'utilisera que le lien qui nous unit, Malory, toi et moi. On ne fera appel à aucune puissance ténébreuse ou je ne sais quoi.

— Bon, d'accord.

Dana pinça les lèvres et regarda autour d'elle.

— Mais ça paraît un peu débile, d'essayer de rompre un charme assises sur une bâche dans une pièce vide à moitié repeinte. Enfin...

Elle prit la main de Zoé, puis celle de Malory.

— Je suis prête.

— Mal, si tu nous donnais quelques conseils ? Raconte-nous de quelle manière ça s'est passé pour toi, ce que tu as fait.

— Je ne sais pas si je peux l'expliquer. Ça a été tellement... dense. On se sent comme dans un rêve, tout en sachant qu'on rêve et, en même temps, qu'il ne s'agit pas d'un rêve.

— Tu parles d'une aide ! s'écria Dana avec un petit rire, avant de lui presser la main. Mais en fait, je vois ce que tu veux dire. C'est ce que j'ai ressenti quand Kane m'a emmenée dans la librairie.

— Je ne sais pas comment j'ai compris ce que je devais faire, mais ça m'a paru soudain très clair. Le pire, ça a été de me concentrer sur mon but sans qu'il le devine. C'était difficile, horriblement difficile, mais surtout parce que j'étais terrifiée. Ça m'a aidée de focaliser mon attention sur la peinture – à la fois sur la peinture en tant qu'art et sur l'acte de peindre. Les couleurs, les teintes, les détails. Est-ce que ça t'éclaire ?

— Je n'en sais rien encore. Mais on va bientôt être fixées. Allons-y.

— Nous ne laisserons rien t'arriver, promit Zoé. Nous serons là, tout près de toi.

— D'accord.

Dana inspira profondément et ferma les yeux. C'était réconfortant de sentir les mains de ses amies dans les siennes, semblables à des ancres qui, elle l'espérait, l'empêcheraient de dériver.

Elle se concentra de nouveau sur les bruits de la maison, sur sa propre respiration, calme et régulière, en rythme avec celle de ses amies. Elle sentait l'odeur de la peinture et le parfum de Zoé et de Malory.

La clé était là. Elle brillait dans l'herbe verdoyante. Cette fois, Dana comprit que ce champ était le mur qu'elle venait de peindre. Son mur, de la couleur choisie par la femme qui se trouvait à sa gauche.

Mais impossible de saisir la clé. Impatiente, Dana se concentra davantage et essaya d'imaginer l'effet que produirait la clé dans sa main. Lisse, songea-t-elle, et froide.

Non. Elle serait chaude. Elle recelait un pouvoir. On devait sentir le feu dans lequel elle avait été forgée. Et quand elle refermerait la main dessus, elle tiendrait parfaitement dans sa paume. Parce qu'elle lui était destinée.

La couleur pâlit jusqu'à devenir un blanc strié de noir. La clé sembla se dissoudre, se changea en une flaque dorée miroitante, avant de disparaître entièrement.

Dana entendit un long soupir dans sa tête. Un soupir de femme. Et elle sentit se lever une bourrasque qui apportait avec elle l'odeur d'un automne flamboyant.

Elle marchait dans la nuit, elle était la nuit avec toutes ses ombres et tous ses secrets. Quand elle pleura, elle pleura le jour perdu.

Les mots qui défilèrent dans son esprit lui procurèrent une telle douleur que Dana eut l'impression qu'ils allaient lui infliger une blessure mortelle et vider son cœur de son sang. Pour s'en défendre, elle les repoussa.

Tout s'estompa, et elle sentit de nouveau la peinture et le parfum.

Elle rouvrit les yeux. Ses amies la regardaient.

— Tu vas bien ? demanda doucement Zoé en lâchant la main de Malory pour toucher la joue de Dana.

— Oui. Oui.

— Tu pleures.

Zoé essuya ses larmes avec le bandana.

— Ah, bon ? Je ne sais pas pourquoi. Quelque chose m'a fait souffrir, je crois.

Elle pressa une main contre son cœur.

— Ici. Mais je ne sais toujours pas où est la clé.

Elle se frotta le visage avec les paumes de ses mains et leur raconta ce qu'elle avait vu.

— Elle marche dans la nuit, répéta Malory. La déesse marche.

— Oui. La formulation m'a paru vaguement familière, mais si ça se trouve, c'est moi qui l'ai inventée. À moins que cela ne s'applique à Niniane. Je sais seulement que ça m'a rendue horriblement triste.

Elle se leva et alla ouvrir la fenêtre. Elle avait besoin d'air.

— Elle est seule dans les ténèbres. C'est ainsi que je me la représente. Elles sont toutes les trois seules dans le noir. Si je ne fais pas ce qui doit être fait, elles y demeureront.

Zoé alla poser sa joue contre l'épaule de Dana.

— Elles sont ensemble. Et elles nous ont, nous. Ne te mine pas. Tu fais tout ce que tu peux.

— D'ailleurs, nous progressons, ajouta Malory en venant les rejoindre. Je ne dis pas ça pour être d'un optimisme exaspérant. Tu es en train d'assembler les pièces du puzzle constitué par l'indice de Rowena. Ton cerveau les analyse, les déplace, essaie de les imbriquer les unes dans les autres. Et je crois qu'avec cette dernière tentative, tu t'es mise à utiliser ton cœur.

Dana la regarda fixement, et Malory expliqua :

— Ce n'est pas seulement ton esprit qui doit s'ouvrir, mais aussi ton cœur. C'est une chose que j'ai apprise durant ma quête. Sinon, tu ne pourras pas franchir l'étape ultime. Tu ne seras pas capable de voir ce qui se trouve de l'autre côté.

Dana n'aurait su dire pourquoi cette remarque la tracassait autant, au point de la mettre en colère. Ouvrir son cœur ? Qu'était-ce censé signifier ? Devait-elle se mettre à nu afin que n'importe qui vienne cabrioler sur ses émotions ? songea-t-elle en claquant la porte de son appartement.

Ne se donnait-elle pas déjà assez de migraines comme ça, à s'éreinter sur les recherches, les prises de notes, les calculs et les hypothèses ?

Elle s'était attachée à ces trois jeunes femmes, mi-déesses, mi-mortelles, enfermées pour l'éternité dans une prison de verre. Elle avait pleuré sur leur sort, elle était prête à donner son sang pour elles, s'il le fallait.

En quoi pouvait-elle s'ouvrir davantage ?

Fatiguée et contrariée, elle alla à la cuisine chercher une bière et un paquet de bretzels. Puis elle s'affala dans un fauteuil du salon pour ruminer et bouder.

Franchir l'étape ultime ?

Elle s'attaquait à un sorcier ancien et puissant. Elle avait mis pratiquement toutes ses économies dans une nouvelle entreprise. Elle avait commandé des étagères, des tables, des sièges, des livres, sans oublier la machine à café, les théières, la vaisselle, les articles de papeterie… Et tout cela, sans aucune certitude de gagner assez pour vivre. N'était-ce pas une sacrée étape, ça ?

C'était facile pour Malory de parler d'ouvrir son cœur et de franchir des étapes ultimes. Elle avait déjà rempli son rôle et se blottissait douillettement et béatement dans les bras amoureux de Flynn.

« Tu as ta maison, ton chien et ton bonhomme, toi, songea Dana en se rembrunissant. Félicitations sur toute la ligne. »

— Mon Dieu, quelle horreur ! murmura soudain Dana en enfouissant sa tête entre ses mains. Avoue-le, ma fille. Tu es jalouse.

Non seulement Malory avait remporté son épreuve haut la main, mais elle avait tout gagné par la même occasion. « Et toi, tu es là, à te creuser la cervelle et à coucher avec un homme qui t'a déjà brisé le cœur une fois, en redoutant qu'il le fasse voler en éclats pour de bon. »

Elle se redressa en entendant frapper et alla ouvrir.

Moe vint fourrer son museau dans son entrejambe en guise de salut, puis s'empressa d'aller jouer avec la vieille corde qu'il avait laissée sur le tapis lors de sa précédente visite. Il sautilla, les oreilles pendantes, et revint jeter la corde aux pieds de Dana avec espoir.

— Tu n'es pas passée chercher Moe, remarqua Jordan.

— J'ai oublié.

Elle haussa les épaules, puis retourna s'asseoir.

Jordan ferma la porte derrière lui et déposa sur la petite table de l'entrée l'enveloppe en papier kraft qu'il avait apportée. Il connaissait cette expression, songea-t-il en examinant le visage morose de Dana. Elle était mécontente et serait bientôt très énervée.

— Que se passe-t-il ?

— Rien de spécial.

Comme Moe essayait de grimper sur ses genoux, elle lui prit la corde d'entre les dents et la jeta à Jordan.

Cela produisit le résultat attendu, et gratifiant pour Dana, de voir Moe le charger comme un taureau charge un torero. Et tel un torero avec sa cape, Jordan écarta la corde sur le côté. L'homme et le chien se livrèrent ensuite à un combat pour savoir qui garderait la corde, le chien grognant joyeusement et l'homme contemplant la femme.

— La journée a été longue ? Je voulais passer vous donner un coup de main, mais je me suis laissé happer par mon travail.

— On s'en sort toutes seules.

— Une paire de mains supplémentaire, ça ne peut pas faire de mal.

— Tu veux faire bon usage de tes mains ?

— Pourquoi pas ?

— Bien.

Elle se leva et se dirigea vers la chambre.

— Alors, prends-les avec toi.

Jordan haussa les sourcils à l'adresse de Moe.

— Désolé, mon vieux, je te laisse. Je crois que je vais jouer à un autre jeu.

Il suivit Dana dans la chambre et referma la porte. Il entendit Moe s'écrouler par terre de l'autre côté en poussant un immense soupir.

Dana avait déjà retiré son pull et ses chaussures et déboutonnait son jean.

— Déshabille-toi.

— Quelque chose te démange ?

— Exactement, répondit-elle, tout en se débarrassant de son pantalon et en rejetant ses cheveux en arrière. Tu vois un inconvénient à me soulager ?

— J'ai beau chercher, non.

Il ôta son manteau, puis ses chaussures et sa chemise, pendant qu'elle tirait les couvertures. Il s'était trompé au sujet de son humeur, réalisa-t-il. Elle était déjà très énervée.

Dana lui tournait le dos. Elle allait dégrafer son soutien-gorge quand il s'approcha, lui prit les mains et les maintint dans son dos. Puis il les lâcha pour passer ses doigts le long de sa colonne vertébrale.

— Laisse-moi quelque chose à faire, tu veux ?

Elle haussa les épaules, se retourna, puis lui agrippa les cheveux d'une main pour l'attirer contre elle et plaqua sa bouche contre la sienne.

Elle le mordit, le griffa, donnant la mesure d'un rapport sexuel torride et rapide, brutal, même. Ce qu'elle voulait, ce n'était pas du sentiment, mais de l'action, et vite.

Elle sentit la réaction immédiate du corps de Jordan, le martèlement de son cœur, l'éclair de chaleur qui le traversait et se communiquait à elle. Elle était déjà brûlante et prête lorsqu'elle le poussa sur le lit.

Elle l'aurait enfourché et aurait rondement mené son affaire si Jordan ne l'avait pas retournée, emprisonnant son corps sous le sien. Il enfonça les dents dans son sein. Une secousse agita les hanches de Dana, qui crispa les mains autour de lui et se plaqua avidement, impérieusement, contre lui.

La vision de Jordan se brouilla tandis que la morsure primitive du désir le déchirait tout entier. Il emplit sa bouche de son sein. Le corps de Dana se tordait sous le sien, ses ongles s'enfonçaient dans sa peau, ses hanches remuaient, et très vite, il la rejoignit sur la crête du désir.

Ils roulèrent sur le lit, enlacés, leurs bouches fiévreuses et gourmandes, leurs mains affamées et voraces. Plutôt mourir en se battant avec elle que vivre en paix avec n'importe qui d'autre, songea Jordan avec ferveur.

Quand son souffle saccadé fut presque un sanglot, elle s'éleva au-dessus de lui et le prit brutalement en elle. L'intense gloire de la pénétration jaillit dans son corps, l'inonda, jusqu'à ce que la colère et les doutes se noient.

Ça, c'était du réel, se dit-elle. C'était du concret.

Elle le prit sauvagement, concentrée sur les objectifs jumeaux du plaisir et du soulagement. Elle le chevaucha avec une énergie implacable qui transforma tout son corps en un puits d'avidité. Elle en voulait plus encore. Plus de vitesse, plus de passion.

Lorsqu'elle sentit les doigts de Jordan se resserrer autour de ses hanches et qu'elle vit ses yeux bleus éclatants se troubler, elle rejeta la tête en arrière et s'envola avec lui au bout du monde.

Elle frissonnait encore quand elle se laissa retomber sur lui et posa lourdement la tête sur sa poitrine. Son souffle était aussi haletant que le sien. Meurtri, épuisé mais heureux, Jordan leva un bras avec effort et le passa autour d'elle.

— Ça va mieux ? lui demanda-t-il.

— Considérablement. Et toi ?

— Je n'ai pas à me plaindre. Dès que mes oreilles auront cessé de siffler, tu m'expliqueras peut-être ce qui t'a mise dans cet état de nerfs aujourd'hui.

— Rien de particulier.

Elle souleva la tête, juste assez pour écarter la masse de ses cheveux et sentir sous sa joue le torse de Jordan.

— J'ai simplement l'impression que je tâtonne dans tous les domaines. Et soudain, je me suis rappelé que le sexe, c'était une chose pour laquelle j'étais douée.

— Ce n'est pas moi qui dirai le contraire. Et quels sont tes tâtonnements ?

— Tu veux une liste ? J'ai la sensation d'être à deux doigts de trouver la clé, mais rien ne se passe. Puis je m'en éloigne, et il me semble que tout va s'écrouler autour de moi. J'ai passé pratiquement toute la journée à peindre des murs parce que j'ai manifesté peu de talent, voire pas du tout, pour le bricolage.

— Alors, ça ne va pas te plaire d'apprendre que tu as de la peinture dans les cheveux.

Elle poussa un soupir.

— Je sais. Même Malory manipule mieux que moi le tournevis, alors qu'elle est féminine jusqu'au bout des ongles. Quant à Zoé, c'est l'horreur, elle est douée pour tout. Tu sais qu'elle a un piercing au nombril ?

— C'est vrai ?

Suivit une longue pause, puis il répéta, avec suffisamment d'intérêt masculin pour la faire rire :

— C'est vrai ?

— Bref, fit-elle en roulant sur le dos. Il y a d'abord eu ça, puis je me suis lancée dans des ruminations déprimantes sur l'aspect financier de ma création d'entreprise, en me disant que j'étais au bord du gouffre. Que des sorties, et aucune rentrée d'argent. Or, sans sorties, il n'y aura jamais de rentrées. Et même après les premières rentrées, ce ne sera pas une partie de rigolade, au début.

— Je pourrais te prêter de l'argent, ça te permettrait de souffler un peu.

Le silence de Dana était éloquent.

— Ce serait un investissement, poursuivit-il. Un écrivain, une librairie, c'est cohérent.

— Ça ne m'intéresse pas d'emprunter.

Sa voix était devenue froide, et de nouveau renfrognée.

— Je ne cherche pas un associé supplémentaire.

— Comme tu veux, répondit Jordan sans se formaliser, avant de lui tirer les cheveux. Je sais ! Je pourrais te payer pour le sexe. Comme tu me l'as fait remarquer, tu es très douée. Mais ce serait moi qui déterminerais le prix de chaque acte spécifique, et il faudrait qu'il y ait des offres spéciales. Par exemple, pour trois achetés, le quatrième offert. Je suis sûr qu'on peut trouver un arrangement.

Il vit ses fossettes frémir, tandis qu'elle réprimait une envie de rire.

— Tu n'es qu'un pervers, déclara-t-elle en roulant sur le ventre et en s'appuyant sur les coudes. Mais c'est gentil de ta part d'imaginer les pires bassesses pour me remonter le moral.

— On fait ce qu'on peut. Je parie que tu as faim, ajouta-t-il en lui caressant la joue. Tu veux qu'on sorte dîner quelque part ?

— Ça ne me dit rien de sortir.

— Tant mieux. Moi non plus.

Il remua légèrement, en prenant une expression excessivement enjôleuse.

— Tu n'aurais pas envie de faire la cuisine, par hasard ?

— Je n'en ai pas envie, par hasard.

— Bien. Alors, c'est moi qui m'y colle.

Elle cligna des yeux et s'assit brusquement.

— Excuse-moi, tu as bien dit que tu allais faire la cuisine ?

— Ne t'excite pas. Je pensais à quelque chose comme des œufs brouillés ou des tartines au fromage fondu.

— Oublions le cholestérol et faisons les deux.

Elle se pencha pour l'embrasser.

— Merci. Je file sous la douche.

Quand elle rejoignit Jordan à la cuisine, vêtue d'un confortable survêtement, il versait les œufs dans une poêle à frire pendant que du pain brunissait dans une autre. Moe dévorait un bol de croquettes.

Il ne lui manquait plus que le tablier blanc en dentelle, songea Dana, amusée.

— Mon magicien du logis…

— Même quand on habite à New York, c'est toujours utile de savoir préparer un repas en cas d'urgence. Tu sors les assiettes ?

New York, songea-t-elle en ouvrant un placard. Inutile de faire semblant d'oublier que ce type vivait à New York et ne lui préparerait pas des tartines au fromage fondu tous les jours.

Elle écarta cette pensée, mit la table et ajouta deux bougies pour se faire plaisir.

— C'est bon, dit-elle après la première bouchée. Très bon. Merci.

— Ma mère me faisait des tartines au fromage fondu les jours où je n'avais pas la pêche.

— C'est vrai que ça remonte le moral. Le pain croustillant, le beurre, le fromage bien chaud…

— Mmm… Bon, si tu es intéressée par mes deux mains ailleurs que sur ton corps, je peux te consacrer du temps, demain.

— Si tu veux.

— Comme je te l'ai dit, j'aurais aimé passer aujourd'hui, mais j'avais des devoirs.

Il lui montra l'enveloppe qu'il avait apportée.

— Oh. Tu as tout écrit ?

— Je crois, oui. Tu pourras y jeter un coup d'œil, voir si je n'ai rien oublié.

— Super.

Elle se leva précipitamment pour aller chercher l'enveloppe.

— On ne t'a jamais dit que ça ne se faisait pas de lire à table ?

— Certainement pas.

Elle rejeta ses cheveux en arrière et se rassit.

— Ce n'est jamais impoli de lire. Eh bien, tu n'as pas chômé, fit-elle avec étonnement en voyant le nombre de pages.

Il mangea une bouchée d'œufs brouillés.

— Je me suis dit que ce serait mieux de tout écrire d'une traite.

— Voyons ça.

Elle lut et mangea, mangea et lut. Il remontait au tout début, au soir où elle s'était rendue pour la première fois à Warrior's Peak, sous l'orage. Il ressuscita cette soirée pour elle, la lui fit ressentir de nouveau, ainsi que tout ce qui s'était passé ensuite.

C'était son don, réalisa-t-elle. Son art.

Il racontait les événements à la façon d'une histoire. Chaque personnage était vivant et authentique, chaque événement relaté sonnait juste et, arrivé à la fin, on en voulait encore.

— Flynn avait raison, déclara-t-elle en reposant les feuillets. Ça aide de visualiser tout ça tel que ça se présente dans ma tête. J'ai besoin de l'absorber, de le relire. Mais cela place tout ce qui s'est passé sur un seul chemin sinueux, au lieu d'avoir des tas de ramifications qui s'entrecroisent par hasard.

— Je vais devoir l'écrire.

— Mais... tu viens de le faire, répondit-elle en secouant la tête.

— Non, ce n'en est qu'une partie. La moitié, dans le meilleur des cas. J'ai compris aujourd'hui, en rédigeant tout ça, que je devrais écrire cette aventure une fois que ce serait terminé, en faire un livre. Ça te pose un problème ?

— Je ne sais pas.

Elle lissa les pages avec ses doigts.

— Je pense que non, mais ça fait un drôle d'effet. Je n'ai jamais été l'héroïne d'un livre.

Il parut sur le point de répliquer quelque chose, mais se ravisa et finit ses œufs brouillés. Elle n'avait jamais été l'héroïne d'un livre qu'elle avait lu, corrigea-t-il mentalement. Ce qui, finalement, revenait au même.

15

— Vois, dit Kane, comme tu te trahis dans ton sommeil.

Dana se vit dormir dans son lit aux côtés de Jordan. Par terre, Moe s'agitait en émettant des grognements excités.

— Qu'avez-vous fait à Moe ?

— Je lui ai donné un rêve, un rêve inoffensif et joyeux. Il chasse les lapins par un beau matin d'avril. Cela l'occupera pendant que nous parlerons. Nous avons beaucoup de choses à nous dire, tous les deux.

Elle regarda la patte avant droite de Moe, qui remuait comme s'il courait.

— Je n'ai pas grand-chose à dire à quelqu'un qui se faufile dans ma chambre la nuit pour m'espionner.

— Je ne t'espionne pas. Je t'observe. Tu m'intéresses, Dana. Tu es intelligente. Je respecte cela. Les érudits sont tenus en haute estime, dans mon monde. Dans tous les mondes, d'ailleurs. Et ici, nous avons l'érudite et le poète.

Il les montra, Jordan et elle, sur le lit.

— On pourrait penser que c'est une alliance harmonieuse. Mais nous savons que les apparences sont trompeuses.

C'était terrifiant et fascinant de voir le couple sur le lit, allongé dans un enchevêtrement de bras et de jambes.

— Vous ne nous connaissez pas, rétorqua Dana. Vous ne nous connaîtrez jamais. C'est pour cela que nous allons vous battre.

Il se contenta de sourire. L'obscurité lui allait bien, le drapait d'une cape de soie et de velours au centre de laquelle ses yeux étincelaient.

— Tu cherches la vérité, mais en vain. Comment la trouverais-tu ? Ta vie n'est qu'un faux-semblant, Dana. Un rêve. Vois comme tu te cramponnes à lui dans ton sommeil. Toi, une femme forte et intelligente, une femme qui s'estime indépendante, voire volontaire. Et pourtant, tu te jettes à la tête d'un homme qui t'a jadis abandonnée et qui t'abandonnera encore. Tu te laisses guider par la passion, et cela te rend faible.

— Qu'est-ce qui nous guide, sinon la passion ? riposta-t-elle. L'ambition, la cupidité, la haine, la vanité sont autant de passions.

— Ah, voilà pourquoi je t'apprécie autant. Nous pourrions avoir des conversations tellement intéressantes ! Mais te rendre vulnérable à la souffrance simplement pour l'amour et le plaisir de la chair…

Il secoua la tête.

— Tu étais plus sage quand tu le haïssais. À présent, tu lui permets de nouveau de se servir de toi.

« Il ment, se dit Dana. Il ment comme il respire. » Elle refusait de se laisser piéger par cette voix ensorcelante.

— Personne ne se sert de moi. Pas même vous.

— Peut-être devrais-tu faire un effort de mémoire…

Il neigeait. Elle sentait les flocons légers, froids et humides sur sa peau, bien qu'elle ne les vît pas tomber. Ils semblaient rester suspendus dans les airs.

Elle devinait aussi la morsure du vent, mais ne l'entendait pas souffler. Il ne la glaçait pas non plus.

Le monde était une photographie en noir et blanc. Arbres noirs, neige blanche. Montagnes blanches se dressant dans un ciel blanc et, au loin, tout là-haut, la silhouette noire de Warrior's Peak.

Tout était immobile, froid et silencieux.

Il y avait un homme pétrifié à l'autre bout de la rue. Il semblait avoir été statufié au moment où il déneigeait son allée. Sa pelle était soulevée et, la pelletée de neige s'était arrêtée en plein vol, en l'air.

— Connais-tu cet endroit ? lui demanda Kane.

— Oui.

Trois pâtés de maisons au sud de Market Street, deux pâtés de maisons à l'ouest de Pine Ridge.

— Et cette maison ?

Bien sûr qu'elle reconnaissait la minuscule maison blanche de deux étages, avec ses volets noirs et ses deux lucarnes au premier étage, une pour chaque petite chambre. Devant la façade, le cornouiller était couvert d'une fine couche de neige étincelante. Dans l'étroite allée étaient garés le vieux break et la Mustang d'occasion.

— C'est... c'était la maison de Jordan, répondit-elle d'une voix tremblante.

Sa langue était épaisse dans sa bouche devenue pâteuse.

— Elle l'est toujours, corrigea Kane. Dans cet instant figé.

— Pourquoi suis-je ici ?

Il la contourna, mais ne laissa aucune trace, aucune empreinte dans la neige. Le bas de sa cape noire semblait flotter à quelques centimètres au-dessus du tapis blanc.

Il portait un rubis rond attaché à une chaîne qui pendait presque jusqu'à sa taille. Dans ce monde en noir et blanc, la pierre brillait comme un gros globule de sang frais.

— Je te donne le privilège de savoir qu'il s'agit d'un souvenir, de l'observer à mes côtés. Le comprends-tu ?

— Je comprends que vous m'emmenez dans ma mémoire.

— À la mortelle qui t'a précédée dans cette quête, j'ai montré ce qui pouvait être. À toi aussi, je l'ai montré. Mais tu es une créature plus... proche de la terre, qui préfère la réalité. Es-tu néanmoins suffisamment courageuse pour revoir le réel ?

— Pour revoir quoi ?

Mais elle le savait déjà.

Le monde reprit ses couleurs. Les sapins redevinrent verts sous la neige qui tombait, la boîte à lettres bleue, les manteaux des enfants qui construisaient des bonshommes de neige bleus, rouges et verts.

Et avec la couleur vint le mouvement. Les flocons tombaient pour de bon, et la pelletée de neige atterrit par terre, tandis que l'homme se penchait pour en ramasser une autre. Elle entendait les cris des enfants, gais et purs dans l'air, et le bruit caractéristique des boules de neige qui atteignaient leur cible.

Elle se vit, emmitouflée dans une doudoune couleur myrtille. Ridicule. Elle ressemblait à Violet dans *Charlie et la chocolaterie*.

Elle avait un bonnet en laine sur la tête, une écharpe autour du cou. Elle marchait vite, mais s'arrêta le temps d'une bataille de boules de neige aussi brève qu'énergique avec les petits Dobson et leurs copains.

Son propre rire tinta dans ses oreilles, et elle se rappela exactement ce qu'elle avait pensé, ce qu'elle avait ressenti alors.

Elle allait voir Jordan, le convaincre de sortir jouer. Il passait beaucoup trop de temps enfermé dans cette maison depuis la mort de sa mère.

Les mois qui venaient de s'écouler avaient été un cauchemar, entre l'hôpital et les médecins, les souffrances et le chagrin. Il avait besoin de réconfort, de quelqu'un qui le ramènerait doucement à la vie. Il avait besoin d'elle.

Elle remonta l'allée enneigée, secoua la neige de ses bottes. Elle entra sans frapper. Jamais elle n'avait eu à frapper à cette porte.

— Jordan !

Elle retira son bonnet, passa les doigts dans ses cheveux. Elle les avait plus courts, à l'époque, ce qu'elle détestait, et attendait avec impatience qu'ils repoussent.

Elle appela Jordan de nouveau en défaisant son manteau.

La maison sentait encore l'odeur de Mme Hawke, remarqua-t-elle. Pas la cire au citron qu'elle utilisait pour nettoyer les meubles, ni le café qu'elle gardait toujours sur le fourneau, mais sa maladie. Dana aurait aimé ouvrir en grand les fenêtres et chasser le plus gros de la tristesse et du deuil.

Jordan apparut en haut de l'escalier. Le cœur de Dana fit un bond dans sa poitrine, comme chaque fois qu'elle le voyait. Il était si beau, si grand, avec quelque chose de dangereux qui ne faisait qu'ajouter à son charme.

— Je pensais te trouver au garage, mais au téléphone, Pet m'a dit que tu n'étais pas venu, aujourd'hui.

— C'est vrai.

Sa voix était rocailleuse, comme s'il venait de se lever. Pourtant, il était 14 heures. Ses cernes et les ombres qu'elle vit dans ses yeux lui fendirent le cœur.

Elle avança jusqu'en bas de l'escalier, lui sourit.

— Tu mets un manteau ? Les petits Dobson m'ont prise dans une embuscade, on va leur faire leur fête.

— J'ai des choses à faire, Dana.

— Plus importantes qu'enfouir les Dobson sous une montagne de boules de neige ?

— Oui. Je dois terminer mes bagages.

— Tes bagages ?

Ce ne fut pas de l'affolement qu'elle éprouva alors, mais de la perplexité.

— Tu vas quelque part ?

— À New York, répondit-il en se détournant et en s'éloignant.

— New York ?

Elle n'était toujours pas inquiète. Excitée, plutôt. Elle bondit dans l'escalier pour le rejoindre.

— C'est pour ton livre ? Tu as eu des nouvelles de cet agent ?

Elle fit irruption dans sa chambre et sauta sur son dos.

— C'est ça, n'est-ce pas ? Il t'a rappelé, et tu ne me l'as pas dit ? Il faut fêter ça ! Faisons quelque chose de fou. Qu'est-ce qu'il t'a dit ?

— Il est intéressé, c'est tout.

— Bien sûr qu'il est intéressé. Oh, Jordan, c'est fabuleux ! Un rendez-vous à New York avec un agent littéraire !

Elle poussa un cri de joie, puis remarqua les deux valises, le gros sac, la caisse. Lentement, avec un premier frisson d'angoisse, elle redescendit de son dos.

— Tu emportes beaucoup de choses pour un rendez-vous.

— Je vais m'installer à New York.

Sans se retourner, il posa un autre pull et un jean dans une des valises ouvertes.

— Qu'est-ce que tu racontes ?

— J'ai mis la maison en vente hier. Le brocanteur me prendra la plupart des meubles.

— Tu vends la maison.

Ses jambes se dérobèrent sous elle, et elle s'assit au bord du lit.

— Mais, Jordan, tu habites ici.

— Plus maintenant.

— Mais… tu ne peux pas partir à New York comme ça, sans prévenir. Je sais que tu envisageais de t'y installer un jour, mais…

— Je n'ai plus rien à faire ici. Il n'y a rien pour moi à Pleasant Valley.

Elle eut l'impression de recevoir un coup en pleine poitrine.

— Comment peux-tu dire une chose pareille ? Comment peux-tu dire qu'il n'y a rien pour toi ici ? Je comprends à quel point ça a été dur de perdre ta mère, Jordan. Je sais que tu la pleures encore. Ce n'est pas le moment de prendre une telle décision.

— Elle est déjà prise.

Il jeta un coup d'œil dans sa direction, mais en évitant son regard.

— J'ai encore quelques détails à régler, et je m'en vais. Je pars demain matin.

— Comme ça ?

Piquée au vif, Dana bondit sur ses pieds.

— Tu comptais me tenir au courant, ou tu avais l'intention de filer à l'anglaise en m'envoyant une carte postale quand tu serais arrivé ?

Cette fois, il la regarda, mais elle ne put rien voir dans ses yeux, rien au-delà du bouclier qu'il avait jeté entre eux.

— J'allais passer ce soir pour vous prévenir, toi et Flynn.

— Comme c'est attentionné !

Il fourragea dans ses cheveux, geste qui trahissait chez lui l'impatience ou la frustration.

— Écoute, Dana, c'est une chose que je dois faire.

— Non, c'est une chose que tu veux faire, parce que tu en as assez de Pleasant Valley. Et de tous ceux qui y sont.

Elle s'obligea à garder la voix basse, très basse. Sinon, elle crierait. Elle hurlerait.

— Y compris moi. J'en déduis donc que depuis deux ans, je compte pour du beurre.

— Pas du tout, et tu le sais très bien.

Il referma une valise.

— Je tiens à toi. Je t'aime beaucoup et je t'ai toujours beaucoup aimée. Je fais ce que je dois faire. Ce que je veux faire. De toute façon, ça revient au même. Ici, je ne peux pas écrire. Je n'arrive pas à réfléchir, bon Dieu ! Or, il faut que j'écrive. J'ai une chance de faire quelque chose de moi-même, et je la saisis. Tu en ferais autant.

— Tu veux que je te dise ce que tu vas faire de toi ? Un sale égoïste. Tu avais bien prévu ton petit coup, et tu me berçais d'illusions, en projetant de me plaquer au moment où ça t'arrangerait le mieux.

— Il ne s'agit pas de toi, Dana. Il s'agit de moi, de quitter cette foutue maison, cette foutue ville.

Il passa devant elle, et le bouclier se fissura assez pour qu'elle discerne sa fureur.

— Je n'ai pas envie de continuer à me décarcasser tous les jours, les mains dans le cambouis, pour payer mes factures, et ensuite tâcher d'écrire pendant quelques heures. Je ne veux pas rater ma vie.

— Je croyais que je faisais partie de ta vie.

— Mon Dieu…

Il passa encore une fois les mains dans ses cheveux, avant d'ouvrir un tiroir de vêtements.

Il n'avait même pas la décence d'arrêter de faire ses bagages, songea-t-elle. Même pendant qu'il lui brisait le cœur.

— Tu fais partie de ma vie. Toi, Flynn, Brad. Je ne vois pas en quoi le fait que je déménage à New York y changerait quelque chose.

— Espèce de salaud !

Elle sentit qu'elle commençait à trembler, et des larmes brûlantes remontèrent dans sa gorge. De toutes ses forces, elle les retint pour transformer la douleur en colère.

— Tu peux faire comme si, pour toi, ce n'était rien. Tu peux te comporter en fumier si tu veux. Mais tu ne m'obligeras pas à en faire autant.

Cette fois, il s'immobilisa, cessa de s'affairer. Il se retourna vers elle et la regarda avec regret. Peut-être avec pitié.

— Je ne voulais pas dire ça comme ça, Dana.

— Arrête.

Elle repoussa durement la main qu'il tendait vers elle.

— Je t'interdis de me toucher. Tu ne veux plus entendre parler de Pleasant Valley ? Tu ne veux plus entendre parler de moi ? D'accord. Très bien. Moi non plus. Tu auras de la chance si tu tiens un mois à New York en écrivant tes conneries. Et quand tu reviendras ici en rampant, ne m'appelle pas. Ne me parle pas. Parce que tu as raison au sujet d'une chose, Hawke : il n'y a plus rien pour toi, ici.

Sur ce, elle pivota et s'en alla.

Elle avait oublié son bonnet, réalisa-t-elle en se regardant partir en courant de la maison. Une boule de neige envoyée par un des petits Dobson s'écrasa au milieu de son dos, mais elle ne le remarqua même pas.

Elle ne sentait pas le froid, ni les larmes qui ruisselaient sur son visage. Elle ne sentait plus rien. Il l'avait réduite au néant.

Comment avait-elle pu oublier ? Comment avait-elle pu lui pardonner ?

Elle n'avait pas vu, à l'époque, pas plus qu'elle ne le voyait à présent, que Jordan, debout devant l'étroite lucarne, l'avait regardée partir.

Dana se réveilla dans la pâle lumière de l'automne, les joues trempées, la peau glacée.

Le chagrin était si réel, si inattendu... Elle s'écarta jusqu'au bord du lit, se roula en boule et attendit que cela passe.

Elle ne pouvait pas, ne voulait pas revivre cela. Elle s'était donné tant de mal pour oublier Jordan, surmonter la douleur, sortir du marasme du désespoir... tout cela pour se livrer de nouveau à lui.

Était-elle donc si faible ? Si stupide ?

Dès qu'il s'agissait de Jordan, il semblait que oui. Eh bien, elle lutterait contre sa propre bêtise.

Elle sortit du lit avec précaution, le laissant dormir, mit un peignoir comme elle aurait enfilé une armure et alla se préparer du café à la cuisine.

Moe se leva et la suivit. Sa laisse entre les dents, il dansa sur place dans la cuisine.

— Pas tout de suite, Moe.

Elle se pencha et enfouit son visage dans son pelage.

— Je ne suis pas encore d'attaque.

Devinant sans doute sa peine, il gémit, puis lâcha sa laisse pour lui lécher les joues.

— Tu es un bon chien, tu sais. Alors, comme ça, tu as fait la chasse aux lapins, cette nuit ? Moi aussi, j'ai fait la chasse à quelque chose. Mais on n'attrapera jamais nos proies, tous les deux.

Elle but son café sans bouger et se servait une deuxième tasse lorsqu'elle entendit les pas de Jordan.

Il s'était habillé, mais semblait encore à moitié endormi. Il grogna quand les pattes de Moe se posèrent sur sa poitrine et chipa la tasse de Dana.

— Merci, dit-il après avoir bu trois longues gorgées de café.

Il lui rendit sa tasse, puis se baissa pour ramasser la laisse. En le voyant faire, Moe se mit à décrire des cercles désespérés.

— Tu veux que je le sorte ?

— Oui. Tu n'as qu'à le ramener chez Flynn.

— D'accord. On va faire une balade avant le petit déjeuner ? proposa-t-il à Moe en attachant la laisse à son collier. Pas la peine de te le dire deux fois, hein ?

— Ne reviens pas ici, Jordan.

— Mmm ?

Il releva la tête, vit son visage.

— Qu'est-ce que tu as dit ?

— Je ne veux pas que tu reviennes. Ni tout à l'heure ni jamais.

— Couché, Moe.

Quelque chose dans son ton calme fit obéir le chien.

— J'ai dormi pendant une dispute ou… Kane ! dit-il en agrippant le bras de Dana. C'est Kane !

— Cela n'a rien à voir avec lui. Cette fois, il s'agit de moi. J'ai commis une erreur en te laissant revenir. Je la corrige.

— Mais qu'est-ce qui te prend tout à coup ? Hier soir…

— On a couché ensemble, et c'était fabuleux.

Elle haussa les épaules et but une petite gorgée de café.

— Ça ne me suffit pas. Ou peut-être que c'est trop pour moi, au contraire. Quoi qu'il en soit, ça ne peut pas fonctionner. Tu m'as complètement déchiré le cœur une fois.

— Dana, laisse-moi…

— Non. C'est tout réfléchi.

Elle fit un pas en arrière.

— Je ne veux pas revivre la même épreuve. J'ai une existence agréable, finalement. Elle me satisfait. Je n'ai pas envie que tu en fasses partie. Pas comme ça, en tout cas. Alors, je te demande de partir avant que les choses ne s'enveniment. Je te le dis pendant que nous avons encore une chance d'être amis.

Elle se dirigea vers la porte de la cuisine.

— Je vais prendre une douche. J'aimerais que tu sois parti quand je reviendrai.

Jordan était toujours hébété en arrivant chez Flynn. Était-ce cela qu'elle avait ressenti, autrefois ? se demanda-t-il. Était-ce ce qu'il lui avait fait ? S'était-elle sentie complètement engourdie et… vide ?

Et ensuite, une fois l'engourdissement passé, qu'arrivait-il ? Éprouvait-on de la douleur ou de la colère ? Ou les deux ?

Il voulait la colère. « Par pitié, pria-t-il, faites que je trouve la colère. »

Traînant derrière lui la laisse que Jordan avait oublié de détacher de son collier, Moe courut vers la cuisine. L'accueil joyeux de Flynn suivit le bruit de ses bonds.

— Tiens, un homme et un chien, fit Malory en descendant l'escalier, vêtue d'un pantalon en toile kaki et d'un pull bleu marine. Tu reviens bien tôt, ce matin, remarqua-t-elle. À moins que je ne sois en retard.

Puis elle se tut et le dévisagea.

— Qu'y a-t-il ? Qu'est-ce qui se passe ?

L'appréhension lui noua la voix.

— Dana…

— Elle va bien.

— Pas toi, visiblement. Viens, allons nous asseoir.

— Non. Il faut que je…

— Viens avec moi, ordonna-t-elle.

Elle lui prit le bras et l'emmena vers la cuisine.

Flynn était assis devant une table pliante dans la cuisine en chantier. Les murs fraîchement peints en bleu mettaient en valeur le bois couleur miel des nouveaux placards. Le sol avait été décapé et attendait de recevoir le parquet choisi par Malory.

Flynn mangeait des céréales et, à voir l'expression coupable sur son visage et sur la tête de Moe, il avait partagé son petit déjeuner avec son chien.

— Salut, quoi de neuf ? lança-t-il à Jordan. Si tu as faim, tu as environ un quart d'heure avant l'arrivée des ouvriers.

— Assieds-toi, Jordan. Je vais te servir du café.

Flynn étudia le visage de son ami.

— Qu'est-ce qui ne va pas ? Vous vous êtes disputés, Dana et toi ?

— Non. Pas exactement. Elle m'a juste dit de partir.

— Pour aller où ?

— Flynn, gronda gentiment Malory en posant une main sur son épaule. Tu es lourd, tu sais.

— Hé, donne-moi une minute pour comprendre. Si vous ne vous êtes pas disputés, pourquoi t'a-t-elle fichu dehors ?

— Parce qu'elle ne veut pas de moi chez elle. Merci, Mal, ajouta-t-il en acceptant avec reconnaissance la tasse de café que la jeune femme lui tendait.

— Alors, tu es parti ? s'exclama Flynn. Comme ça ? Sans essayer de comprendre pourquoi elle s'était énervée ?

— Elle n'était pas en colère. Si ç'avait été le cas, j'aurais peut-être pu arranger les choses. Elle avait juste l'air… fatiguée et infiniment triste.

Il se frotta le visage. Non, la colère ne viendrait pas, réalisa-t-il. Seulement la douleur.

— En tout cas, Jordan, quoi qu'elle éprouve, quelles que soient ses motivations, tu dois en parler, essayer de comprendre, dit Malory.

Elle lui pressa l'épaule.

— Elle ne représente donc rien pour toi ?

Il lui adressa un regard perdu et, avec un soupir, elle passa les bras autour de lui.

— Ça va aller, murmura-t-elle. Ça va aller.

— Elle représente suffisamment pour moi, réussit-il à articuler, pour que je ne coure pas le risque de lui voir de nouveau cette expression. Si elle veut que je m'en aille, je m'en vais.

— Les hommes sont vraiment des imbéciles. Tu ne t'es pas dit qu'elle t'avait demandé de t'en aller parce qu'elle s'attend déjà que tu refasses tes valises ?

Zoé vint au-devant de Malory à la porte d'entrée et la fit aussitôt ressortir sur le porche.

— Je te guettais. Dana est là, elle peint ton côté, la galerie. Il y a quelque chose qui ne va pas, mais pas moyen de lui tirer un mot.

— Elle a rompu avec Jordan.

— Oh. Ils se sont disputés ?

— Non, c'est autre chose, quelque chose de plus compliqué qu'une dispute. Je vais voir ce que je peux faire.

— Bonne chance, soupira Zoé en retournant à l'intérieur.

— Qu'est-ce que c'est que ce raffut ?

— Encore une complication supplémentaire. Bradley est dans la section de Dana avec une ponceuse électrique pour le sol. Il refuse de me laisser m'en servir. Je sais, c'est très gentil de sa part de nous la prêter, poursuivit-elle en voyant Malory froncer les sourcils. Mais je suis parfaitement capable de poncer un plancher. Sa présence ne facilite pas les confidences de Dana.

— Occupe-le, je vais voir Dana.

— Je n'ai pas envie de l'occuper. La dernière fois que je suis restée seule avec lui dix minutes, il m'a fait des avances.

— Quand ? Et quelles avances ?

Zoé jeta un regard derrière son épaule.

— Le soir où on était tous chez lui, après votre départ. Je bavardais simplement avec lui, et il m'a embrassée.

— Il t'a embrassée ? Oh, le pervers ! Vite, qu'on le pende !

— Ah ah, très drôle.

— Allez, raconte. Tu as dû te débattre ? C'était terrifiant ?

— Non, mais...

Zoé baissa la voix.

— Il m'a embrassée pour de bon et, pendant une minute, j'ai complètement pété les plombs. Je me suis laissé faire, j'ai même... euh... participé. J'ai beaucoup trop de soucis en ce moment pour m'amuser à ce petit jeu. Et puis, il me rend nerveuse.

— C'est vrai, les beaux mecs qui prennent sur leur temps pour poncer mes planchers, ça me rend toujours nerveuse, moi aussi. Écoute, il faut que j'aille parler à Dana. Dès que j'aurai fini, je me dépêcherai de venir te sauver des griffes de Brad. Si, bien sûr, tu ne te sens pas capable de faire face seule à ce dépravé libidineux à l'obligeance suspecte.

— C'est un coup bas, ça.

— Veille juste à ce qu'il ne vienne pas me déranger pendant que je serai avec Dana. À tout de suite.

Elle fit signe à Zoé de partir et s'éloigna dans la direction opposée.

Sa première pensée fut un « oh » émerveillé. Ses murs prenaient vie, avec cette chaude teinte terre de Sienne qu'elle avait choisie. C'était parfait, absolument parfait. Elle imaginait déjà le décor idéal que cela formerait pour les œuvres qu'elle exposerait.

Mais sa joie laissa place à la consternation lorsqu'elle vit le visage figé et crispé de Dana.

— C'est magnifique.

Dana sursauta et tourna la tête.

— Salut, Mal. Oui, c'est réussi. Tu as vraiment le don pour les couleurs. Je me disais que ça ferait fade, un peu crade, même, mais cette teinte donne aux murs un éclat extraordinaire.

— Toi, en revanche, tu ne rayonnes guère, aujourd'hui.

Dana haussa les épaules et continua à travailler.

— On ne peut pas être d'une humeur radieuse tous les jours.

— J'ai vu Jordan ce matin. Il ne rayonnait pas non plus. En fait, ajouta Malory en s'approchant de Dana, il avait l'air anéanti.

— Il s'en remettra.

— Tu le crois sincèrement, ou est-ce que tu as besoin de le penser parce que ça te déculpabilise ?

— Je ne me sens absolument pas coupable, rétorqua Dana, les yeux rivés au mur. J'ai fait ce qui valait le mieux pour moi. Ça ne te regarde pas, Malory.

— Mais si. Parce que je t'aime. J'aime Flynn. Et il t'aime.

— Mmm, quelle grande famille unie.

— Défoule-toi sur moi si tu veux, mais je tiens à te dire que je te soutiendrai toujours. Quoi qu'il arrive, je serai à tes côtés.

— Alors, tu devrais comprendre pourquoi j'ai rompu et approuver ma décision.

— Je le ferais, si je pensais que c'est réellement ce que tu souhaites et que ça te rend heureuse.

Malory frotta doucement le dos de Dana.

— Je ne cherche pas à être heureuse pour l'instant.

La caresse réconfortante de son amie lui donnait envie de s'asseoir par terre et de pleurer toutes les larmes de son corps.

— Je me contenterais d'un petit bout de chemin sans trop d'émotions.

— Raconte-moi ce qui s'est passé entre hier et aujourd'hui.

— J'ai utilisé ma mémoire. Grâce à la baguette magique de Kane.

— J'en étais sûre !

Le visage de Malory s'empourpra sous l'effet de la colère.

— Je savais qu'il était derrière tout ça.

— Attends. Il m'a emmenée faire un petit voyage dans le temps. J'imagine que ses motivations n'étaient pas des plus louables, mais cela ne change rien aux faits.

Seigneur, comme elle était fatiguée ! Elle aurait bien voulu qu'on la laisse finir sa peinture tranquille, que l'effort lui fasse oublier la tristesse et la fatigue.

— Il n'a rien changé à ce qui s'est passé à l'époque. Ç'aurait été inutile. Et après avoir revu le départ de Jordan, j'ai compris que je commettais une erreur en m'engageant de nouveau avec lui.

— En quoi est-ce une erreur d'aimer un type bien ?

— Parce qu'il ne m'aime pas.

Dana arracha le bandeau qui retenait ses cheveux, comme si cela pouvait soulager la migraine qui s'annonçait.

— Parce qu'il me quittera dès qu'il en aura fini ici. Parce que plus je suis avec lui, plus je m'attache à lui. Je suis incapable de contrôler mes émotions, comme j'avais espéré pouvoir le faire. Je ne peux pas être avec lui sans être amoureuse de lui.

— Lui as-tu demandé ce qu'il éprouvait ?

— Non. Et tu sais pourquoi ? Parce que je n'avais pas le courage de l'entendre me répéter qu'il m'aimait beaucoup ou qu'il tenait à moi.

Aucune d'elles ne parla pendant un instant. On n'entendait plus que la respiration lourde de Dana, le bourdonnement du rouleau et le grondement de la ponceuse, de l'autre côté de la maison.

— Tu lui as fait du mal, dit Malory en coupant le moteur de la machine. Peut-être que ses sentiments ne sont pas aussi superficiels que tu le crois. L'homme que j'ai vu ce matin était démoli. Complètement. Si tu voulais ta revanche, Dana, tu l'as.

Dana fit volte-face. Elle tremblait de rage. Le rouleau lui tomba des mains, et une large tache de peinture s'étala sur la bâche.

— Pour l'amour du Ciel, tu me prends pour qui ? Tu crois que j'ai couché avec lui pour avoir ensuite le plaisir de le jeter dehors et de me venger ?

— Non. Mais je pense que si tu veux réellement ce petit bout de chemin sans émotions, tu ne l'auras pas en balançant quelqu'un dans le fossé et en l'y laissant crever.

Dana jeta son bandeau par terre, en regrettant de ne pas avoir quelque chose de plus satisfaisant à jeter.

— Tu ne manques pas de culot.

— Possible.

— Ce ne sont pas tes oignons, Malory. Je n'ai pas besoin que toi ou n'importe qui d'autre me dise qui je dois laisser entrer dans ma vie.

— J'ai l'impression que c'est précisément ce que tu permets à Kane de faire, pourtant. Il a voulu t'orienter dans une direction, et tu te conformes exactement à son désir. Tu ne te demandes même pas pourquoi il t'a poussée dans ce sens.

— Alors, maintenant, je devrais rester avec Jordan à cause de la clé ? Ce sermon, c'est parce que tu as peur que je fasse foirer notre marché ?

Malory prit une longue inspiration. Ce n'était pas le moment de perdre son calme, songea-t-elle, ni d'en vouloir à Dana d'avoir perdu le sien.

— Si c'est ce que tu crois, tu me connais mal. Et surtout, tu n'as pas compris en quoi consiste notre quête. Alors, soit tu continues à peindre et à te féliciter d'éviter toutes ces ornières sur ta route, soit tu cesses de fourrer la tête dans le sable et tu règles ton histoire avec Jordan.

Malory tourna les talons, avant d'ajouter :

— Tu ne devrais pas avoir de mal à le trouver. Il a dit à Flynn qu'il allait voir sa mère, ce matin.

16

Les tulipes avaient été les fleurs préférées de la mère de Jordan, mais ce n'était pas la saison, aussi lui apporta-t-il des œillets. Elle avait toujours aimé les fleurs simples : tulipes, jonquilles, rosiers grimpants et marguerites. Les œillets étaient simples, lui semblait-il, et d'un doux rose féminin un peu désuet.

Elle les aurait aimés, se serait répandue en remerciements et les aurait mis dans son vase préféré, celui que sa propre mère lui avait offert, une année, à Noël.

Comme il n'avait pas pensé à acheter de vase, il les laissa dans le papier du fleuriste.

Il détestait le cimetière et ses pierres tombales, ces constructions qui émergeaient du sol comme une moisson de morts en gris, noir et blanc. Les noms et les dates inscrits sur la pierre rendaient certes hommage aux êtres disparus, mais rappelaient surtout que nul ne pouvait l'emporter sur le destin, au bout du compte.

La pelouse était inégale et envahie de mauvaises herbes. La terre apparaissait par endroits. D'autres que lui avaient apporté des fleurs à leurs morts, et nombre de ces offrandes étaient fanées et flétries. Certains paraient à ce problème en disposant sur les tombes des fleurs artificielles, mais les couleurs vives lui parurent choquantes et fausses. Plus des mensonges que des hommages, songea-t-il.

Le vent soufflait trop fort, ici, dans la partie nord, qui ne bénéficiait ni du petit bosquet à l'est, ni de la butte ensoleillée à l'ouest.

Il avait fait remplacer la pierre tombale quelques années plus tôt par un marbre blanc lisse. Sa mère aurait considéré cela comme une folie, mais il avait éprouvé le besoin de faire quelque chose.

Son nom, Susan Lee Hawke, était gravé dans le marbre, ainsi que la durée de sa vie, ces courtes quarante-six années. En dessous, il lut le vers qu'il avait emprunté à Emily Dickinson.

L'espoir se perche dans l'âme.

Sa mère n'avait jamais perdu espoir. Elle avait vécu toute sa vie en croyant au pouvoir de l'espoir et de la foi, fécondés par un travail honnête et dur. Même quand la maladie avait rongé sa beauté, ne lui avait plus laissé que la peau sur les os, elle avait gardé espoir.

Pour lui, songea soudain Jordan. Elle avait eu de l'espoir pour lui, cru en lui, l'avait aimé sans restriction.

Il s'accroupit pour déposer les fleurs sur sa tombe.

— Tu me manques, maman. Ça me manque, de te parler, de t'entendre rire. Ça me manque, cette expression dans ton regard qui me disait que j'allais m'attirer des ennuis. Et même alors, tu étais là pour moi. Tu étais toujours là.

Il contempla le nom gravé sur la tombe. Il paraissait si formel. Elle avait toujours été Sue. Tout simplement.

— Je sais que tu n'es pas là, sous cette pierre. Ce genre de choses, c'est juste pour que les autres sachent que tu as existé, que tu as été aimée. Parfois, je sens ta présence, et c'est un sentiment si fort que j'ai l'impression qu'en me retournant, je vais te voir.

Il se releva et enfonça les mains dans ses poches.

— Je me demande ce que je suis, maman. J'ai gâché des choses. Pas tout. Juste une chose, vitale. Je possède ce à quoi j'ai toujours aspiré, mais j'ai perdu ce dont j'ai toujours eu besoin sans le savoir. On ne peut sans doute pas tout avoir… Là, je pense que tu m'adresserais ton fameux regard.

Il leva les yeux vers les collines qu'elle avait toujours aimées, vers le bleu intense du ciel derrière les arbres flamboyants.

— Je ne sais pas si je peux y remédier. Je ne sais même pas si je devrais essayer.

Il ferma les yeux un moment.

— Ça me fait de la peine, d'être ici. C'est normal, je suppose.

Il porta les doigts à ses lèvres, puis les appuya contre la tombe.

— Je t'aime. Je reviendrai.

Il se retourna et s'immobilisa en voyant Dana debout dans l'allée qui séparait les tombes. Elle l'observait.

Il avait l'air si triste, se disait-elle. Plus que cela, c'était comme si le chagrin avait arraché toutes ses défenses pour mettre ses émotions à nu. C'était douloureux de le voir aussi vulnérable, de comprendre qu'ils savaient tous les deux qu'elle venait de le surprendre dans un moment qui aurait dû être intime.

Sans savoir ce qu'elle allait dire, elle traversa la pelouse et vint se placer à côté de lui, devant la tombe de sa mère.

— Je suis désolée. Je ne voulais pas te déranger, dit-elle. C'est pour ça que j'attendais là-bas.

— Ce n'est pas grave.

Elle baissa les yeux vers la tombe et vit les œillets. Peut-être savait-elle quoi dire, finalement.

— Flynn et moi, on vient ici tous les ans.

Elle s'éclaircit la gorge.

— On… enfin, on essaie de venir après la première grosse chute de neige. Tout est tellement paisible et immaculé à cette époque…

Elle releva les yeux et vit qu'il la dévisageait.

— Je me disais que tu aimerais savoir qu'on lui apporte toujours des fleurs.

Il ne répondit rien, mais ses yeux parlaient pour lui. Puis il se pencha et posa son front contre celui de Dana. Ils restèrent ainsi, immobiles et silencieux, fouettés par le vent qui agitait les pétales des œillets roses.

— Merci.

Il se redressa lentement, comme s'il avait peur de casser quelque chose.

— Merci, répéta-t-il.

Elle hocha la tête, et ils se turent de nouveau, perdus tous les deux dans la contemplation des collines.

— C'est la première fois que je viens ici depuis mon retour, lui confia Jordan. Je ne sais jamais trop ce que je suis censé faire, dans ce genre d'endroit.

— Tu viens de le faire. C'est joli, les œillets. Simple.

Jordan eut un petit rire.

— Oui, c'est ce que j'ai pensé aussi. Pourquoi es-tu venue, Dana ?

— J'ai des choses à te dire, que je n'ai pas exprimées correctement ce matin, je crois.

— Si tu veux me répéter qu'on peut encore être amis, il vaut peut-être mieux laisser passer deux ou trois jours.

— Ce n'est pas exactement ce que j'ai en tête. Je ne sais pas si le moment et le lieu sont bien choisis pour en parler, mais Malory vient de m'administrer un petit laïus, et j'ai trouvé qu'elle n'avait pas complètement tort. Je te dois… je me dois, je nous dois à tous les deux, quelque chose de mieux.

— Je t'ai fait du mal, Dana, je l'ai vu sur ton visage. Je ne veux pas te faire souffrir.

— Trop tard.

Elle haussa les épaules.

— Tu as été désinvolte avec moi, Jordan. Désinvolte et insensible. Et même si j'ai rêvé régulièrement de me venger en te faisant subir la même douleur, ce n'est pas vraiment ce que je souhaite. Alors, ma désinvolture et mon insensibilité ce matin ne m'ont pas plus réjouie que toi.

— Pourquoi m'as-tu dit ça, tout à l'heure ?

— Kane m'a emmenée dans le passé, la nuit dernière.

Il lâcha un juron, et elle fronça les sourcils.

— Tu ne devrais pas utiliser ce genre de langage devant la tombe de ta mère.

Bizarrement, sa remarque le détendit un peu.

— Elle a l'habitude.

— Ce n'est pas une raison.

Il fit une petite mimique, et elle y retrouva soudain quelque chose du garçon qu'elle avait aimé. Juste assez pour lui retourner le cœur encore une fois.

— Jusqu'où t'a emmenée Kane ?

— Jusqu'au jour où tu faisais tes bagages pour New York. J'ai tout revécu. Je me suis vue le revivre. C'était très étrange, et aussi horrible qu'à l'époque. J'étais à la fois spectatrice et actrice de la scène. Tout ce que tu m'as dit, tout ce que tu ne m'as pas dit était aussi cruel et douloureux qu'autrefois.

— Je suis désolé.

Elle le regarda droit dans les yeux.

— Je te crois. C'est précisément pour cela que je suis ici. Mais tu vois, ça m'a fait mal. Autant que la première fois. Et j'ai le droit, j'ai cette responsabilité envers moi, de me dégager de cette relation. Je ne veux pas laisser mon cœur se briser de nouveau à tes pieds, or si je reste avec toi, je serai incapable de le garder intact. On pourra peut-être être amis. Je l'espère. Mais on ne peut pas être amants. Voilà. C'est ce que je tenais à t'expliquer.

Elle recula d'un pas, mais il posa une main sur son bras pour la retenir.

— Tu veux bien marcher avec moi ?

— Jordan…

— Marche juste avec moi quelques minutes. Tu as dit ce que tu avais à dire. Je te demande de m'écouter, maintenant.

— D'accord.

Elle mit les mains dans ses poches pour les réchauffer et éviter le contact des siennes.

— J'ai mal réagi, à la mort de ma mère.

— Je ne suis pas sûre qu'on soit censé bien réagir à ce genre d'événement. Ma propre mère est enterrée là-bas, fit Dana avec un geste de la main. Je n'ai quasiment aucun souvenir d'elle. Je ne me rappelle pas l'avoir perdue. Pourtant, elle me manque. Je possède certaines choses qui me viennent d'elle. Son chemisier préféré, quelques bijoux, des photos. Ça me fait plaisir de les avoir. Le fait que je ne me souvienne pas d'elle, que je ne me rappelle pas l'avoir perdue parce que j'étais trop jeune à l'époque de sa mort, ne signifie pas que je ne comprends pas ce que tu as pu endurer. Mais tu as toujours refusé de me laisser t'aider.

— Tu as raison.

Il lui prit le bras brièvement pour l'empêcher de trébucher sur le sol inégal, puis la lâcha tandis qu'ils marchaient vers les arbres.

— Je l'aimais tant, Dana. Ce n'est pas le genre de chose qu'on se dit chaque matin quand tout va bien. Mais on était un noyau familial, tous les deux.

— Je comprends.

— Quand mon père nous a quittés... À vrai dire, je ne me le rappelle pas trop non plus. Mais je me souviens que ma mère a toujours été aussi solide qu'un roc. Elle a travaillé comme une bête, elle a cumulé deux boulots jusqu'à ce qu'on se sorte du bourbier de dettes dans lequel il l'avait mise.

Encore maintenant, il éprouvait une bouffée d'amertume lorsqu'il évoquait ces souvenirs, vieux pourtant de plus de vingt ans.

— Elle devait être épuisée, mais elle avait toujours du temps à me consacrer. Pas seulement pour me préparer à manger ou laver mes chemises, mais pour moi.

— Je sais. Elle s'intéressait à tout ce que tu faisais, sans pour autant être toujours sur ton dos. En secret, je faisais semblant qu'elle était ma mère.

Jordan pivota vers elle.

— C'est vrai ?

— Oui. Tu croyais que je passais mon temps chez toi juste pour vous embêter, Flynn, Brad et toi ? J'aimais bien être avec elle. Elle avait une odeur de mère, et puis, elle riait beaucoup. Elle te regardait… parfois, elle te regardait juste, mais avec tant d'amour, tant de fierté… J'aurais voulu avoir une mère pour me regarder comme ça.

Il fut très ému par cet aveu, et son amertume s'estompa.

— Elle ne m'a jamais déçu. Jamais. Elle lisait tout ce que j'écrivais, même mes rédactions de primaire. Elle gardait tout, et elle me disait qu'un jour, quand je serais un écrivain célèbre, les gens se ficheraient bien de moi en lisant mes premières nouvelles. Je ne sais pas si je serais devenu écrivain, sans elle. Sans sa foi inaltérable en moi.

— Elle serait très fière de voir ce que tu es devenu.

— Elle n'a pas eu le temps de savoir que mon premier roman avait été publié. Elle insistait pour que je fasse des études. Moi aussi, j'y tenais, mais j'aurais préféré les repousser d'un ou deux ans, gagner d'abord de l'argent. C'était elle qui faisait la loi. Et pour ce qui lui paraissait important, elle ne lâchait jamais le morceau. Alors, je suis allé à la fac.

Il garda un moment le silence, et un nuage glissa devant le soleil.

— J'envoyais de l'argent à la maison, mais pas beaucoup. J'avais de petits moyens. Je ne rentrais pas aussi souvent que je l'aurais dû. J'étais très occupé, là-bas. Il y avait tant de choses à faire ! Pendant plusieurs années, je n'ai pas été là pour elle.

— Tu te juges trop durement.

— Tu trouves ? Elle m'a toujours placé au premier plan de ses préoccupations. J'aurais pu revenir ici plus tôt, bien gagner ma vie au garage et la soulager un peu.

Elle posa une main sur son épaule pour qu'il se retourne vers elle.

— Ce n'est pas ce qu'elle voulait pour toi, tu le sais bien. Elle était absolument ravie que tu fasses des études. Lorsque tes premières nouvelles ont paru dans les magazines, elle était folle de joie.

— J'aurais pu les écrire ici. Quand j'ai fini par rentrer, j'en ai écrit, d'ailleurs. Je me plongeais dans mes histoires et j'écrivais comme un malade, le soir. Enfin, pendant le temps que je ne passais pas à être fou de toi. Je voulais tout réussir, tout avoir. L'argent, la célébrité, tout.

Il parlait vite, à présent, comme si les mots avaient été endigués trop longtemps.

— Je voulais la sortir de notre taudis, lui acheter une magnifique maison dans les collines. Elle n'aurait plus jamais eu à travailler. Elle aurait pu jardiner, lire, faire tout ce qu'elle voulait. Je me serais occupé d'elle. Mais je ne l'ai pas fait.

— Oh, Jordan. Tu n'as pas à te le reprocher.

— Je sais. Elle est tombée malade, alors que je rentrais pour tout arranger. « Je suis juste un peu fatiguée, disait-elle. J'ai juste un peu mal. Je vieillis. » Et elle riait. Elle repoussait sans cesse le moment d'aller chez le médecin. Pas assez d'argent, pas le temps de se libérer avec ses horaires de travail. Et ensuite, il était trop tard.

Incapable de s'en empêcher, elle lui prit la main.

— Ce que vous avez enduré tous les deux, c'était terrible.

— Je ne me suis rendu compte de rien, Dana. J'étais absorbé par ma vie, par ce que je voulais, par ce qu'il me fallait. Je n'ai compris qu'elle était malade que le soir où elle m'a dit ce qu'ils avaient trouvé dans son corps.

— C'est stupide de t'en vouloir, Jordan. Sue te dirait exactement la même chose.

— Sûrement, oui, et j'ai fini par le comprendre. Mais pendant cette épreuve, et après… Tout s'est passé si vite. Je sais que cela a duré des mois, mais j'ai eu l'impression que le temps se précipitait. Les médecins, l'hôpital, l'intervention, la chimio… Quelle horreur ! Elle était si malade, pendant tout ce temps. Je ne savais pas bien m'occuper d'elle et…

— Attends. Arrête. Tu t'es formidablement occupé d'elle. Tu lui tenais compagnie, tu lui faisais la lecture. Bon sang, Jordan, tu la faisais même manger quand elle n'y arrivait plus ! C'est toi qui as été son roc, Jordan. Je l'ai vu.

— J'étais terrifié et en colère, et je ne pouvais pas le lui dire.

— Tu avais à peine plus de vingt ans, et ton univers s'écroulait autour de toi.

Au moment où elle prononçait ces paroles, elle se rendit compte qu'elle ne l'avait pas compris, à l'époque. Pas complètement.

— Elle s'éteignait à petit feu sous mes yeux, et je ne pouvais pas arrêter le processus. Quand on a su qu'elle était condamnée, qu'il ne lui restait plus beaucoup de temps à vivre, elle m'a dit qu'elle était désolée de devoir partir, de devoir me quitter. Qu'il n'y avait pas un seul jour de sa vie où elle n'ait été fière de moi et heureuse de m'avoir. À partir de là, j'étais à ramasser à la petite cuillère. J'ai cru que j'allais devenir fou. Puis elle est partie. Je ne sais pas si je lui ai dit au revoir, si je lui ai dit que je l'aimais. Je ne me rappelle même plus ce que je lui ai dit, ce que j'ai fait.

Il se retourna et rebroussa chemin en direction des pierres tombales.

— Elle avait déjà pris toutes ses dispositions, je n'avais plus qu'à m'y conformer. L'enterrement, la robe qu'elle voulait porter, la musique... Elle avait réussi à économiser assez, Dieu sait comment, pour souscrire une assurance-vie. J'ai pu voir venir.

— Tu étais son fils. Elle voulait pourvoir à tes besoins.

— Elle l'a fait, de toutes les manières possibles. Je ne pouvais pas rester ici, Dana. Pas à cette époque. Je ne pouvais pas rester dans cette maison et la pleurer chaque fois que je respirais. Je ne pouvais pas rester dans cette ville, où je rencontrais constamment des gens qui l'avaient connue. On aurait pu croire que ce serait un réconfort, cet univers familier. Mais pour moi, c'était une source de douleur permanente. J'avais l'impression tantôt de suffoquer, tantôt d'être au bord de l'explosion. Il fallait que je quitte cette ambiance. Que j'enterre une partie de ma douleur comme j'avais enterré ma mère.

— Tu n'as même pas voulu m'en parler.

— J'en étais incapable. Si j'avais trouvé les mots, je me serais étranglé en les prononçant. Je sais que ce n'était pas bien. Mais il fallait que je fasse quelque chose de moi, et je ne pouvais pas le faire à Pleasant Valley. Du moins, je croyais que je ne le pouvais pas... Ça revient au même.

— Si tu n'étais pas parti, murmura Dana, tu ne serais pas devenu celui que tu es aujourd'hui.

Pourquoi avait-elle mis si longtemps à comprendre cette évidence ?

— Je détestais ce que j'étais ici, et j'avais peur de ce que je deviendrais si je restais. Je me voyais travailler au garage jour après jour, année après année, et gaspiller tout ce pour quoi ma mère s'était décarcassée. J'étais en colère, malheureux et tellement rongé par ces deux émotions que je me fichais de tout le reste.

Il revint devant la tombe de sa mère et fixa les fleurs.

— Je ne savais pas que tu m'aimais. Tu avais toujours l'air tellement forte, tellement sûre de toi, tellement à l'aise avec la vie, que je ne voyais pas plus loin.

Il écarta une mèche de cheveux de la joue de Dana, puis laissa retomber sa main.

— Peut-être ne le voulais-je pas. Après tout ce qui était arrivé à ma mère, je n'avais plus de place pour aimer quelqu'un d'autre. Mais je t'ai fait souffrir, et je l'ai fait délibérément, parce que ça me facilitait les choses que tu partes en claquant la porte et en me détestant. J'en ai honte, et j'en suis infiniment désolé. Tu ne méritais pas ça.

— Je ne sais pas quoi répondre. Ça me fait du bien d'entendre tout ça. Je sais que ça n'a pas dû être facile de le dire.

— Ne pleure pas, Dana, ça me déchire.

— Comment veux-tu que je ne pleure pas ?

Elle s'essuya les yeux avec ses doigts.

— On était jeunes, Jordan, et on a commis des erreurs tous les deux. Personne ne peut changer ce qui s'est passé, mais nous pouvons remettre de l'ordre dans notre relation et essayer de redevenir amis.

— Nous sommes adultes, maintenant. Et nous vivons dans le présent. Tu veux qu'on soit amis. Je serai ton ami.

— Bon.

Elle esquissa un sourire tremblant et lui tendit la main.

— Mais je voudrais te dire encore une chose, reprit Jordan en serrant fermement ses doigts dans les siens. Je suis amoureux de toi.

— Oh.

Le cœur déjà affaibli de Dana manqua un battement.

— Mon Dieu…

— Je n'ai jamais pu t'oublier. Les sentiments que j'avais pour toi à l'époque, c'était comme une racine enterrée, invisible. Le temps a passé, et j'ai essayé d'arracher cette racine, mais elle est restée plantée. Chaque fois que je venais à Pleasant Valley pour voir Flynn et que je t'apercevais, ce qui poussait de cette racine remontait petit à petit plus haut dans la terre, vers le ciel.

— Oh, merde…

Cela lui coûtait, mais il fallait qu'il le dise.

— La dernière fois, quand j'ai frappé à la porte de Flynn et que tu as ouvert, j'ai eu l'impression que la liane grandissait de trois mètres et s'enroulait autour de ma gorge. Je suis amoureux de toi, Dana. Je ne peux pas m'en empêcher, et même si je le pouvais, je ne le voudrais pas. Alors, voilà, c'est moi qui mets mon cœur à tes pieds, cette fois. Il est à toi, fais-en ce que tu veux.

— Qu'est-ce que tu crois que je vais en faire, espèce d'andouille ? s'écria Dana en se jetant dans ses bras.

Submergé par le soulagement, la joie et le plaisir, il enfouit son visage dans ses cheveux.

— J'espérais tant que tu dirais ça…

La première chose qu'entendit Dana en retournant à Complaisance fut une dispute. L'un des éléments essentiels, à son avis, qui faisaient d'une maison un foyer. Elle tendit l'oreille et fit signe à Jordan de rester silencieux.

— Mais non, je ne vais pas me blesser. Je suis parfaitement capable d'utiliser une ponceuse électrique. En fait, tu ne veux laisser personne jouer avec, c'est tout.

— Premièrement, ce n'est pas un jouet.

On percevait une telle exaspération dans la voix glaciale de Brad que Dana dut réprimer un éclat de rire.

— Deuxièmement, dès que j'aurai terminé cette surface, ce qui serait déjà fait si tu cessais de me harceler...

— Je ne te harcèle pas, répliqua Zoé d'un ton aussi froid que le sien.

Dana donna une petite tape sur le bras de Jordan.

— Je te laisse calmer les enfants terribles, chuchota-t-elle. Il faut que j'aille parler à Malory.

— Et pourquoi ce ne serait pas moi qui irais parler à Malory ?

— Un homme, un vrai, n'aurait pas peur de...

— Ça va, ça va.

Il redressa les épaules, enfonça les mains dans ses poches et se dirigea vers l'endroit d'où provenaient les voix.

Dana polit ses ongles sur sa veste.

— Ça marche à tous les coups.

Puis elle prit une profonde inspiration et se prépara à subir un nouveau sermon.

Les murs de la future galerie de Malory étaient finis. Du beau travail, se dit Dana, admirative. Elle entendit la musique de la radio, dans la pièce suivante, et Malory qui chantait.

Et dansait, constata Dana en entrant. Malory passait le rouleau en ondulant des hanches.

— Tu as monté le son pour garder le rythme ou pour couvrir les crépitements de la tension sexuelle, de l'autre côté du mur ?

Malory se retourna et posa son rouleau.

— Un peu des deux. Comment vas-tu ?

— Comment ai-je l'air d'aller ?

— Mieux. Je dirais même plus, ajouta Malory après un examen plus attentif. Tu sembles carrément en pleine forme.

— Je le suis. Pour commencer, laisse-moi te présenter mes excuses. J'étais malheureuse, ce matin, et je n'ai pas été très aimable. Tu voulais juste m'aider.

— C'est ce que font les amis : passer leurs humeurs les uns sur les autres et essayer de s'aider. Vous aviez l'air tellement tristes, tous les deux, Dana.

— Nous l'étions. À juste titre. Car quel qu'ait été son mobile, Kane m'a montré la vérité. Je ne pouvais pas me contenter de tirer un trait sur le passé, sur tout ce qui m'a fait si mal. Il fallait que je règle ça, que je l'analyse. Que je le comprenne enfin.

— Tu as raison.

— Non, c'est toi qui avais raison.

Elle retira sa veste et l'accrocha à la poignée de la fenêtre ouverte.

— Je n'avais toujours pas digéré la fin de mon histoire avec Jordan, en fait. Et ce n'était pas en redémarrant quelque chose avec lui, ni en le quittant, que j'allais y arriver. Mais j'avais tout enfoui loin, très loin. Et Jordan aussi.

— Il fallait d'abord que vous vous retrouviez, que vous ayez l'occasion de vous redécouvrir.

— Absolument. Tu es d'une lucidité, aujourd'hui !

— Alors, voyons si je vais continuer. Tu es allée rejoindre Jordan, vous avez un peu discuté, et vous vous êtes enfin avoué que vous étiez amoureux l'un de l'autre.

— Bravo. Tu te rends compte, il m'aime…

Les yeux de Dana s'embuèrent, et Malory retira son foulard pour courir le lui offrir.

— Merci. Il m'a dit des choses qu'il ne m'avait jamais dites. Qu'il ne pouvait pas ou ne voulait pas dire avant. Je crois bien que ça n'a pas d'importance. Il n'était pas prêt, et pour être tout à fait honnête, moi non plus. Je l'aimais,

mais ça ne suffisait pas à me faire comprendre ce qu'il endurait, ce dont il avait besoin. Ni ce dont moi, j'avais besoin. Je ne voyais qu'une chose, c'était mon amour pour lui, et cela m'aveuglait. Je ne m'étais jamais demandé ce qu'on ferait ensemble, ce qu'on deviendrait tous les deux, en tant que couple. Je ne pensais pas à ce que nous avions besoin d'accomplir chacun séparément pour renforcer notre lien. Je vivais complètement dans l'instant présent.

— Tu étais jeune, et amoureuse, lui rappela Malory en lui prenant le foulard pour se tamponner les yeux elle-même.

— Eh oui. Je l'aimais de tout mon cœur. Mais mon cœur a changé, maintenant. Il a grandi. Et c'est complètement dingue, tu sais, de prendre du recul, de voir l'homme qu'il est devenu, l'homme qu'il a construit tout seul, à la force du poignet, et de se rendre compte que son cœur a grandi, lui aussi. De se dire que ça valait la peine d'attendre.

— Dana ?

Elle sursauta en entendant son nom et cligna vivement des yeux avant de se tourner vers le seuil, où se tenait Jordan.

— Hé, on discute entre filles.

— Dana.

Il prononça son nom de nouveau, avant de se diriger vers elle. Elle vit l'émotion emplir ses yeux bleus, éblouissante, avant qu'il ne la serre dans ses bras. Il la souleva à moitié de terre pendant que sa bouche fondait sur la sienne.

— Hum.

Embarrassée, Malory enfouit son visage dans son foulard.

— Dites, j'aimerais qu'on…

Zoé fit irruption dans la pièce et s'immobilisa brusquement. Les yeux sur le couple enlacé, elle plaqua une main sur son cœur.

— Oh.

Pour cacher son émotion, elle chercha son bandana dans sa poche, mais Brad la devança et lui fourra un grand mouchoir blanc bien repassé entre les mains.

— Merci, dit-elle en reniflant. Mais ce n'était pas la peine, j'avais...

— Tais-toi, Zoé.

Le moment étant trop précieux pour être gâché, elle obéit.

Puis Jordan s'écarta de Dana.

— Il y a une chose que je dois faire.

Dana haussa les sourcils et lui adressa un sourire espiègle en demandant :

— Là ? Devant tous nos amis ?

— Génial, fit Brad, ce qui lui valut un coup de coude de Zoé dans le ventre.

— Ce n'est pas le moment d'être trivial.

— C'est toujours le moment.

— Ignore-les, murmura Jordan en appuyant ses lèvres contre le front de Dana.

— D'accord.

— J'ai une chose à faire, répéta-t-il. Je vais donc devoir renoncer à vous donner un coup de main ici aujourd'hui.

— Mais...

— C'est important, coupa-t-il. Je t'expliquerai ce soir.

— Il faut qu'on se réunisse ce soir tous les six pour parler de ce que tu as écrit. Les jours filent.

— Si on se retrouvait chez Flynn, cette fois ? C'est le plus central. Ça te va, Malory ? ajouta-t-il avec un coup d'œil dans sa direction.

— Parfait. La cuisine n'est pas encore terminée, alors on ne pourra pas préparer un buffet comme chez Brad. De toute façon, même si elle était terminée, on n'aurait jamais un buffet comme chez Brad !

— Pizza et bière, moi, ça me va très bien, déclara Dana.

— Dana, je t'adore, dit Jordan en l'embrassant de nouveau. À ce soir, alors.

— Toi, tu mijotes quelque chose de louche, fit-elle en plissant les yeux. Ça se voit comme le nez au milieu de la figure. Si tu as l'intention de faire l'imbécile avec Kane…

— Il n'a rien à voir là-dedans. Il faut que je file, sinon je n'aurai pas le temps de tout faire. Brad, tu viens avec moi.

— Je n'ai pas terminé ici.

— Vas-y, Jordan, emmène-le, dit Zoé en montrant Brad. Je m'en sortirai très bien avec la ponceuse.

— Tu n'arriveras jamais à la hisser en haut de l'escalier.

— Elle n'est pas si lourde, et je ne suis pas si chétive.

— Je t'interdis de la monter dans l'escalier.

— Bon sang, Vane, monte-la, cette ponceuse, et finissons-en, intervint Jordan.

Avec un grand sourire, il passa un bras autour des épaules de Dana.

— Tu ne comprends donc rien aux femmes ?

— Va te faire voir, grommela Brad en tournant les talons.

— Je peux parfaitement la monter moi-même, insista Zoé.

— Zoé…

Rayonnante de son amour retrouvé, Dana secoua la tête.

— Arrête de vitupérer.

— C'est plus fort que moi, se plaignit-elle en soupirant. Ce type fait ressortir la peste qui sommeille en moi.

Elle entendit Brad jurer dans sa barbe pendant qu'il transportait la ponceuse vers l'escalier et croisa les bras sur sa poitrine.

— Je ne dirai plus rien, promis.

— Bon plan. Si tu prenais un rouleau ? suggéra Malory. On pourrait finir la peinture ici et entamer le premier étage.

— Puis-je vous féliciter pour le boulot que vous abattez dans cette maison, les filles ?

— Là, vous voyez ?

Ravie, Zoé alla déposer un baiser sonore sur la joue de Jordan.

— Voilà un homme qui sait respecter les compétences des femmes.

— Absolument. À mes yeux, il n'y a rien de plus sexy qu'une femme indépendante.

— Tu es sûr de ne pas en faire un tout petit peu trop, Hawke ? protesta Dana en l'écartant d'un coup de coude. Allez, va chercher ton copain et filez. On a du boulot, nous.

Elle attendit le départ de Brad et de Jordan, puis courut les espionner à la fenêtre.

— Qu'est-ce qu'il manigance ? Je vois Brad qui essaie de lui demander ce qui se passe. Mais il ne veut rien lâcher. Il ne pipera pas mot parce qu'il sait pertinemment que je l'observe ! Zut !

Elle recula en riant lorsque Jordan se retourna pour la regarder à travers la vitre.

— Quand il s'y met, il n'y a rien à en tirer. C'est une des choses que j'adore chez lui.

— Je suis tellement contente pour toi, soupira Malory. Et si on ne fait pas attention, on est reparties pour les grandes eaux.

— Étant donné que j'ai déjà plus pleuré en une journée que pendant toute l'année écoulée, si on passait plutôt à la peinture ?

Dana se retourna et fit saillir ses biceps en ajoutant :

— Il a raison, n'empêche. On fait un sacré beau boulot, dans cette maison.

Elles travaillèrent au rez-de-chaussée jusqu'à ce que les murs soient tous terminés, puis firent une pause-café, assises par terre pour admirer leur travail.

— Il faut lessiver le parquet dans la section de Dana, pour que la surface soit bien propre avant d'être vitrifiée.

— Je ne sais pas comment on procède, pour la vitrification.

— C'est facile, assura Zoé. Je te montrerai. Le vitrificateur est une sorte de vernis mat. Dès qu'on l'a passé, on laisse bien sécher et durcir, et c'est bon, il ne reste plus qu'à poser les meubles.

— Hou la la !

L'estomac de Dana se noua.

— Ça devient plus concret chaque jour. Si ma commande arrive dans les délais, je devrais pouvoir installer les étagères et le reste d'ici quinze jours. Et j'ai même une employée potentielle.

— Ah, bon ? Tu ne nous en as pas parlé, fit Zoé en lui donnant un petit coup de coude dans le bras. Qui est-ce ?

— Une femme que j'ai rencontrée il y a quelque temps à la bibliothèque. On s'est croisées au supermarché, et de fil en aiguille... Elle est d'un abord agréable, elle aime lire, elle cherche un boulot et n'a pas besoin d'un salaire mirobolant. Elle passera un de ces jours voir le chantier. Si elle ne détale pas en courant, je pense que je tiens ma libraire.

— Et moi, Zoé, quand crois-tu que je pourrai rentrer mon stock ? demanda Malory.

— Dans une semaine, je dirais.

Zoé sirota une gorgée de café et promena son regard autour d'elle.

— Tout s'articule merveilleusement, alors je ne voudrais pas nous porter la poisse, mais j'ai bon espoir que ce soit prêt la semaine prochaine. Pour moi, ce sera un peu plus long. Il y a plus de choses à installer, dans un institut de beauté. Il reste aussi quelques fenêtres à remplacer, et je n'en ai pas fini avec la perceuse et la fraiseuse.

— J'adore quand elle nous la joue viril, comme ça, commenta Dana. Allez, maintenant, on va s'amuser avec la ponceuse comme de vrais hommes.

— Premièrement, décréta Zoé en imitant parfaitement le ton pincé de Brad, ce n'est pas un jouet.

Dana s'esclaffa.

— Seigneur, tu vas me faire mourir de rire !

17

— Tu es sûr de toi ? demanda Brad en scrutant le visage de Jordan, avant de revenir au rubis que son ami admirait.

— Oui. Elle préférera ça au traditionnel diamant.

— Je ne parle pas de la bague, je parle de la raison pour laquelle tu la lui achètes.

— Je suis sûr de moi. Ça me fiche un peu les jetons, mais je suis sûr de moi.

— Tu sais, je pourrais être offusqué que le fait de demander ma sœur en mariage te fiche les jetons, déclara Flynn. Mais je suis décidé à rester bienveillant.

Jordan sourit en tournant la bague vers la lumière. Il avait voulu que ses amis soient avec lui pour effectuer cette démarche. Ils formaient une sorte de cercle, tous les trois. Comme la bague. Les deux lascars n'avaient pas sauté de joie en apprenant qu'ils allaient se rendre chez un bijoutier de Pittsburgh, mais ils étaient venus. Fidèles, comme toujours.

— Je crois que c'est la bonne. Je le sens.

Il tendit la bague à Brad.

— Tu es plus calé que moi sur le sujet. Donne-moi ton opinion sur ce caillou.

Derrière son comptoir, le bijoutier toussota.

— Oui, oui, je connais le baratin, lui dit Jordan. Mais je préfère entendre ce que mon copain va me dire.

— Je vous garantis que la qualité de cette pierre est excellente. Un rubis birman de trois carats, monté sur un anneau d'or de dix-huit carats. La taille est…

— Pourriez-vous me donner une loupe ? demanda aimablement Brad. Mon ami achète une bague de fiançailles, c'est un grand événement.

La perspective d'une vente amadoua quelque peu l'homme, qui sortit une loupe.

Brad déploya le grand jeu, avec force marmonnements, grognements et murmures pontifiants, avant de reposer la bague et la loupe sur le velours noir.

— Tu t'apprêtes à acheter un magnifique caillou, décréta-t-il. Il répond aux critères de qualité communément appelés les quatre C, de l'anglais *carat, color, clarity* et *cut*, à savoir carat, couleur, pureté et taille. Une merveille. Dana va l'adorer.

— C'est bien ce que je pensais. Faites un paquet cadeau, s'il vous plaît, demanda Jordan au bijoutier.

— On devrait peut-être aller boire une bière pour fêter ça dignement, suggéra Flynn après avoir coulé un regard méfiant vers les autres bagues de la vitrine. Et ce serait Jordan qui régalerait, pour plus de symbolisme, non ?

— Chaque chose en son temps, mon cher, dit Jordan en sortant sa carte de crédit. Il nous reste une petite étape avant de rentrer à Pleasant Valley.

Jordan n'était pas mécontent de lui : il s'apprêtait à marquer le coup de façon spectaculaire et romantique. Et maintenant, songea-t-il lorsqu'ils franchirent la grille de Warrior's Peak, il ne lui restait plus qu'à manœuvrer finement pour avoir la maison.

— C'est dingue ! s'écria Flynn depuis la banquette arrière, où Moe ronflait à ses côtés, épuisé par l'excitation de la promenade en voiture. Je crois que je suis en état de choc.

— Complètement dingue, admit Jordan. Mais tu sais, j'ai toujours eu envie de cette maison. J'en rêvais déjà gamin.

— Tout de même, avant que tu ne leur fasses je ne sais quelle offre insensée, déclara Brad, permets-moi de te rappeler, une fois de plus, que cette maison est gigantesque.

— J'aime le gigantesque.

— Elle est isolée.

— Ça me plaît.

— Tu n'as pas demandé à Dana si elle aurait envie d'y vivre.

— C'est inutile. Je sais qu'elle adorera.

— Autant parler à un mur de brique, grommela Brad. Bon, puisque tu as l'air décidé à n'en faire qu'à ta tête, décroche au moins de ton front l'écriteau : « Je suis un gros pigeon bourré de fric. »

— Ce sont des dieux, Brad. Même si j'affichais l'expression impénétrable d'un joueur de poker, cela ne ferait pas une grande différence.

Jordan se gara et ouvrit sa portière.

— Je ne comprends pas pourquoi tu t'imagines qu'ils vont accepter de te vendre le manoir, poursuivit Brad. Ils l'ont acheté il y a seulement deux mois. Dieux ou non, ils ne peuvent faire abstraction de détails tels que l'argent, les revenus des capitaux, les plus-values...

— Écoutez parler le col blanc, commenta Flynn en riant, tandis que Moe bondissait par-dessus ses genoux pour sortir.

— Toi, tais-toi, tu es en état de choc, non ? Il faut une bonne demi-heure pour venir de Pleasant Valley jusqu'ici, reprit Brad à l'adresse de Jordan.

— Si c'est toi qui conduis, oui, marmonna Jordan dans sa barbe.

— J'ai entendu. Une demi-heure, répéta Brad, pour un adulte mûr et responsable qui respecte les limitations de vitesse. Et encore, par beau temps. Toi, ça t'est égal, tu peux rester travailler chez toi toute la journée en sous-vêtements. Mais Dana, elle, va devoir se rendre en ville six jours par semaine…

— Six ? s'étonna Jordan en se tournant vers lui. Comment sais-tu qu'elles comptent ouvrir six jours par semaine ?

— Je l'ai appris de Zoé entre deux piques. Quoi qu'il en soit, c'est Dana qui va se coltiner les allers-retours pratiquement tous les jours. Et l'hiver…

— Je lui achèterai un 4 × 4, une bonne grosse bécane. Arrête un peu ton cinéma, espèce de rabat-joie.

— Rien que pour ça, j'espère qu'ils vont t'éconduire.

Rowena ouvrit la porte et rit en se penchant pour accueillir Moe.

— Bienvenue ! Trois garçons séduisants et un beau chien, comme c'est charmant !

— Si vous le trouvez beau, fit remarquer Jordan, c'est que vous êtes amoureuse.

— Absolument, confirma-t-elle en se redressant et en adressant à Jordan un sourire radieux. C'est de l'amour. Entrez donc.

Moe ne se le fit pas dire deux fois. Il courut devant elle, dérapa sur le carrelage et se heurta au chambranle de la porte en négociant son virage vers le salon. Quand ils le rejoignirent, il était blotti sur un fauteuil, le menton posé sur l'accoudoir recouvert de velours, la queue battante.

— Hé, descends de là, malappris !

Flynn s'approcha pour le déloger, mais Moe posa ses grands yeux marron sur Rowena en accélérant les battements de sa queue.

— Non, je vous en prie. Il peut très bien rester là. Après tout, ajouta-t-elle vivement, c'est un invité.

— C'est surtout un manipulateur.

— Possible, admit-elle en caressant une des grandes oreilles pendantes de Moe. Mais j'ai le béguin pour lui. Puis-je vous offrir du café ? Du thé ?

Un petit sourire retroussa le coin de ses lèvres lorsqu'elle se tourna vers Flynn.

— Une bière fraîche ?

— Vous avez lu dans mes pensées, ou j'ai vraiment l'air d'un type qui meurt d'envie d'une bière fraîche ?

— Peut-être un peu des deux. Je vous en prie, suivez l'exemple de Moe et installez-vous confortablement. Je suis à vous dans un moment.

— Pitte est-il là ? demanda Jordan.

— Bien sûr. Je vais le prier de se joindre à nous.

Brad attendit qu'elle ait quitté la pièce avant de se tourner vers Jordan.

— C'est plus fort que moi, je dois te donner une dernière recommandation. Ne leur balance pas tout de go que tu adores cette maison et que tu l'as toujours aimée, ou quelque chose d'affligeant comme ça.

— J'ai l'air d'être né de la dernière pluie ?

— Tu as déjà acheté une maison ?

— Non, mais...

— Moi, si. Tu es un écrivain célèbre avec plusieurs best-sellers à son actif. Ils savent que tu as de l'argent. Ajoute à ça un beau rêve d'enfance, et ils ne feront qu'une bouchée de toi.

Jordan s'assit.

— Tu sais, je commence à comprendre pourquoi tu tapes sur les nerfs de Zoé.

— Je ne lui tape pas sur les nerfs, je la rends nerveuse. Nuance. L'irritation n'est qu'un effet secondaire de la nervosité.

— En tout cas, moi aussi, je commence à la comprendre, soupira Flynn en se laissant tomber dans un fauteuil avec aussi peu de cérémonie que son chien.

Il s'égaya à la vue de Rowena qui revenait avec un plateau.

— Attendez, laissez-moi vous donner un coup de main.

Il bondit sur ses pieds et prit le plateau, sur lequel trônaient cinq bières.

— Merci. Servez-vous, messieurs. Pitte ne va pas tarder.

Elle prit place sur le canapé, croisa les jambes et adressa à Flynn un sourire qui aurait fait fondre un esquimau.

— C'est un grand jour, n'est-ce pas ? reprit-elle.

Il sentit son estomac se contracter sous son regard.

— Je crois, oui.

— Vous avez le droit de vous sentir un peu désarçonné. C'est humain. Ah, voilà Pitte.

— Bonjour. Rowena me dit que nous avons à parler.

Il s'assit sur le canapé à côté d'elle et prit une bière.

— Comment allez-vous ?

— Ma foi, plutôt bien, répondit Jordan. Bon, je devrais peut-être déjà vous résumer les derniers événements.

Il leur raconta que Kane avait emmené Dana dans le passé.

— Intéressant, commenta Pitte en étudiant sa bière, songeur. Plus direct que ce à quoi l'on pourrait s'attendre de sa part.

— Il adapte sa méthode à sa proie, remarqua Rowena. C'est habile. Il n'a pas essayé de l'induire en erreur ou de la piéger, mais lui a expliqué exactement ce qu'il faisait. Excellente stratégie, en effet.

— Qui aurait pu porter ses fruits. Cela a bien failli marcher, d'ailleurs. Je ne pense pas que nous en serions là où nous en sommes, du moins pas encore, si Malory ne nous avait pas donné un petit coup de pouce.

— Vous formez une unité, tous les six, ajouta Rowena. Votre union fait votre force. Comment avez-vous résolu cette crise avec Dana ?

— Est-il nécessaire de le dire ? Je vois presque moi-même les petits cœurs rouges virevolter au-dessus de ma tête.

— J'aimerais néanmoins entendre ce que vous avez à dire, savoir dans quels termes vous l'exprimerez.

Il s'exécuta, et elle hocha la tête.

— Je suis heureuse pour vous deux que vous soyez restés soudés, dit-elle enfin, en glissant sa main dans celle de Pitte.

— Moi aussi, pour des motifs strictement personnels. Mais cela joue un rôle au sein du reste, n'est-ce pas ? Cela fait partie de la quête.

Jordan scruta son visage. Il aurait aimé pouvoir déchiffrer son expression.

— Dans une tapisserie, chaque fil compte, répondit Rowena. La longueur, la texture, la teinte. Il a voulu vous séparer, mais vous ne l'avez pas laissé faire. Le fil qui vous unit est long, riche et solide.

— Pourquoi est-il si important pour lui de nous diviser ?

— Vous êtes plus puissants ensemble qu'individuellement. Vous le savez bien.

— Ce n'est pas la seule raison, insista Jordan en se penchant en avant. Comment puis-je aider Dana ?

— Vous l'avez fait. Vous le ferez. J'ai confiance.

— Le délai qui lui a été accordé arrive bientôt à son terme.

— Vous avez parcouru plus de chemin que vous ne le pensez. Mais soyez prudents. Il va tout faire pour rompre ce fil.

— Il est incassable, déclara Jordan en se reculant dans son siège. C'est autre chose qui m'amène aujourd'hui, mais j'en viens à me demander si cela ne fait pas également partie de la tapisserie : je voudrais acheter cette maison.

Brad produisit un son étranglé qui amena sur le visage de Pitte une expression amusée.

— Voulez-vous un verre d'eau, jeune homme ?

— Non, non, ça va.

Brad poussa un soupir et but une gorgée de bière.

— Notre homme d'affaires en chef ici présent pense que je devrais tourner autour du pot et jouer au petit jeu des négociations une heure ou deux, reprit Jordan. Je n'en vois pas l'intérêt. J'ignore ce que vous comptez faire de Warrior's Peak une fois que tout ceci sera terminé, mais si vous êtes disposés à vendre, je suis prêt à acheter.

« Il n'a qu'à leur donner un chèque en blanc, pendant qu'il y est, se dit Brad. Et, tant qu'à faire, l'accès à ses comptes en banque, l'acte de propriété de son appartement à New York... »

— Votre ami n'a pas tort.

Pitte adressa à Brad un hochement de tête affable, avant de vider son verre.

— Je me suis découvert un certain intérêt pour les affaires, avec le temps. J'aime bien...

Il adressa à Rowena un regard interrogateur.

— Les tractations, suggéra-t-elle. Les pourparlers.

— Voilà. C'est un loisir divertissant. Cette propriété, comme vous avez pu le remarquer, est unique. Une maison de cette dimension, d'une architecture et d'une construction pareilles, chargée d'histoire, avec ses treize hectares de forêts et de prairies, un garage pouvant abriter six voitures, une piscine intérieure, un sauna et un... Comment dit-on ?

— Un bain bouillonnant, autrement appelé jacuzzi, répondit Rowena en étouffant un éclat de rire. Nous apprécions énormément le jacuzzi.

— En effet. De même qu'un certain nombre d'autres détails et aménagements...

— S'il vous plaît.

Incapable de se contenir davantage, Brad leva une main.

— Vivre ici au quotidien n'est pas raisonnable. La beauté de Warrior's Peak et son histoire sont une chose, mais vous êtes à trente ou trente-cinq kilomètres de Pleasant Valley...

— Vingt-neuf et demi, corrigea Pitte, impassible.

— Vingt-neuf kilomètres et demi de lacets sur une route de montagne, poursuivit Brad. En outre, cette maison doit coûter une petite fortune en chauffage. Si vous la mettez sur le marché demain, vous devrez attendre au moins dix ans avant que quelqu'un ne vous fasse une offre sérieuse.

Pitte allongea les jambes et croisa les chevilles. Jordan songea qu'il ne l'avait jamais vu aussi détendu depuis plusieurs semaines qu'ils se connaissaient.

— Nous nous entendrions bien en affaires, répondit-il à Brad. L'occasion se présentera peut-être un jour. Je pense que ce serait très stimulant.

— En attendant, c'est avec moi que vous traitez, lui rappela Jordan.

— En effet, acquiesça Pitte en reportant son attention sur lui.

— Permettez-moi une question, d'abord, intervint Rowena en tapotant le bras de Pitte.

Elle se tourna vers Jordan.

— Pourquoi souhaitez-vous acquérir cette maison ?

— Je l'ai toujours voulue.

Brad leva les yeux au ciel.

— Mon Dieu, ayez pitié de lui.

— Elle… elle me touche.

— Je comprends. Continuez.

— Quand j'étais petit, je la regardais en pensant : « C'est ma maison, qui attend que je grandisse. » Je me rappelle avoir dit à ma mère que je la lui achèterais, un jour, et qu'elle vivrait là, au sommet du monde.

Il haussa les épaules.

— Plus tard, je venais ici en voiture de temps en temps pour l'admirer. Je continuais à me dire qu'un jour, j'en franchirais la grille et le seuil. Elle est belle, elle est solide, loin de tout, certes, mais elle fait partie du charme de Pleasant Valley. Je n'ai pas pu l'offrir à ma mère, j'aimerais l'offrir à Dana. Je voudrais lui bâtir un foyer ici, y élever des enfants avec elle. J'aimerais pouvoir regarder la ville et me dire que nous faisons tous partie d'une entité stable, authentique et… fondamentale.

— La maison est à vous.

L'étincelle faiblit dans les yeux de Pitte.

— Rowena !

— Pour sa valeur estimée, ajouta-t-elle en agitant un doigt en direction de son amant. Et pas un penny de plus.

— Tu me blesses, *a ghra*.

— Tu ne lui feras pas payer toutes les taxes supplémentaires, les frais de notaire, la commission… Je ne sais pas comment on appelle tout ça, ajouta-t-elle à l'adresse de Brad.

— Les frais annexes, répondit-il en réprimant un sourire. Je crois que c'est ce que vous voulez dire.

— Oui, ce genre de formalités.

Rowena réfléchit un instant, puis conclut :

— Je crois que c'est tout.

Pitte poussa un soupir.

— La femme est une épreuve quotidienne pour l'homme. Pendant que tu y es, pourquoi ne pas faire un joli paquet cadeau et lui donner la maison ?

— Jordan ne l'accepterait jamais.

Elle se pencha pour embrasser la joue de Pitte, qui s'était rembruni.

— Elle a toujours été à lui. Tu le sais aussi bien que moi.

— Quoi qu'il en soit, reprit Pitte en pianotant sur l'accoudoir du canapé, nous réglerons les détails de la vente entre nous, Jordan, sans l'intervention des femmes.

— Comme il vous plaira.

— Serrez-vous la main, maintenant, fit Rowena en poussant Pitte du coude. Pour conclure le marché.

Avec un nouveau soupir, Pitte se leva et tendit la main à Jordan.

— Autant obéir, sinon elle va me harceler jusqu'à ce que je m'exécute.

Jordan serra la main de Pitte et ressentit une brève décharge. Une démonstration de son pouvoir, songea-t-il, ou simplement un effet de sa frustration. C'était difficile à dire, quand on négociait avec un dieu.

— Merci.

— Vous pouvez me remercier, en effet. Votre ami ici présent vous confirmera qu'étant donné le marché de l'immobilier actuel, j'aurais pu vendre la maison largement plus que son prix estimé.

— Cette poignée de main tient-elle lieu de contrat ? demanda Brad.

— Oui.

— Bien que je n'aie pas visité l'intégralité de la propriété, je dirais que vous auriez pu en tirer dix pour cent de plus que le prix du marché.

— Plutôt quinze pour cent, corrigea Flynn, qui avait gardé un silence circonspect pendant toute la transaction. En tant que responsable du quotidien local, je suis au courant de ces choses-là. Un hôtelier a voulu l'acheter pour en faire une résidence touristique. Il a bien failli l'acquérir, à deux reprises. Mais quelque chose a toujours fait capoter l'affaire, allez savoir pourquoi, continua-t-il sur le ton de la conversation. Dommage pour lui.

Rowena croisa son regard calme et sourit.

— En effet. Désirez-vous visiter la maison, à présent, Jordan ?

Sans laisser à son ami le temps de répondre, Flynn tapota sa montre.

— Nous sommes un peu pressés.

— Ah, bien. Un autre jour, alors.

Elle prit la main de Jordan et la pressa.

— Il faut absolument que vous la visitiez, que vous vous rendiez compte de la vue qu'on a depuis les terrasses, les balcons et le parapet.

— Je m'en réjouis d'avance. J'amènerai Dana, et nous...

Il s'interrompit et contempla Rowena. Mince, calme. Détachée, d'une certaine façon, d'eux tous.

Et il vit la femme dressée sur le parapet sous l'éclat de la lune, sa cape noire flottant au vent.

— C'était vous. C'est vous que j'ai vue.

— Je vous ai vu aussi.

Elle effleura sa joue d'une main délicate.

— Un beau jeune homme préoccupé, des pensées plein la tête. Je me demandais quand vous vous souviendriez de moi.

— Pourquoi vous ai-je vue, et pas eux ?

— Ils n'en avaient pas besoin.

Cette visite à Warrior's Peak laissa Jordan perplexe. Il avait besoin d'un peu de temps pour réfléchir tranquillement à la situation, songea-t-il en ouvrant la porte de l'appartement de Dana.

Peut-être devrait-il coucher ses pensées par écrit, comme il l'avait fait avec la première série d'événements. Il s'installerait devant l'ordinateur de Dana et laisserait venir les mots.

Mais en entrant dans la chambre, il entendit l'eau couler dans la salle de bains. Elle était sous la douche. L'esprit ailleurs, il n'avait pas remarqué sa voiture garée devant l'immeuble. Il passa la tête dans la salle de bains.

Lorsqu'il tira le rideau de douche, Dana poussa un cri qui aurait réveillé un mort.

Une main sur le cœur, l'autre dans ses cheveux dégoulinants, elle reprit son souffle.

— Tu n'as plus qu'à passer l'angoissante musique de *Psychose* et finir le job.

— Je n'ai pas de couteau sur moi. Je voulais juste te dire que j'étais là, pour ne pas te faire peur au moment où tu sortirais.

— Tu as raison, il vaut mieux me faire peur pendant que je suis nue, trempée et impuissante.

Il humecta ses lèvres. Nue et trempée, elle était superbe.

— Impuissante ?

— Euh… pas tant que ça, tout compte fait.

Elle tendit une main et l'attrapa par la chemise.

— Viens voir ici, beau gosse.

— C'est très tentant, mais il faut que je te parle de quelque chose, et ensuite, on a rendez-vous chez Flynn.

— Ça peut attendre. Pas le sexe.

— Difficile de discuter.

Il retira ses chaussures, puis se déshabilla en un tour de main. Lorsqu'il fut derrière elle, Dana lui tendit le savon par-dessus son épaule.

— Tu me laves le dos ?

— Je peux commencer par là.

— Mmm… Je vais être toute… glissante et. luisante et… Hé, ce n'est pas mon dos !

Il faisait glisser ses mains savonneuses sur ses fesses.

— C'est dans le dos, alors ça compte.

Il pencha la tête et effleura sa nuque de ses lèvres.

— Tu as un corps éblouissant, tu sais. Je te l'ai déjà dit ?

— C'est possible, une ou deux fois, mais ça ne me dérange pas que tu radotes dans certaines circonstances.

Elle inclina la tête en arrière tandis qu'il passait les mains sur ses seins. Puis il la fit pivoter vers lui et posa ses lèvres sur les siennes.

— Alors, je vais prendre le risque de me répéter, déclara-t-il. Je t'aime. Je suis fou amoureux de toi.

Avec un gémissement de plaisir et de joie, elle noua les bras autour de son cou et se jeta contre lui. Là, dans la vapeur et la chaleur de Jordan, elle sentit son cœur se gonfler tant qu'elle se demanda s'il n'allait pas éclater.

— C'est différent, murmura-t-elle en embrassant sa bouche, sa gorge, ses joues. C'est différent, maintenant que je sais que tu m'aimes.

Elle enfouit les mains dans ses cheveux pour écarter son visage de quelques centimètres.

— C'est différent, car je peux te dire que je t'aime.

— Alors, ce sera toujours différent, parce que je ne cesserai jamais de t'aimer.

Leurs bouches se rencontrèrent de nouveau.

C'était différent. Réellement. Chaque caresse, chaque baiser, chaque besoin était auréolé d'une tendresse inouïe.

Il était à elle, maintenant. Et elle était sienne.

Ils s'unirent là, sous le jet d'eau chaude, soudés l'un à l'autre, liés pour l'éternité. Les yeux sombres de Dana, ses cheveux mouillés, sa bouche charnue, les gouttes d'eau qui coulaient sur ses joues comme autant de larmes, tout émouvait Jordan. Elle se cramponnait à lui, corps et âme. Comme elle l'avait toujours fait, réalisait-il.

Il la sentit trembler, vit ses yeux lumineux se voiler, et elle se serra encore plus contre lui. Il colla sa bouche à la sienne et s'envola avec elle.

Ils restèrent longuement enlacés, ensuite, tandis que l'eau continuait à couler sur eux.

— C'est merveilleux, Jordan. C'est le bonheur.

— Oui.

— Même si l'eau est de moins en moins chaude. Mmm, je me sens complètement ramollie. J'irais bien me coucher directement, au lieu de me rhabiller pour aller chez Flynn.

— Si tu es trop fatiguée pour…

— Ce n'est pas seulement de la fatigue. J'ai juste envie de rester allongée au lit à côté de toi.

— Moi aussi.

— Mais on va s'habiller et y aller quand même, parce que se coucher tous les deux, ce ne serait pas bien.

Elle déposa un baiser léger sur ses lèvres, puis frissonna.

— Dis donc, l'eau devient vraiment froide.

Il tendit le bras derrière elle et ferma les robinets.

— On n'a qu'à y aller, rentrer de bonne heure et nous coucher ensuite.

— Impeccable.

Elle sortit de la douche et attrapa une serviette.

— Alors, quelle est cette mystérieuse mission dans laquelle tu t'es embarqué aujourd'hui ?

Elle noua la serviette autour de ses cheveux, en prit deux autres et lui en tendit une.

— On en parlera plus tard.

— Pourquoi pas maintenant ?

— Parce que nous sommes tout nus dans la salle de bains. Le lieu ne s'y prête pas.

— C'est stupide. Nous avons déjà eu de longues et intéressantes conversations en étant tout nus. Où es-tu allé, et pourquoi avais-tu besoin de Brad et de Flynn ? Parce que je sais qu'ils étaient avec toi. J'ai des indics.

Elle prit une bouteille de lait corporel et en versa un peu dans sa main.

— Je te le dirai plus tard. Crois-moi, tu seras contente d'avoir attendu un cadre plus propice.

— Cette fois, tu me rends folle de curiosité. Ce qui m'oblige à te harceler. Vous êtes partis des heures. Où ? Pour quoi faire ?

— On est allés dans un bar glauque boire du mauvais whisky pendant que des nymphes aux fascinants implants mammaires ondulaient autour de longues barres luisantes.

— Si tu crois que je vais m'énerver et te ficher la paix, tu te fourres le doigt dans l'œil.

Elle retira la serviette qui lui ceignait la tête et passa les mains dans sa chevelure.

— Personnellement, je n'ai rien contre les bonshommes qui vont faire les crétins dans des boîtes de strip-tease. Alors, autant me dire la vérité.

— D'accord. Voilà.

Il ramassa son pantalon, sortit de la poche le petit écrin, le tendit devant elle et ouvrit le couvercle d'une chiquenaude.

— Bon Dieu ! s'exclama Dana en se laissant tomber lourdement sur le couvercle des toilettes.

— Tu parles d'un romantisme. Elle te plaît ?

Elle déglutit.

— Ça dépend.

— De quoi ?

Jordan fronça les sourcils et retourna la petite boîte vers lui pour examiner la bague. Elle était bel et bien superbe, songea-t-il, mais avec les femmes, allez savoir…

— Je pensais que tu préférerais un rubis au diamant classique. Mais si tu veux respecter la tradition, je peux l'échanger.

Elle frissonna, mais elle n'avait pas froid. Pas du tout.

— Alors, ce serait une bague de fiançailles…

— Bien sûr. Qu'est-ce que tu croyais ? Tu veux bien te lever ? C'est un peu trop bizarre.

— Pardon, fit-elle en se levant vivement. Je n'étais pas sûre de comprendre ce que ça signifiait.

— Ça signifie : épouse-moi, Dana.

Il repoussa en arrière ses cheveux mouillés.

— Ça signifie : je t'aime, je veux passer ma vie avec toi, avoir des enfants avec toi et vieillir à tes côtés.

Elle avait cru son cœur comblé, mais il restait encore de la place, tant de place pour Jordan.

— Ma foi, ça éclaircit merveilleusement la situation. Cette bague est sublime, Jordan. Je n'en ai jamais vu d'aussi belle. Tu ne t'es trompé que sur un point.

— Lequel ?

— Le lieu et le moment ne sont pas mal choisis.

Elle leva vers lui des yeux rayonnants.

— D'ailleurs, si tu voulais me passer cette bague au doigt, j'aimerais bien ne porter qu'elle pendant les quelques minutes à venir.

Elle tendit la main et retint son souffle.

— J'adorerais porter cette bague, j'adorerais me marier avec toi, et tout le reste aussi.

Il prit la bague, posa l'écrin et lui souleva la main gauche.

— J'ai hâte de passer au reste.

Il glissa la bague à son annulaire, et l'anneau d'or vint encercler parfaitement son doigt.

— Elle est magnifique. Et en plus, elle me va.

— Tant mieux. Aucun de nous ne connaissait ta taille, alors c'est un bonus.

Il fit tourner sa main, regarda la pierre jeter ses feux.

— Tu la mets bien en valeur.

Dana se hissa sur la pointe des pieds et posa sa bouche sur la sienne.

— Tu sais si bien me surprendre…

— Ça, c'est vrai. D'ailleurs, je t'annonce tout de suite la prochaine surprise : j'ai acheté, ou plutôt je suis en train d'acheter, Warrior's Peak.

Elle cligna des yeux deux fois, très lentement.

— Excuse-moi, j'ai cru que tu disais que tu achetais Warrior's Peak.

— C'est bien ça. Je voudrais qu'on y vive. Qu'on y fonde une famille, tous les deux.

— Tu…

Ses jambes tremblaient, mais elle fit un effort pour ne pas se rasseoir.

— Tu ne retournes pas à New York ?

— Bien sûr que non.

Il la regarda avec stupéfaction.

— Comment pourrais-je être marié avec toi et vivre à New York, alors que tu as ta librairie-salon de thé à Pleasant Valley ?

— Je croyais… C'est là-bas que tu habites.

Il lui prit le menton et la regarda dans les yeux.

— Tu croyais que je te demanderais de venir vivre à New York avec moi, d'abandonner ton magasin avant même de le mettre en route ? Je n'ai jamais eu l'intention de retourner y vivre, de toute façon, mais si cela avait été le cas, j'aurais changé mes projets.

— Tu ne comptais pas repartir ?

— Non. À une époque, j'ai dû m'en aller. Puis ça a été le moment pour moi de revenir. J'ai besoin d'être ici. J'ai besoin d'être avec toi.

— Je serais partie avec toi, parvint-elle à articuler. Je veux que tu m'accordes des points pour ça.

— Nous ne partirons nulle part. Mais si Warrior's Peak ne te plaît pas, nous…

— Tu essaies de regagner des points, coupa-t-elle.

Folle de joie, elle éclata de rire et se jeta dans ses bras.

— Tu sais parfaitement que rien ne pourrait me faire plus plaisir. Mon Dieu, tout ça est fantastique ! C'est stupéfiant. Mais je t'en supplie, dis-moi que c'est la dernière surprise. J'ai la tête qui tourne tellement qu'elle va se dévisser, si ça continue.

— Pour l'instant, c'est à peu près tout.

— Alors, habillons-nous et allons chez Flynn.

Elle appuya les paumes de ses mains l'une contre l'autre et admira sa bague.

— J'ai hâte de le dire à tout le monde.

— Brad et Flynn sont déjà au courant.

— Oh, les hommes, ils n'y connaissent rien, fit-elle avec un geste négligent.

Elle se dirigea vers la chambre.

— Mon Dieu, mon Dieu, quand Malory et Zoé vont voir cette bague ! Il faut que je trouve une tenue qui ira avec.

— J'aime bien celle que tu portes actuellement.

Elle lui décocha un regard par-dessus son épaule, avant de plonger dans sa garde-robe.

— Ces hommes… ils n'y connaissent décidément rien.

18

Au moment où Moe entraînait Flynn dans la maison, ils entendirent un cri perçant. Moe montra les dents, Flynn aussi, et ils bondirent tous les deux vers la cuisine, prêts à livrer bataille.

Malory se tenait au milieu de la pièce, les mains en croix sur sa poitrine, et riait aux éclats.

— Où est-il ? Qu'est-ce qu'il t'a fait ? Je vais le tuer !

— Qui ?

Malory s'était préparée à l'assaut amoureux de Moe, mais ne s'attendait pas que Flynn la soulève de terre.

— Qu'est-ce qui te prend ?

— Tu as crié.

— Ah. C'est bon, Moe, couché. Flynn, tu peux me reposer. Je vais bien, parfaitement bien.

Hormis le fait qu'elle était rouge d'embarras et qu'elle retenait à grand-peine un fou rire.

— Je me croyais toute seule.

Flynn, dont les bras commençaient à trembler, reposa Malory sur ses pieds.

— Tu te plantes au milieu de la cuisine pour crier quand tu te crois seule ?

— Euh... en général, non. Mais regarde ça !

Elle décrivit un pas de danse, suivi d'une jolie petite pirouette.

Perplexe, Flynn demanda :

— Tu as compris que tu voulais réaliser un rêve d'enfance et devenir danseuse professionnelle ?

— Non !

En riant, elle fit tournoyer Flynn sur lui-même, ce qui encouragea Moe à bondir de nouveau.

— Regarde. Nous avons un plancher. Un merveilleux plancher en chêne.

Elle exécuta ce qui, de l'avis de Flynn, ressemblait à une sorte de danse folklorique.

— Ça claque bien avec un bruit de bois, constata-t-il.

— Fini l'abominable linoléum. Et regarde ça !

Elle s'éloigna en tourbillonnant et étreignit le nouveau réfrigérateur étincelant avec la passion d'une femme accueillant son amant à son retour de la guerre.

— Splendide, non ? Et tu as vu ça ?

Sous les yeux de Flynn, elle pivota vers la cuisinière.

— Elle est superbe, chantonna-t-elle. Elle brille, elle est immaculée, et tout marche ! J'ai essayé les boutons et les cadrans, ça fonctionne ! J'ai hâte de cuisiner quelque chose. Lorsque je suis rentrée et que j'ai vu ça, je n'ai pas pu m'empêcher de crier. Et regarde le nouveau micro-ondes ! Qu'est-ce que tu en penses ?

— Très sexy.

— Mais oui !

Malory repartit en dansant, une rumba, cette fois.

— Et tous ces jolis éléments avec leurs jolies vitres ! Je vais mettre mes plus beaux plats dedans, et des verres étincelants. Voilà une cuisine, une authentique cuisine.

C'était un plaisir de la voir si joyeuse. Elle était passée de la rumba à… quoi, exactement ? En tout cas, elle était vraiment mignonne.

— Et avant, c'était quoi ?

— Il n'existe pas d'appellation pour désigner ce que c'était avant. Je suis tellement contente ! Et tellement reconnaissante ! Tu es l'homme le plus merveilleux du monde.

Elle prit son visage entre ses mains et l'embrassa.

— Et moi, je suis une vilaine mégère.

— Pourquoi ? Je veux dire, pas la partie où je suis merveilleux, mais pourquoi serais-tu une mégère ?

— Parce que je n'ai pas voulu emménager ici avant que tu transformes la cuisine. C'était une sorte de chantage. Fais des travaux dans la cuisine, et je viens vivre avec toi. C'était égoïste. Ça a marché, ajouta-t-elle en déposant une pluie de baisers sur son visage, mais c'était égoïste. Tu as fait ça pour moi. J'avais dit que je ne m'installerais pas ici avant que tout ne soit fini, et j'ai même prononcé des commentaires désobligeants sur les lampes là-haut, dans la chambre.

— Comme quand tu as dit qu'elles n'étaient même pas dignes d'éclairer une caverne habitée par des chauves-souris et des araignées aveugles ?

— Entre autres, oui. Enfin, bref, tu me pardonnes ?

— Oui.

— Je sais que ce n'est pas tout à fait terminé. Il reste les plans de travail et quelques autres petites choses, mais je ne veux plus attendre. Je m'installe ici demain, et nous pourrons, officiellement, vivre ensemble.

— Je ne veux pas qu'on vive ensemble.

Elle se pétrifia et le regarda, incrédule.

— Quoi ?

— Je suis désolé, Mal, dit-il en lui pressant les épaules. Je ne veux pas qu'on vive ensemble.

— Mais... tu m'as demandé de m'installer avec toi il y a plusieurs semaines. Tu me l'as demandé une douzaine de fois.

— C'est vrai, admit-il avec un haussement d'épaules. J'ai changé d'avis.

— Tu as changé d'avis ?

— Oui.

Avec désinvolture, il ouvrit la porte du réfrigérateur.

— Oh la la, tu as vu toute cette place ? Et comme c'est immaculé !

Figée sur place, elle le dévisageait. Son cœur était tombé tout au fond de ses talons, qui n'avaient plus du tout envie de danser.

— Je ne comprends pas. Je ne comprends pas que tu puisses changer d'avis, comme ça, pour quelque chose d'aussi... important.

— Moi non plus. En fait, je ne crois pas avoir vraiment changé d'avis. Je pense que je viens juste de réaliser que ce n'était pas ce que je voulais.

— Tu réalises que tu ne veux pas de moi...

Le choc était trop énorme, la colère trop grande pour laisser place à la douleur. Elle fit un pas en avant et le poussa durement.

— D'accord. Super.

— Je n'ai pas dit que je ne voulais pas de toi. J'ai dit que je ne voulais pas qu'on vive ensemble.

— Tu peux garder ta nouvelle cuisine et aller te faire voir. Si tu n'es même pas capable d'avoir une relation sérieuse et adulte, alors ce n'est pas la peine qu'on reste ensemble.

— Je suis entièrement d'accord avec toi. Une relation sérieuse et adulte.

Il sortit l'écrin de sa poche et l'ouvrit.

— C'est assez adulte pour toi ?

Elle en resta bouche bée. Jamais elle ne lui avait paru aussi jolie qu'à présent, alors qu'elle contemplait le diamant avec stupéfaction.

— Soyons véritablement adultes, Malory. Marions-nous.

— Tu veux te marier avec moi ?

— Oui, je le veux. Tu vois, je connais déjà mes répliques.

Il lui sourit.

— Je te trouve un peu pâlotte. Je vais interpréter ça comme un bon signe. Le bijoutier a dit que c'était à la fois traditionnel et classe, et Brad a donné son aval.

Flynn sortit la bague.

— Un solitaire, de taille parfaite, etc. Je n'y connais pas grand-chose. Tu es plutôt du genre classique, non ?

Un loquet essayait de se fermer dans sa gorge, mais elle l'obligea à se rouvrir.

— Oui.

— Tu vois, toi aussi, tu connais les répliques.

Il prit sa main et glissa la bague à son doigt avant qu'elle puisse prononcer un autre mot.

— Elle te va. J'avais peur que non, tu as des doigts si délicats, mais apparemment, nous n'aurons pas à la faire rétrécir.

Elle sentit l'éclair brûlant, la bouffée de chaleur autour de l'anneau qui lui encerclait le doigt. Oui, il lui allait, songea-t-elle, sur un nuage. Comme s'il avait été fait sur mesure pour elle.

— Cette bague est magnifique, absolument magnifique.

— Tu pourrais dire oui, maintenant.

Elle releva enfin les yeux et les plongea dans les siens.

— La vie, ça va être les montagnes russes, avec toi. Avant, ça m'effrayait. Mais maintenant, je n'ai plus peur.

— Dis oui. Et je me débarrasserai des lampes.

À mi-chemin entre le sanglot et le rire, elle se jeta à son cou.

— Oui. Tu sais bien que c'est oui, même avec les horribles lampes.

— Je t'aime.

— Moi aussi, je t'aime.

La joue pressée contre la sienne, elle leva la main gauche et regarda le diamant étinceler.

— Comment l'homme qui a choisi cette bague sublime a-t-il pu acheter ces lampes hideuses ?

— Flynn Hennessy est un homme à multiples facettes.

Elle entendit la porte d'entrée s'ouvrir et bondit presque aussi prestement que Moe.

— Les voilà ! Il faut que je la montre.

Elle s'écarta de Flynn, puis revint l'embrasser.

— Il faut que je la montre à quelqu'un. Tu comprends, n'est-ce pas ?

Elle courut vers la porte d'entrée au moment où Dana se précipitait vers la cuisine, Zoé sur ses talons.

— Qu'est-ce qu'il y a ? demanda Zoé.

— J'ai quelque chose à vous montrer à toutes les deux. Mon Dieu, si vous saviez ! s'écria Dana quand Malory se rua vers elle.

— Ça ne peut pas être aussi fou que ce que moi, j'ai à vous dire, répliqua-t-elle.

Zoé s'interposa.

— Pour l'amour du Ciel, parlez avant que je n'explose.

— Moi d'abord, dirent Dana et Malory à l'unisson, avant de tendre toutes les deux leur main gauche.

Il y eut des hurlements, suivis d'un brouhaha de paroles inintelligibles. Du moins l'étaient-elles aux oreilles des trois hommes et du jeune garçon qui dévisageaient les trois amies.

Simon regarda sa mère et ses deux amies se trémousser et couiner comme les filles de son école pendant la récréation. Il fronça les sourcils et se tourna vers Brad.

— Pourquoi elles font ça ?

— C'est un des nombreux mystères de la vie, fiston.

— Ce que ça peut être crétin, les filles.

Il frappa dans ses mains pour appeler le chien, qui se joignait aveuglément à la transe des filles, et s'accroupit pour jouer avec lui.

— Tu veux une bière ? lança Flynn à Jordan.

— Volontiers.

Jordan contourna les trois filles et battit en retraite vers le relatif refuge de la cuisine.

— Je ne peux pas le croire !

Zoé avait saisi les mains de Malory et de Dana et sautillait sur place.

— Fiancées ! Vous êtes toutes les deux fiancées ! En même temps ! C'est de la magie. Et les bagues, elles sont tellement belles ! Mon Dieu…

Elle dut chercher un mouchoir en papier dans sa poche.

— Oh la la, maman, reprends-toi un peu.

Zoé fusilla son fils du regard.

— C'est toi que je vais reprendre, si tu continues.

Simon haussa les épaules, puis roula par terre avec un Moe ravi.

— Alors, cette pizza, on la commande ? reprit-il.

— Tu n'as qu'à aller demander à Flynn dans la cuisine. Poliment, ajouta-t-elle.

— Au fait, il faut que je vous montre la cuisine, s'écria Malory. Mais d'abord…

Elle reprit la main de Dana pour admirer le rubis.

— Elle est magnifique. Absolument parfaite pour toi.

— Et Jordan aussi. Attendez que je vous raconte de quelle façon il m'a fait sa demande.

— J'ai mieux, affirma Malory.

— Tu étais toute nue ?

— Non.

— Alors, c'est moi qui gagne.

— Maman ! appela Simon depuis la cuisine. Les garçons disent que si vous voulez toutes de la pizza, il faut préciser laquelle, sinon vous aurez ce qui vient.

— Vous savez quoi, les filles ? dit Zoé en prenant ses deux amies par les épaules. Quand nous n'aurons pas toute une bande de garçons pendus à nos basques, vous pourrez tout me raconter en détail. On fera une petite fête à Complaisance demain matin.

— Bonne idée, approuva Dana. Je meurs de faim, et je n'ai pas envie qu'une masse d'oignons et de champignons viennent gâcher ma pizza.

Une heure plus tard, Dana terminait sa troisième part de pizza quatre fromages. Elle s'allongea par terre à côté de Simon et de Moe et poussa un profond soupir d'aise.

— À présent, dit Flynn, venons-en donc à la clé.

— Simon, si tu emportais ton livre là-haut ? Ça ne te dérange pas ? demanda Zoé à Flynn.

— Bien sûr que non. Il connaît le chemin.

— Vas-y, et emmène Moe, dit Zoé à son fils. Je te préviendrai quand ce sera l'heure de partir.

— Et pourquoi on ne pourrait pas rester ici, Moe et moi, pendant que vous racontez vos histoires de magie ?

— D'où sors-tu ça, Simon ? Tu nous as espionnés ?

— Franchement, maman ! protesta-t-il en secouant la tête. Je n'ai pas besoin d'espionner, il me suffit d'avoir des oreilles.

Il les pinça entre deux doigts et les agita.

— Hé, regarde. Justement, j'en ai deux.

— On reparlera de tes oreilles plus tard. Monte là-haut. Si tu n'es pas content, tu pourras écrire une lettre de réclamation à ton député demain.

Simon réprima un sourire, leva les yeux au ciel pour la forme et les écarquilla en voyant ce que Brad tenait à la main.

— Mince alors ! WWF Smackdown !

— Tu veux me l'emprunter et faire une ou deux parties de catch chez toi ?

— Oh, oui, merci !

— Pas de quoi. Comme ça, quand on jouera ensemble et que je te ratatinerai, tu ne pourras pas te plaindre de ne pas avoir eu le temps de t'entraîner.

Simon s'esclaffa.

— Tu as raison, dit-il en prenant le jeu vidéo. C'est super cool, merci.

Il fourra son livre sous son bras et se rua à l'étage en appelant Moe.

Zoé croisa les mains sur ses genoux.

— C'est très gentil de ta part.

— Il ne sera peut-être pas de cet avis quand je le rétamerai la prochaine fois qu'on jouera ensemble.

— Je ne veux pas que tu te sentes obligé de…

— Rassure-toi, pas du tout, coupa Brad froidement, avant de se tourner délibérément vers Dana. Alors, on se lance ?

— Avec plaisir, du moment que je peux rester vautrée comme ça. Comme promis, Jordan a rédigé un résumé exhaustif de toute l'histoire.

— Il m'en a donné une copie, intervint Malory. Et j'en ai fait pour tout le monde. Je vais les chercher.

— C'est quelqu'un, hein ? commenta Dana après le départ de Malory. Elle pense à tout, c'est fabuleux. Bon, puisque Malory l'a déjà lu et que vous allez bientôt tous en faire autant, je dirai juste que ça donne une cohérence à tout ce qui s'est passé. Ça aide, de voir à plat l'enchaînement des événements jusqu'à maintenant, depuis le jour où Malory, Zoé et moi avons reçu l'invitation à Warrior's Peak, où nous nous sommes rencontrées.

— J'ai donc raconté votre premier contact avec Rowena et Pitte, continua Jordan. Sans oublier de mentionner qu'à cette époque, chacune de vous se trouvait à un carrefour du point de vue professionnel.

— Plutôt qu'à un carrefour, je dirais dans la panade, corrigea Zoé. Ce soir-là, les vingt-cinq mille dollars qu'ils nous ont proposés pour accepter de chercher les clés – clés auxquelles aucune de nous ne croyait vraiment – sont tombés à pic.

Malory revint sur ces entrefaites et distribua des enveloppes en papier kraft soigneusement étiquetées.

— Il y a eu la motivation financière, certes, ajouta-t-elle. Mais nous éprouvions aussi un sentiment de frustration, de bouleversement, nous ne savions pas ce que nous allions faire de notre avenir. Sans parler de ce lien presque instantané entre nous. Ça, Jordan l'a très clairement restitué.

— Et progressivement, ajouta Dana, le cercle s'est étendu, a englobé Flynn, Jordan et Brad, les a reliés à nous, à la quête, à Rowena et Pitte, aux trois sœurs. Je crois que c'est un élément important. Chacun de nous a un rôle à jouer pour que cette opération aboutisse.

— Et il y a Kane, déclara Malory en sortant son exemplaire de l'enveloppe. La façon dont tu le dépeins,

Jordan, donne la chair de poule… mais ta description est parfaite. Comme si tu l'avais vu de mes yeux.

— Le voir des miens m'a suffi. Je crois qu'il est plus que notre ennemi, plus qu'un obstacle sur notre chemin. Nous devons le considérer comme un des éléments de la quête.

— Je suis d'accord, approuva Brad. Son rôle est aussi essentiel que le nôtre. À la fin du parcours, il ne s'agira pas simplement de se montrer plus malin que lui, comme l'a fait Malory, ni de retourner ses manigances à notre avantage, comme Dana l'a fait jusqu'à présent. Il s'agira de le détruire.

— Comment détruit-on un dieu ? demanda Zoé.

— Je n'en sais rien, mais à mon avis, on peut y arriver.

— Pourquoi pas ? Dana. En tout cas, pour l'instant, je me contenterais de la clé.

Elle se redressa.

— Il ne me reste plus beaucoup de temps. Voici tout ce que je sais : je devrai probablement la trouver seule, mais Jordan est essentiel à la recherche. Sinon, Kane n'aurait pas essayé de nous séparer. Ce qu'il a fait, quoi qu'il en soit, n'a eu pour conséquence que de nous rapprocher. Ça ne va pas lui plaire.

Elle se pencha pour attraper un morceau de chorizo sur une part de pizza et le grignota.

— Et en me montrant le passé, il a fait fausse route. C'était une démarche que je devais accomplir et que je n'aurais peut-être pas entreprise, du moins pas si tôt, s'il ne m'y avait pas contrainte. Passé, présent, avenir. J'ai analysé et accepté le passé, j'ai fait la paix avec le présent, et j'envisage l'avenir avec plaisir. C'est important, non seulement pour moi à titre personnel, mais pour ce que je suis censée faire. L'une des constantes de ces trois époques est Jordan.

— Merci, Trognon.

— Ne la ramène pas trop. Le destin n'y est pas pour rien non plus. En lisant ceci, ajouta-t-elle en prenant le manuscrit des mains de Malory, on commence à le sentir, même si l'on n'a pas fait partie de tel ou tel événement. Là, par exemple, cette brume bleue qui s'est mise à envahir Complaisance. Le froid qui vous glace jusqu'aux os, l'étrange lumière, les couleurs, les textures... On sentirait presque tout ça vous ramper sur la peau.

— Astuces d'écrivain, jeta Jordan.

— Exact, et tu excelles dans ce domaine, reconnut Dana.

— Pardon ?

Vaguement agacée par cette interruption, elle leva les yeux et le vit qui l'observait avec une intensité troublante.

— J'ai dit que tu excellais dans ce domaine. Et alors ?

— Et alors, ça me fait un drôle d'effet de t'entendre dire ça... Mais il y a un début à tout. Je vais me chercher une autre bière, annonça-t-il en quittant la pièce.

Dana poussa un bref soupir.

— Petite pause, annonça-t-elle aux autres, avant de lui emboîter le pas.

— Que se passe-t-il ? lui demanda-t-elle dans la cuisine.

Il sortit une bière du réfrigérateur.

— Rien, fit-il en haussant les épaules. Tu n'as jamais... enfin, depuis mon départ pour New York, tu n'as jamais rien dit de positif sur mon travail.

— J'étais en colère contre toi.

— Ça, je l'avais compris.

Il s'apprêta à boire une gorgée, puis se ravisa et posa la bouteille. La vérité, songea-t-il. Même si cela le rendait vulnérable, il devait dire la vérité.

— Eh bien, Dana, ton avis comptait pour moi. En matière de littérature, je ne respecte et n'apprécie l'opinion de personne autant que la tienne.

— Tu veux savoir ce que je pense de ton travail ? Tu veux connaître mon opinion sincère ?

— Oui. Soyons honnêtes.

— Puisque tu m'as offert cette bague somptueuse, je peux bien te la dire, la vérité.

Elle prit la bière, en but une gorgée et la reposa.

— Tu as un talent extraordinaire. Tu as un don, que tu entretiens. Chaque fois que j'ai lu un de tes livres, j'ai été stupéfaite par l'ampleur, la richesse de ton style et de ce que tu as à dire. Par ton langage. Même quand je te détestais, Jordan, j'étais fière de toi.

— C'est la meilleure de l'année... bredouilla-t-il.

— Je ne regrette pas de t'avoir critiqué. Ça t'a peut-être fait travailler plus dur.

Il ne put s'empêcher de sourire.

— Va savoir...

— Bon. Tu es content ?

— Mieux que ça !

— Alors, on y retourne, parce que je n'ai pas terminé. Et je suis curieuse de connaître ton avis sur ce que je m'apprête à dire.

De retour dans le salon, elle se rassit par terre.

— Bon, dit-elle en élevant la voix pour couvrir le brouhaha des conversations. La pause est terminée. J'essayais d'expliquer que, si doué que soit Jordan, je vois dans ce qu'il a écrit plus que le point de vue d'un écrivain, plus qu'un enchaînement d'événements tissés de façon intéressante et distrayante. En lisant ça, on commence à comprendre que Jordan est constamment lié à l'un des événements en question, ou à une des personnes impliquées dans l'événement. En fait, il a été le premier, il y a des années, à ressentir quelque chose de... de surnaturel, disons, à Warrior's Peak. Il a même cru y apercevoir un fantôme, jadis.

Elle s'interrompit, amusée de voir Malory prendre un marqueur fluorescent et surligner des phrases sur l'exemplaire de Flynn.

— Jordan a été le premier d'entre nous à voir, et à acheter, un des tableaux de Rowena, poursuivit Dana. Flynn est mon frère, Brad est mon ami, mais Jordan est passé d'une sorte de frère, puis d'ami, au statut d'amant, pour moi.

— Il t'a brisé le cœur.

Malory recouvrit méticuleusement de jaune un passage imprimé.

— Il a fait voler ton innocence en éclats. Désolée, ajouta-t-elle en se tournant vers Jordan, mais c'est éminemment symbolique.

— Et c'est le sang de Jordan que Kane a versé.

Dana fit un signe de tête à Malory et sourit.

— C'est lui qui est parti. Orphelin, seul, jeune, en quête de lui-même. Et il est revenu, conclut-elle en cherchant le regard de Jordan, pour terminer sa quête personnelle.

— Tu crois que je détiens la clé.

Fasciné, Jordan se carra dans son siège.

— Je comprends ton raisonnement, Dana, mais où se trouverait-elle ?

— Je ne peux pas tout savoir. Mais c'est plausible. Je n'ai pas encore fouillé cette hypothèse à fond. Il reste cette histoire de la déesse qui marche et de celle qui attend. Qui marche où ? Qui attend quoi ? Et puis, il y a cette image que j'ai vue quand j'ai essayé de me mettre en transe.

— Tu as fait ça ? s'exclama Jordan.

— C'était une expérience, une sorte de méditation. J'ai fait le vide dans mon esprit, pour voir ce qui s'y formait. La clé est apparue, dans un grand champ bleu-vert. Probablement mon mur chez Complaisance, puisque c'était là-bas que je me trouvais. J'avais l'impression qu'il me suffisait de tendre la main pour le toucher. Mais je ne le pouvais pas.

Elle fronça les sourcils en se remémorant l'incident.

— Ensuite, le champ s'est modifié. Il est devenu blanc, avec des lignes noires. Puis tout s'est évaporé, et j'ai entendu des mots dans ma tête.

— Tu as entendu des voix ? demanda Brad.

— Pas exactement. C'était comme si les mots s'imprimaient dans mon esprit. Une seconde, laissez-moi réfléchir, je ne veux pas me tromper… « Elle marchait dans la nuit, elle était la nuit avec tous ses… toutes ses ombres et tous ses secrets. Quand elle pleura, elle pleura le jour perdu. »

— Qui cela peut-il être ? La déesse ? C'est forcément une des dernières pièces du puzzle à mettre en place.

— Moi, je peux la mettre en place, intervint Jordan. C'est de moi. C'est un extrait de *L'Apparition*.

Il y eut un moment de silence abasourdi, puis tout le monde se mit à parler en même temps.

— Arrêtez ! ordonna Brad d'une voix ferme. Ne nous dispersons pas. Commençons par éliminer une éventuelle coïncidence. Dana, as-tu lu ce livre ?

— Oui, mais…

— Tu l'as lu ? s'étonna Jordan.

— Oui, je l'ai lu. Mais il y a des années. Même moi, je ne me souviens pas par cœur de toutes les phrases des livres que je lis. Je ne les ai pas reconnues quand je les ai entendues, en tout cas.

— Je l'ai lu aussi, fit Zoé en levant la main comme si elle était une petite fille en classe, avant de l'abaisser aussitôt, mortifiée. C'est un super roman, ajouta-t-elle à l'intention de Jordan. Mais la femme dont tu parles, celle qui marche la nuit, n'est pas une déesse. C'est un fantôme.

— Un bon point, déclara Brad. Il est néanmoins intéressant de rappeler que Jordan a écrit ce livre sur ce fantôme parce qu'il a cru l'y voir une nuit, à Warrior's Peak.

— Ah, bon ? s'exclama Zoé. C'est dingue.

— On était allés camper là-bas, Brad, Flynn et moi, reprit Jordan. Brad avait réussi à… nous procurer des bières et des cigarettes.

Cette fois, Zoé se tourna vers Brad.

— C'est vrai ?

— On avait seize ans, marmonna-t-il.

— Ce n'est pas une excuse.

— Tu lui feras la morale plus tard, intervint Dana. Continuons avec ce fil conducteur.

— Je l'ai vue marcher sur le parapet, au clair de lune, baignée de lumière et d'ombres. Sa cape voletait derrière elle, alors qu'il n'y avait pas un souffle d'air cette nuit-là. Je l'ai prise pour un fantôme et, quand j'ai raconté ça, je l'ai décrite comme telle. Solitaire, piégée dans la nuit, pleurant le jour perdu. Mais ce n'était pas un fantôme.

Dana posa une main sur son genou.

— C'était une déesse.

— C'était Rowena. Je l'ai compris aujourd'hui, en allant à Warrior's Peak.

— Tu as été le premier à la voir, dit doucement Dana. Et tu as écrit sur elle. Tu lui as donné une autre sorte de substance, une autre sorte de monde. Elle, la détentrice de la clé. La clé se trouve dans le livre.

La main de Dana tremblait, tandis que tout se mettait en place dans son esprit.

— Le champ blanc avec les lignes noires. Des mots sur une page. Et la clé se fondait dedans. Dans la page. Dans le livre.

Elle bondit sur ses pieds.

— Flynn, tu as un exemplaire de *L'Apparition* ?

— Oui.

Il promena son regard autour de lui.

— Je ne sais pas où exactement. Je n'ai pas encore déballé tous mes cartons.

— Normal, ça fait seulement deux ans que tu habites ici. Allez, cherche-le.

La mine morose, Flynn se leva.

— Je vais voir là-haut.

— J'en ai un chez moi, intervint Zoé. En format poche. J'ai tous tes livres, Jordan, mais mon budget ne me permet pas d'acheter les éditions originales, ajouta-t-elle sur un ton d'excuse.

Jordan se pencha et porta une des mains de Zoé à ses lèvres.

— Tu es une délicieuse créature.

— Je peux aller le chercher. Je le rapporterai peut-être avant que Flynn ne trouve le sien.

— Laissons-lui un peu de temps, dit Malory en levant les yeux vers le plafond et en imaginant Flynn en train de fourrager dans les cartons. Moi aussi, j'en ai un exemplaire, et c'est moins loin d'ici, au cas où on devrait en venir là.

Puis elle s'interrompit et leva les index des deux mains.

— Qu'est-ce que vous pariez qu'on a tous *L'Apparition* ?

— Moi, je l'ai, en tout cas, confirma Jordan avec un sourire.

— Moi aussi, dit Brad.

— Clic, clic, clic, font les maillons qui s'emboîtent sur la chaîne, commenta Dana. Allez, Flynn, dépêche-toi !

Elle se mit à arpenter la pièce en marmonnant :

— Elle est dans le livre. La clé est dedans. Je le sais. Je vais aller chercher mon exemplaire chez moi.

Elle se précipitait dehors quand Flynn redescendit l'escalier quatre à quatre.

— Je l'ai ! Il était dans un carton marqué « livres ». C'est dingue, je ne savais même pas que j'avais un carton intitulé « livres ».

Il tendit le roman à Dana. Elle passa sa main dessus, espérant une sorte de signe, et étudia sur la couverture l'impressionnante silhouette de Warrior's Peak éclairé par la pleine lune. Elle l'ouvrit, le feuilleta, huma le papier et la poussière.

— Où se trouve le passage, Jordan ?

— À la fin du prologue.

Elle tourna les premières pages, lut les mots, avant de les dire à voix haute. Puis elle attendit.

— Je ne ressens rien de particulier. Je devrais ressentir quelque chose, n'est-ce pas, Malory ?

— À la fin, j'ai pris conscience de quelque chose, en effet, comme… une sorte de révélation. C'est difficile à expliquer.

— Mais si cela m'arrivait, je m'en rendrais compte, conclut Dana. Or, il ne se passe rien. Sans doute faut-il que je relise le livre, que j'aie une vue d'ensemble. Toi, tu as bien dû peindre le tableau tout entier avant de pouvoir atteindre la clé.

— Je me demande…

Zoé hésita.

— Enfin, je me demande si ce n'est pas dans ce livre parce que ce n'est pas ton exemplaire. Puisque tu es la clé, il serait logique qu'elle se trouve dans ton propre volume, non ?

Dana la regarda, et son visage s'illumina.

— Zoé, tu es un génie. Bon, tout le monde en route. On va chez moi.

— Je vous rejoins, promit Zoé en prenant son sac. Je vais juste ramener Simon à la maison et voir si ma voisine peut venir le garder.

— Et moi, je débarrasse vite fait ces cartons de pizza, enchaîna Malory. Zoé, je t'emballe quelques parts qui restent pour Simon.

La vie ne s'arrêtait pas, songea Dana. Pas même pour des clés magiques et des sorciers maléfiques. Et n'était-ce pas précisément ce qui faisait que c'était la vie ?

— Rejoignez-nous après vos corvées domestiques, alors.

Elle prit la main de Jordan et l'entraîna vers la porte.

— Et pendant que tu y es, Mal, emballe-moi une ou deux parts aussi.

19

— Tu as vraiment lu le livre ? demanda Jordan pendant qu'ils roulaient vers l'appartement de Dana.

— Bien sûr. Pourquoi aurais-je menti ?

— Va savoir. Mais l'autre jour, tu as déclaré que tu n'avais jamais figuré dans un livre. Alors, j'ai pensé que tu n'avais pas lu *L'Apparition*.

— Je ne comprends pas.

— Tu l'as lu, oui ou non ?

— Mais oui ! J'étais même écœurée. Il était tellement bien, alors que j'avais envie de le trouver nul. J'aurais voulu pouvoir dire : « Vous voyez, il ne vaut pas un clou, ce mec. » Mais je ne pouvais pas. Je n'avais qu'une envie : jeter ton bouquin. J'ai même envisagé de le brûler.

— Mon Dieu, comme tu m'en voulais !

— Ça, on peut le dire. Mais bien sûr, un autodafé de livre, pas question. Mon âme de bibliothécaire ne s'en serait jamais remise. Pour la même raison, je ne l'ai pas jeté non plus. Et je n'ai pas pu me résoudre à le donner.

— Je n'ai vu aucun de mes livres chez toi.

— Normal. Ils sont camouflés.

Il détourna les yeux de la route un instant, le temps de la regarder, et éclata de rire.

— Hors de ma voiture !

— Je ne voulais pas que les gens sachent que j'avais tes livres. Je ne voulais même pas voir que j'avais tes livres. Mais il fallait que je les aie.

— Tu as donc lu *L'Apparition*, mais tu n'as pas reconnu Kate.

— Kate ? L'héroïne ?

Elle fit un effort de mémoire.

— Oui, je me souviens. Une fille intelligente, vaguement arrogante, dotée d'une volonté de fer. Elle est indépendante, se suffit à elle-même. Ce qui est la raison pour laquelle elle s'embarque dans de grandes promenades et finit à Warrior's Peak, fascinée.

Elle réfléchit encore, laissa l'image se former.

— Elle est un peu grande gueule et a une légère tendance à l'agressivité, en particulier vis-à-vis du héros, mais on ne peut pas lui en vouloir. Il l'a cherché. Et elle travaille… Où, déjà ? Ah, oui. Dans une boutique de livres anciens. Ce qui la met sur le chemin du méchant.

— Exactement.

— Elle aime le sexe sans être nymphomane, ce que j'ai apprécié. Trop souvent, dans les romans, les femmes sont soit des vierges, soit des garces. Elle utilise sa tête, qui est bien faite, mais c'est à cause de ça et de son obstination qu'elle se fourre dans le pétrin.

— Ça ne te rappelle personne ? demanda Jordan après un silence.

— Non, pourquoi ? Je ne…

Soudain, elle lui saisit le bras.

— Tu veux dire qu'elle est inspirée de moi ?

— En partie. En très grande partie. Voyons, Dana, elle a même tes yeux !

— J'ai les yeux marron. Les siens sont… Je ne sais plus, une expression poétique.

— Couleur chocolat, à la fois riches et amers. Ou quelque chose dans ce genre.

— Je ne suis pas têtue. Quand je prends une décision, je m'y tiens, c'est tout.

Il sourit et se gara devant l'immeuble.

— Je ne suis pas arrogante. J'ai simplement du mal à tolérer l'étroitesse d'esprit et la suffisance.

— C'est bien ça.

Elle descendit de voiture.

— Ça me revient peu à peu. Cette Kate peut être une véritable enquiquineuse.

— Parfois, oui. C'est précisément ce qui la rend intéressante, authentique et humaine. D'autant plus qu'elle peut aussi être généreuse et adorable. Et elle a un grand sens de l'humour. C'est le genre de femme capable de se tourner en dérision.

Dana fronça les sourcils et ouvrit la porte.

— Possible.

Au moment où ils entraient dans l'appartement, Jordan lui donna une petite tape amicale sur les fesses.

— J'étais bien accro à elle. Naturellement, si je devais la dépeindre aujourd'hui…

Il plaqua Dana contre la porte refermée et flanqua les deux mains de part et d'autre de ses épaules.

— Oui ?

— Je ne changerais pas une virgule.

Il posa sa bouche sur la sienne.

— J'étais tellement convaincu que tu lirais ce bouquin, que tu te reconnaîtrais et que tu me contacterais. Devant ton absence de réaction, j'ai pensé que tu ne l'avais jamais lu.

— Je n'étais peut-être pas prête à me reconnaître dans ce portrait. Mais fais-moi confiance, je vais le relire. D'ailleurs, c'est curieux, c'est le seul bouquin de toi que je n'ai jamais relu.

— Tu as relu mes livres ? demanda-t-il avec un petit rire satisfait.

— Ta tête enfle à vue d'œil. Je préfère m'en aller avant que quelqu'un soit blessé.

Elle se glissa sous son bras et se dirigea vers l'une des étagères.

— À la femme que j'ai perdue. À la femme que j'ai retrouvée. À la seule femme que j'aie jamais aimée. Quelle chance pour moi qu'il s'agisse d'une seule et même femme !

Elle se retourna vers lui.

— Qu'est-ce que c'est ?

— La dédicace qui figurera sur le livre sur lequel je travaille en ce moment.

Elle laissa retomber sa main de l'étagère.

— Mon Dieu, Jordan, tu vas me transformer en une bouillie de guimauve. Je n'ai pas l'habitude de t'entendre me dire ces choses-là.

— Je les ai toujours pensées. Mais je ne savais pas comment les exprimer.

Il la regarda sortir un livre de l'étagère et en retirer la jaquette.

— *L'Apparition*, lut-il. Recouvert par... *Comment vous débarrasser des animaux nuisibles chez vous et au jardin*. Joli coup, Trognon.

— Merci. J'ai un autre de tes romans sous la jaquette de *Mangeurs de chiens* – un bouquin tout sauf sanglant, malgré le titre, et étonnamment rasoir. J'ai aussi... Enfin, peu importe. Le reste est du même acabit.

— Je vois.

— Tu sais quoi ? dit-elle en lui prenant la main. Dès que tout ça sera fini, on fera une petite cérémonie, tous les deux, pour accueillir officiellement tes œuvres dans ma bibliothèque.

— Bonne idée.

Il baissa les yeux vers le livre, avant de les reporter sur Dana.

— Tu vas attendre les autres ?

— Je ne peux pas.

Il ne parut pas surpris par sa réponse.

— Je suis trop excitée. Et puis, j'ai l'impression que c'est une chose qu'on doit faire tous les deux, juste toi et moi.

— Alors, allons-y.

Comme elle l'avait fait avec l'exemplaire de Flynn, elle passa les doigts sur la couverture, sur l'illustration de Warrior's Peak.

Mais cette fois-ci, elle ressentit… quelque chose. Quel terme avait employé Malory ? Une sorte de révélation. Oui, songea Dana. C'était exactement cela.

— Ça y est, Jordan, chuchota-t-elle. Je le sens. La clé se trouve dans le livre.

D'une main ferme, elle l'ouvrit.

« Concentre-toi », s'ordonna-t-elle. La clé était là. À elle de la voir, maintenant.

Jordan la regarda passer les doigts sur la page de titre, effleurer son nom. Il retint son souffle.

— Dana.

— Je la sens. Elle est chaude. Elle attend. Niniane attend.

Elle tourna quelques pages, puis poussa un cri étouffé et choqué tandis que le livre lui échappait des mains. Jordan l'appela de nouveau et la rattrapa au moment où elle s'effondrait.

Stupéfait, terrifié, il l'allongea sur le tapis. Elle respirait, mais elle était devenue très pâle, et sa peau était glacée.

— Reviens, Dana, bon sang, reviens !

Affolé, il la secoua. Sa tête roula mollement sur le côté.

— Où l'as-tu emmenée, espèce de salopard ? cria-t-il en la prenant dans ses bras.

Son regard se posa sur le livre, resté ouvert par terre.

— Mon Dieu !

Il la serra contre lui pour la réchauffer, la protéger. Bientôt, il entendit des voix dans le couloir, puis Flynn et Malory qui entraient.

— Dana !

Flynn courut vers sa sœur, passa les mains sur son visage.

— Non !

— Il l'a emmenée ! cria Jordan. Ce salaud l'a attirée dans le livre. Il l'a enfermée dans ce putain de livre !

Elle le sentit qui l'emmenait. Il avait fait en sorte qu'elle s'en rende compte, elle le comprit tout de suite, afin qu'elle sache avec certitude de quoi il était capable. Il avait extirpé sa conscience de son corps avec la jubilation d'un petit garçon arrachant des ailes à une mouche.

Après la douleur vint le froid. Un froid amer, brutal, qui la transperça aussitôt jusqu'aux os, sembla les rendre aussi cassants que du verre.

Elle fut soustraite à la chaleur et à la lumière pour être jetée dans le froid et la souffrance, entre les doigts humides et hideux de la brume bleutée. Le brouillard s'enroula autour d'elle, se referma sur ses jambes et ses bras, l'étrangla. Elle inspira une bouffée de cet air glacial, puis une autre, bien que cela revînt à avaler des lames de rasoir givrées.

Puis le brouillard se dissipa, et Dana resta allongée, tremblante, dans le noir.

L'affolement s'empara d'elle, lui donna envie de se recroqueviller et de gémir. Mais en respirant, elle reconnut l'odeur des pins, de l'automne, de la forêt. Elle se mit à genoux et sentit sous ses mains les aiguilles de pin et les feuilles mortes. Et tandis que la panique s'estompait légèrement, elle vit l'éclat de la lune à travers les arbres.

Il ne faisait plus si froid, réalisa-t-elle. Non, c'était la fraîcheur normale d'une belle nuit d'automne. Elle entendait les cris des oiseaux de nuit, le long hululement d'un hibou, la musique assourdie du vent dans les feuillages.

Vaguement étourdie, elle posa une main sur le tronc d'un arbre et faillit pleurer de soulagement en sentant la texture de l'écorce rugueuse, si solide, si réelle.

Chassant une vague de vertige, elle se leva, puis s'appuya contre l'arbre tandis que ses yeux s'accoutumaient à l'obscurité.

Elle était vivante, se dit-elle. Elle était indemne. Un peu hébétée, un peu tremblante, mais indemne. Il fallait qu'elle retrouve le chemin de sa maison.

Dans quelle direction partir ? Elle décida d'écouter son intuition et se mit à marcher droit devant elle.

Les ombres étaient denses, et si proches. Elle avait l'impression que si elle trébuchait, elle s'y perdrait à jamais. La lumière qui filtrait faiblement à travers les arbres était argentée, de la teinte mate d'une épée ternie.

Elle songea distraitement qu'il restait encore trop de feuilles sur les arbres pour une fin de mois d'octobre.

Elle marcha sur une brindille, et le craquement sous son talon lui fit l'effet d'un coup de fusil. Elle sursauta et trébucha.

— Ça va, tout va bien, tout va bien.

Sa propre voix résonna à ses oreilles, et elle serra les lèvres pour s'interdire de parler de nouveau.

Elle baissa la tête pour regarder où elle mettait les pieds et fixa, stupéfaite, ses chaussures. Elle portait de gros souliers de marche, et non les jolis escarpins en cuir noir qu'elle avait enfilés pour la soirée.

Elle avait voulu s'habiller un peu parce que…

Une pensée voleta paresseusement dans son esprit, jusqu'à ce qu'elle se focalise dessus, s'en saisisse. Elle avait voulu faire un effort vestimentaire pour mettre sa bague en valeur. Oui, elle avait voulu être belle en l'honneur de sa bague de fiançailles.

Mais quand elle toucha son annulaire, elle ne sentit aucune bague.

Son cœur manqua un battement, et toutes ses terreurs disparurent, hormis celle d'avoir perdu la bague de Jordan. Elle fit volte-face, revint sur ses pas en courant, essaya de retrouver l'endroit où elle était tombée.

Et tandis qu'elle continuait à courir, en cherchant par terre l'éclat de l'or, elle entendit un froissement sournois derrière elle, sentit un frisson lui parcourir l'échine.

Elle s'était trompée. Elle n'était pas seule.

Elle courait, mais ce n'était pas la panique qui la poussait. C'était une course effrénée pour fuir et survivre. Elle l'entendit qui la suivait, trop dédaigneux pour se presser. Trop certain de gagner cette course.

Mais il perdrait, se promit-elle. Il perdrait, parce qu'elle n'avait absolument pas l'intention de mourir ici.

Essoufflée, Dana jaillit hors de la forêt, débouchant sous la lumière crue d'une pleine lune blanche.

Pourtant, ce n'était pas la pleine lune. Une partie de son cerveau enregistra ce détail tandis qu'elle courait dans l'herbe. Elle ne pouvait pas être pleine. On en était au dernier quartier, bientôt à la fin des quatre semaines qui lui avaient été imparties. À la fin de sa quête.

Mais ici, la lune était pleine et scintillait dans un ciel d'encre au-dessus de Warrior's Peak.

Dana ralentit et appuya une main sur son ventre, prise d'un point de côté.

Le drapeau blanc qui portait l'emblème de la clé ne flottait pas sur la tourelle, et aucune lumière n'était allumée aux fenêtres. Le manoir devait être désert, songea-t-elle, avec pour seules locataires des araignées et des souris. Parce que c'était ainsi que l'avait décrit Jordan.

Elle se trouvait à l'intérieur du livre. Elle marchait dans les pages de son livre.

— Quelle lucidité !

Elle pivota. Kane se tenait derrière elle, à la lisière de la forêt.

— Tout ceci est faux, protesta-t-elle. Ce n'est qu'un fantasme.

— Vraiment ? Tu connais pourtant le pouvoir du monde écrit. Voici l'univers de ton homme, et il était réel pour lui au moment où il l'a créé. Je me suis contenté de t'amener ici. Je me demandais si ton esprit y survivrait, je vois que oui. Cela me réjouit.

— Pourquoi cela vous réjouirait-il ? Cela ne fait que me rapprocher de la clé.

— Crois-tu ? J'aimerais savoir… Te souviens-tu de ce qui se passe ensuite ?

— Je sais que ceci n'était pas dans le livre. Vous n'étiez pas dans le livre.

— Je me suis permis quelques modifications.

Il leva un bras, le tendit devant lui en un geste gracieux.

— Des modifications qui te conduiront à un dénouement différent. Fuis si tu le souhaites. Je te donne de bonnes chances de réussite.

— Vous ne pouvez pas me retenir ici.

— Peut-être pas. Peut-être trouveras-tu une issue. Naturellement, si tu pars, tu auras perdu.

Il fit un pas en avant, et une longue écharpe blanche apparut au bout de son bras tendu.

— Si tu restes, tu mourras. Ton homme a enfanté la mort dans *L'Apparition*.

Il désigna l'imposante maison que Jordan avait appelée La Sentinelle, dans son roman.

— Comment pouvait-il savoir qu'elle vous appartiendrait ?

Dana se tourna vers la maison et courut.

— Il faut absolument la ramener.

Flynn frotta les mains glacées de Dana entre les siennes. Ils l'avaient allongée sur le lit, sous des couvertures.

— Même si c'est ce qu'elle a à faire, commença Brad, elle ne devrait pas avoir à l'accomplir seule.

— Elle ne sera pas seule.

Jordan se leva.

— Ce n'est pas en l'appelant et en essayant de rétablir le contact avec elle que nous la ramènerons. Brad, je voudrais que tu ailles chercher Rowena. Il faut qu'elle vienne ici, vite.

— Cela prendra une heure.

Debout au pied du lit, Zoé se tourna vers lui.

— Une heure, c'est trop long. Malory, Rowena est déjà venue à nous une fois. Nous devons essayer de l'invoquer de nouveau. Il ne faut pas laisser Dana toute seule, sinon nous ferons le jeu de Kane. C'est en cela qu'il excelle. Il nous sépare les uns des autres, nous isole. Nous ne devons pas le laisser faire.

— Nous pouvons toujours essayer. Notre union fait notre force, n'est-ce pas ?

Malory prit la main de Zoé par-dessus le lit, gardant l'autre crispée autour de celle de Dana.

— Demandons-lui de venir.

Les doigts de Zoé se resserrèrent sur ceux de Malory. Un éclat farouche brillait dans ses yeux.

— Comment comptent-elles demander à une déesse de venir leur rendre visite ? grommela Flynn.

Brad posa une main sur son épaule.

— Ça va s'arranger, Flynn. On va la faire revenir.

— Elle ressemble au portrait.

La gorge serrée, il contemplait sa sœur, son visage livide, dénué d'expression.

— On dirait une des trois sœurs de ton tableau.

— Nous la ferons revenir, répéta Brad plus fermement. Écoute, je vais quand même aller à Warrior's Peak. Je ramènerai Rowena ou Pitte, ou les deux, dussé-je employer la force.

— Ce ne sera pas nécessaire.

Rowena se tenait sur le seuil, Pitte sur ses talons.

Dana courait, fuyait vers la maison, en espérant trouver derrière la pierre et le verre une protection quelconque.

Que se passait-il dans le livre ? Dans quel chapitre était-elle tombée ? Ses actes étaient-ils issus de sa propre volonté, ou répétait-elle ce que Jordan avait écrit ?

« Réfléchis ! s'ordonna-t-elle. Fais un effort et rappelle-toi. » Une fois qu'elle avait lu une histoire, celle-ci faisait partie d'elle, restait gravée dans sa mémoire. Il lui suffisait d'occulter la frayeur pour s'en souvenir.

Mais elle avait tellement peur ! Le cri d'une chouette fit palpiter son cœur. Le brouillard se répandait sur le sol, à présent, mince et blanc, bordé de bleu. Puis il s'épaissit, sembla bouillonner autour de ses pieds, au point qu'elle eut bientôt l'impression de marcher à travers une couche de fumée.

Il amortissait le bruit de sa course. Et les pas de Kane, réalisa-t-elle avec horreur.

Si elle pouvait atteindre le manoir, juste atteindre le manoir, elle trouverait un endroit où se cacher, le temps de reprendre son souffle. Elle dénicherait bien une arme, de quoi se défendre.

Car il avait l'intention de la tuer, d'enrouler cette longue écharpe blanche autour de son cou et de serrer jusqu'à ce qu'elle suffoque, que ses yeux roulent frénétiquement dans leurs orbites, que ses veines éclatent.

Non. Non. Ces pensées appartenaient à Kate. À un personnage fictif dans un monde fictif. Or, ce n'était pas un assassin fictif qui la traquait. C'était Kane et, s'il le pouvait, il lui prendrait quelque chose de plus précieux que la vie. Il lui prendrait son âme.

Au dernier moment, elle changea de direction. Elle se souvenait, maintenant. Elle se souvenait de cette dernière chance. Kate avait perdu un temps précieux à frapper et à marteler la porte, à appeler à l'aide, avant de renoncer et d'admettre qu'il n'y avait personne pour l'aider.

« Supprime ce passage », se dit Dana. Elle serra les dents et donna un coup de coude dans la fenêtre. Sans se laisser distraire par la douleur due aux éclats de verre dans son bras, elle passa la main à travers la fenêtre, fit sauter le loquet. Puis, avec un grognement, elle ouvrit la fenêtre, sauta sur le rebord et se jeta à l'intérieur.

Elle tomba assez durement pour entendre ses os s'entrechoquer. Pendant une minute, elle resta prostrée, haletante et meurtrie, tout en essayant d'habituer ses yeux à cette nouvelle obscurité.

L'air empestait l'humidité et le moisi. Lorsqu'elle se releva, les paumes de ses mains glissèrent sur le sol couvert de poussière. Il n'y avait ni dallage en marbre poli, ni lustres somptueux, ni antiquités. Aucun feu ne crépitait dans la cheminée. La pièce était humide et froide, pleine de toiles d'araignée et du souffle des fantômes.

Ce n'était pas le Warrior's Peak de son monde, mais La Sentinelle de Jordan. La main gauche posée sur son bras droit douloureux, elle clopina sur le plancher craquant et gémissant.

« Bien rendue, l'atmosphère, Hawke, songea-t-elle en bataillant pour garder son calme. La maison hantée dans toute sa splendeur. Le lieu idéal pour un combat entre notre courageuse héroïne et le meurtrier détraqué. »

Elle fit une grimace et se frotta le genou. Kate s'était fait mal au genou, se rappela-t-elle, mais elle n'avait pas flanché.

Elle retint son souffle en arrivant dans le vestibule, distingua des ombres à la faveur des rayons de lune qui perçaient les vitres crasseuses.

Certes, elle adorait s'immerger dans un livre, mais au sens figuré.

Elle ferma les yeux un instant et fit le point. Elle avait mal au genou, à l'épaule, et elle avait le bras lacéré. Et elle était tellement terrifiée que respirer était une souffrance.

Mais c'était normal. Autorisé. Elle pouvait avoir mal. Elle pouvait avoir peur. Elle n'avait pas le droit de s'affoler, en revanche, ni de baisser les bras.

— On verra bien qui tire les ficelles de cette histoire, mon salaud, marmonna-t-elle.

Elle se remit en route, entendit le léger crissement du verre écrasé sous ses pieds et fonça vers l'escalier.

— Vous êtes venue.

Zoé lâcha la main de Malory et, à contrecœur, celle de Dana.

— Faites quelque chose.

Rowena vint poser délicatement les doigts sur le poignet de Dana, comme pour vérifier son pouls.

— Que s'est-il passé ?

— C'est vous la déesse, répliqua Flynn. À vous de nous le dire. Et de la faire revenir. Tout de suite.

Jordan écarta Flynn et se plaça devant Rowena.

— Comment se fait-il que vous ne sachiez pas ce qui s'est passé ? s'étonna-t-il.

— Kane est capable d'entraver certaines de nos actions.

— Et vous les siennes ?

— Bien sûr. Il n'a pas son âme, dit-elle doucement à Flynn.

— Quoi qu'il ait, ramenez-la.

Flynn fit un nouveau pas vers Rowena et repoussa la main que Malory tendait vers lui. Il coula un regard froid vers Pitte quand ce dernier vint se placer à côté de Rowena.

— Croyez-vous que vous me fassiez peur, en ce moment ?

— À vous inquiéter pour votre sœur, vous perdez votre temps.

— Elle est glacée. Elle respire à peine.

— Il l'a emmenée dans le roman, expliqua Jordan.

— Comment le savez-vous ? demanda Rowena.

Il ramassa le livre qu'il avait posé sur la table de nuit.

— Elle l'a ouvert, et elle est partie.

Rowena lui prit l'ouvrage des mains.

— La clé a disparu du livre. Il ne devait pas en être ainsi, murmura-t-elle. Il enfreint trop de règles, brise trop de pactes. Pourquoi a-t-il toute liberté ? Il ne s'agit plus de tentation, d'intimidation, ni même de menaces, désormais.

Elle se tourna vers Pitte et poursuivit, d'une voix altérée par la peur :

— Il a changé les données et a réussi à déplacer la clé.

— Elle était cachée dans le livre ? demanda Jordan.

— Oui. Et maintenant, par je ne sais quelle fourberie, il l'a emportée dans l'histoire, et Dana avec.

— Elle est toute seule là-bas. Qu'elle soit dans l'intrigue ou entre les mains de Kane, dans les deux cas, sa vie est en danger.

Jordan saisit la main de Dana.

— Sortez-la de là.

— Ce n'est pas en mon pouvoir. Il doit la relâcher, ou elle doit se libérer. Je peux la réchauffer, néanmoins.

— Ce n'est pas ça qui va la sauver, répliqua Jordan en lui reprenant brusquement le livre des mains. Envoyez-moi là-bas avec elle.

— C'est impossible.

Elle se pencha au-dessus de Dana et lui caressa doucement le visage.

Jordan lâcha un juron et prit le bras de Rowena pour l'obliger à se retourner vers lui.

— Ne me dites pas que c'est impossible.

Il sentit une décharge remonter dans son bras jusqu'à son épaule, mais il ne desserra pas la main.

— Lâchez ma femme, lui dit Pitte très doucement.

— Qu'allez-vous me faire ? Me châtier ? Ma femme à moi gît sur ce lit, en train de subir je ne sais quelle épreuve parce qu'elle vous a fait une promesse. Et vous restez là, les bras croisés.

— C'est Kane qui a créé le monde dans lequel il l'a emmenée. Le pouvoir qui règne là-bas est le sien.

— Nous n'avons aucun moyen de savoir ce qu'y a fait Kane, ni ce qu'il adviendrait de vous si vous tentiez de vous y introduire, poursuivit Rowena. Et je ne suis pas autorisée à vous emmener au-delà de votre monde. Cela briserait le serment que j'ai fait en venant ici, lorsqu'on m'a donné la responsabilité des clés.

— C'est moi qui ai inventé ce monde, corrigea Jordan en jetant le livre sur le lit à côté de Dana. C'est mon esprit qui s'y trouve, ce sont mes mots. Je me fiche pas mal que vous rompiez des serments, je refuse de laisser Dana là-bas toute seule. Envoyez-moi la rejoindre.

— Je ne peux pas.

— Rowena.

Pitte la prit par les épaules et la tourna vers lui.

— Il a raison. Il en a le droit. Écoute-moi, insista-t-il comme elle ouvrait la bouche pour protester. Un homme ne peut pas rester inactif pendant que sa femme se débat toute seule. C'est Kane qui s'est parjuré, piétinant ainsi toute notion d'honneur. Il n'était pas censé toucher à la clé. Il a changé les données. Ce n'est plus la même bataille. Soit nous combattons sur son terrain, soit nous perdrons.

— Mon amour, dit-elle en serrant les doigts autour de son bras. Si je fais cela, même si je réussis, tu sais ce que cela peut nous coûter.

— Oui. Mais je serai là, avec toi. Toujours.

Rowena hocha la tête, prit une profonde inspiration et regarda Jordan avec des yeux brûlants.

— Soyez sûr de vous. Si je fais ce que vous me demandez, sa vie, la vôtre, toutes les autres, courent un risque.

— Faites-le.

— Envoyez-nous tous, demanda Zoé en reprenant la main de Dana. Vous savez bien que nous sommes plus forts ensemble. Nous aurons plus de chances de la ramener si nous partons tous.

— Vous êtes un vaillant soldat, dit Pitte en lui souriant. Mais ce n'est pas votre tour. Si les dieux le veulent, il viendra.

— Donnez-lui une arme, demanda Brad.

— Il ne peut emporter avec lui que son esprit. Allongez-vous à côté d'elle, dit Rowena à Jordan.

Elle saisit le livre, ferma les yeux, et un halo lumineux se forma autour de l'ouvrage.

— Ah. Je vois. Prenez-lui la main.

— Je la tiens déjà.

Rowena rouvrit les yeux. Le halo bleu paraissait presque noir contre la pureté de sa peau blanche. Ses cheveux semblaient se soulever sous l'effet d'un vent invisible.

— Êtes-vous prêt ?

— Oui, je le suis.

— Ramène-la, dit Flynn.

Il serra Malory contre lui en regardant Jordan.

— Ramène-la à la maison.

— Compte sur moi.

Le vent souffla à travers son corps, rapide et chaud. Il le sentit l'entraîner en tourbillonnant dans le temps, dans l'espace, à travers des rideaux argentés scintillants qui s'écartèrent avec un grondement semblable à celui de la houle.

Et il se retrouva sous la pleine lune, dans la brume, face au majestueux édifice de La Sentinelle.

Il courut vers le manoir. Dans son livre, un chien hurlait sous cette grosse lune ronde, se rappela-t-il, et il ressentit une étrange satisfaction quand le cri du chien résonna dans les airs.

Dernier chapitre, réalisa-t-il, et la vitre brisée le lui confirma.

« Il est temps d'apporter quelques petites révisions au manuscrit », songea-t-il en se glissant entre les éclats de verre.

20

— Que pouvons-nous faire ? demanda Malory en serrant la main de Flynn. Nous pouvons sûrement faire quelque chose, au lieu de rester assis là, à attendre.

— Restez unis, lui conseilla Pitte.

— Peut-être puis-je rendre l'attente moins passive, dit Rowena en s'asseyant au bord du lit, le livre sur ses genoux. Nous avons déjà trahi notre serment, ajouta-t-elle à l'adresse de Pitte. Si nous sommes condamnés à être punis, cela ne changera pas grand-chose d'intervenir un peu plus.

— Eh bien, soit. Regarde, si tu le souhaites.

Il vint se placer à côté d'elle.

— Mais ils méritent qu'on leur laisse la chance de gagner seuls. Lis, afin que les autres puissent voir aussi.

Il passa une main sur ses épaules et fusionna son pouvoir avec le sien. Rowena hocha la tête et ouvrit le livre au dernier chapitre.

— « Elle grimpa l'escalier précipitamment, la jambe traînante. La peur l'encerclait dans un étau serré, aussi tangible que les murs de La Sentinelle… »

Sur le palier, Dana tourna d'abord à droite. Il y avait des dizaines de chambres, des centaines d'endroits où se cacher.

Mais pendant combien de temps ?

Il la retrouverait. Les ténèbres ne constituaient pas une barrière pour Kane.

La tuerait-il ? En avait-il le pouvoir ? Kate avait vaincu, à la fin, mais c'était contre un homme qu'elle se battait, de chair et d'os, comme elle.

Comment savoir si cet univers était celui de Kane ou celui de Jordan ? Et même, songea-t-elle, dans quelle mesure elle le créait elle-même, en y ajoutant ses souvenirs du livre, exacerbés par sa propre frayeur ?

Elle entendit un bruit en dessous d'elle, pivota et vit l'ombre de Kane et sa longue écharpe blanche se détacher, presque bleutée, sur la lumière du clair de lune.

La brume glacée remonta lentement les marches, dans sa direction.

— Je te trouverai, Kate, psalmodia-t-il. Je te trouverai quoi qu'il arrive.

C'étaient les paroles de l'assassin, se dit-elle. Elle entendit la réponse sortir de sa bouche sans même qu'elle en eût conscience.

— Je ne vous laisserai pas l'emporter ainsi. Ce ne sera pas comme avec les autres.

Elle fit volte-face sur le palier et courut vers l'étage supérieur. Elle avait besoin de mettre de la distance entre eux, songea-t-elle avec frénésie. Suffisamment de distance pour gagner du temps et faire le point. La terreur annihilait ses facultés de raisonnement. Elle n'arrivait plus à dissocier son corps et ses actes de ceux du personnage.

Elle chassa furieusement des toiles d'araignée, réprima un cri quand elles s'accrochèrent à ses cheveux et à son visage. Mais, curieusement, cette répulsion si humaine lui donna de l'assurance.

« Trouve la vérité dans ses mensonges », se rappela-t-elle tandis que son souffle produisait de la buée devant elle.

— Je m'appelle Dana ! cria-t-elle. Je suis Dana Steele, espèce d'ordure sortie de l'enfer, et vous ne remporterez pas cette bataille !

Le rire de Kane la poursuivit dans le large couloir où les portes s'ouvraient brutalement les unes après les autres, avant de se refermer en claquant comme autant de coups de feu. Les langues de brume hideuses et glacées rampaient au sol et s'enroulaient autour de ses pieds. La sueur qui s'était formée dans son dos et sur ses tempes devint froide et collante tandis qu'elle courait à l'aveuglette dans ce qui était devenu un dédale de corridors et de salles.

Hors d'haleine, elle tournait en rond. Des dizaines de couloirs s'offraient à elle, maintenant. Chacun semblait s'étirer sur des kilomètres, comme dans un cauchemar fou.

Il transformait le récit, comprit-elle. Il y ajoutait ses propres effets de style pour semer la confusion dans son esprit. Et il y parvenait, le fumier.

— Choisis, chuchota la voix de Kane dans sa tête. Si tu fais le mauvais choix, tu basculeras de l'autre côté du monde ou tu te précipiteras vers un puits de feu. Mais si tu restes ici, si tu cèdes, tout ceci ne sera plus qu'un rêve.

— Vous mentez.

— Cours, et tu perdras la vie. Rends-toi, et tu la sauveras. Choisis, répéta-t-il.

À cet instant, elle sentit la soie tiède de l'écharpe s'enrouler autour de sa gorge. Horrifiée, elle porta les mains à son cou, s'écorcha en voulant arracher le morceau de tissu. Elle suffoquait, le sang rugissait dans sa tête comme un océan.

Et soudain, elle fut libre. Il ne restait plus qu'un couloir, qui menait à la dernière cage d'escalier. Les joues mouillées de larmes, elle courut pour l'atteindre, se cramponna à la rampe, ralentie par son genou blessé qui se dérobait sous elle.

Elle se jeta contre la porte, tira de toutes ses forces sur la poignée de ses mains moites. Sa respiration n'était qu'un sanglot dans ses poumons brûlants, écorchait sa gorge meurtrie. Et elle émergea dans la lueur argentée de la lune.

Elle se trouvait tout en haut de La Sentinelle. En contrebas, dans la vallée, des lumières se détachaient dans le noir. Les gens étaient bien au chaud chez eux, songea-t-elle. En sécurité. Elle les connaissait. Ils la connaissaient. C'étaient sa famille, ses amis, son amant.

Mais ils étaient tous si lointains, si inaccessibles, comme s'ils appartenaient à un autre monde.

Elle était seule, et elle n'avait plus aucun endroit où se réfugier.

Elle claqua la porte derrière elle et chercha des yeux quelque chose pour la caler. Si elle pouvait empêcher l'assassin de la rejoindre, jusqu'au lever du jour…

Non. Pas l'assassin. Kane. C'était Kane.

Elle était Dana, Dana Steele, et ce qui la pourchassait était pire qu'un assassin.

Elle s'adossa contre la porte, pesant de tout son poids sur le lourd panneau en bois. C'est alors qu'elle se rendit compte qu'elle s'était trompée. Elle n'était pas seule.

Une silhouette de femme, drapée dans une longue cape, marchait sous la lune. Une main où étincelaient des bagues effleurait le parapet. La cape flottait, agitée par un vent silencieux.

Le fantôme, songea Dana. Elle ferma les yeux un instant. C'était le fantôme de Jordan.

— Il est sur mes talons, dit-elle à voix haute.

Elle était stupéfaite du calme qu'elle affichait, alors qu'elle était poursuivie par un dieu assoiffé de vengeance ou un assassin fou furieux, et que l'esprit de la mort l'attendait.

— Il veut me tuer, ou me prendre mon âme. Finalement, cela revient au même. J'ai besoin d'aide.

Mais la silhouette continuait à contempler la forêt où, deux cents ans plus tôt, l'amour l'avait tuée.

— Vous êtes la création de Jordan, pas celle de Kane. Dans le livre, vous avez aidé la jeune fille, et cela vous a libérée. Ne voulez-vous pas être libre ?

Mais le fantôme ne dit rien.

— Le dialogue de Kate, murmura Dana. Il me faut sa réplique. Que dit-elle ?

Elle fouillait désespérément sa mémoire quand la porte s'ouvrit violemment, la projetant par terre, sur la pierre froide. Kane s'avança vers elle, l'écharpe entre ses mains.

— Elle ne peut pas t'aider, dit-il. Elle n'est qu'un accessoire.

— Tout n'est qu'accessoire, répliqua Dana en reculant à quatre pattes, comme un crabe. Tout n'est que mensonge.

— Pourtant, tu saignes, objecta-t-il en montrant son bras, sa gorge. La douleur est-elle mensonge ? Ta frayeur est-elle un faux-semblant ?

Un lent sourire se dessina sur son visage, et il se rapprocha.

— Tu es une adversaire intéressante. Tu es assez intelligente et volontaire pour avoir modifié quelques petites pièces de mon tableau. Imaginer cet escalier et cette porte pour arriver ici a dû requérir une détermination considérable. Et faire apparaître ceci plus encore, ajouta-t-il en désignant le fantôme. Je te félicite.

La bouche de Dana s'ouvrit, tremblante, puis se referma. Était-ce elle qui avait imaginé l'escalier et la porte ? Avait-elle, au prix d'un suprême effort de volonté, suscité la présence du fantôme ?

Non. Elle n'avait rien fait de tel. Elle avait tourné en rond, plongée dans la confusion et l'effroi.

Jordan. C'était le livre de Jordan. Jordan, lui, était intelligent et volontaire. D'une manière ou d'une autre, il était en train de la secourir.

Elle était Dana. Et elle était Kate. La Kate de Jordan. Aucune d'elles ne s'avouerait vaincue.

— Je n'ai qu'à imaginer que vous allez sauter au bas de ce mur et vous écraser en une masse sanglante et informe, grogna-t-elle.

— Et elle continue à siffler, comme une chatte cernée. J'ai bien envie de te laisser ici, finalement, au milieu de ce livre. Tu devrais m'en être reconnaissante, les livres sont l'un de tes plaisirs.

Il pencha la tête en la voyant se lever et faire une grimace de douleur.

— À moins que je ne m'éclipse pour laisser la place à l'assassin. Ce serait intéressant d'assister à votre affrontement. Mais dans ma version, bien sûr, l'issue te serait fatale. Néanmoins, je crois que le divertissement me plairait.

L'écharpe blanche disparut de ses mains.

— Te souviens-tu du moment où elle l'entend monter les marches, de ce qu'elle ressent en comprenant qu'elle est acculée ?

La respiration de Dana redevint saccadée quand elle perçut les pas lents et lourds dans l'escalier.

Il ne pouvait pas la contraindre à quoi que ce soit, se rappela-t-elle. Il ne pouvait que leurrer son esprit.

— Te rappelles-tu la terreur qui lui vrille l'estomac lorsqu'elle comprend qu'elle n'a fait que se précipiter dans le piège où il voulait l'attirer ? Te souviens-tu du moment où l'assassin jaillit sur le parapet, tandis que, en bas, l'amant de Kate assiste à la scène et l'appelle, terrifié, désespéré, parce qu'il sait qu'il ne pourra jamais la sauver à temps ?

— Il suffit de réécrire l'histoire pour qu'il la sauve.

Kane fit volte-face au moment où Jordan apparaissait sur le seuil.

La force de l'assaut plaqua Kane contre le muret.

— Tu n'as rien à faire ici !

— Je suis ici chez moi.

Armé de toute sa rage, Jordan donna un coup de poing dans le visage de Kane. Ce contact le brûla comme s'il avait enfoncé la main dans un brasier. Il s'apprêtait néanmoins à recommencer lorsqu'il fut soudain soulevé de terre et projeté en arrière.

— Alors, meurs ici !

Une épée brilla dans la main brandie de Kane. Dana bondit sur lui, s'abattit sur son dos et planta ses ongles et ses dents dans sa peau comme une furie. Elle entendit quelqu'un hurler, mais ne réalisa qu'au moment où sa bouche s'ouvrait de nouveau que cela venait d'elle.

Kane la repoussa d'un violent revers de la main qui la précipita contre Jordan. Elle vit du sang sur le visage de Kane, des blessures qu'elle et Jordan lui avaient infligées, et son cœur bondit d'allégresse.

— Vous connaîtrez la douleur, lui lança-t-elle.

Les yeux étincelants, il leva l'épée.

— Et toi, pire. Ton sang te scellera ici.

Mais, alors qu'il allait abattre son arme, il s'aperçut que sa main était vide.

— Voyons si les dieux volent, s'écria Jordan.

Dana et lui se précipitèrent sur Kane. Il y eut un tourbillon de fumée, un éclair de froide lumière bleue, puis il ne resta plus que la lune et les ombres. Kane s'était volatilisé.

— C'est moi qui ai fait ça ? coassa-t-elle d'une voix étranglée et sifflante. Ou c'est toi ?

— Je n'en sais rien.

Il la rattrapa au moment où ses jambes se dérobaient sous elle, et ils s'assirent tous les deux sur les dalles de pierre.

— Je m'en fiche. Mon Dieu, ton corps tout entier est meurtri. Mais je t'ai retrouvée.

Il la serra fort dans ses bras.

— Je t'ai retrouvée, répéta-t-il.

— Moi aussi, soupira Dana en posant la tête contre sa poitrine. Comment es-tu arrivé ici ? Ce n'est pas lui qui t'a fait venir.

— Il n'est pas le seul dieu à Pleasant Valley, ces temps-ci.

Jordan lui releva la tête et appuya ses lèvres contre sa joue, sa tempe, ses cheveux.

— Il faut qu'on ressorte d'ici, Dana. Ça ne me dérange pas d'être happé par une histoire, mais pas au sens littéral du terme.

— Il s'agit pratiquement du dénouement. L'héroïne se bat avec le méchant, et avec un petit coup de main du fantôme – qui, en l'occurrence, ne m'a donné aucun coup de main –, le repousse et le fait basculer par-dessus bord au moment où le héros arrive pour la sauver. Ils s'embrassent éperdument, dans un déferlement d'explications et de déclarations d'amour. Puis ils regardent ensemble le fantôme disparaître, libéré par son acte final d'humanité.

— Tu t'en souviens drôlement bien, pour quelqu'un qui a lu le bouquin il y a six ans.

Jordan l'aida à se relever, puis regarda l'extrémité du parapet. La silhouette du fantôme s'y dressait toujours, face à la forêt.

— Il ne disparaît pas.

— Il faut peut-être lui laisser un peu plus de temps.

Quand elle voulut marcher, son genou blessé se rappela douloureusement à son souvenir, et des larmes lui montèrent aux yeux.

— Ouille ! Zut. Tu aurais pu prévoir une poche de glace dans ton manuscrit pour soigner ce genou.

— Attends...

Fasciné, il s'avança vers le parapet.

— Rowena.

— Elle ne s'appelait pas Rowena, dans ton livre. C'était... Je ne m'en souviens plus, mais ce n'était pas...

Dana s'interrompit et écarquilla les yeux comme la femme se retournait et lui souriait.

— Et pourtant, c'est bien Rowena.

— Je ne pouvais pas vous envoyer seul, Jordan, au risque qu'il prenne votre vie et celle de Dana. Allez-vous terminer votre quête ? demanda-t-elle à Dana.

— Je ne me suis pas donné tout ce mal pour renoncer maintenant. La clé n'est plus dans le livre, sur la page blanche avec les mots noirs. Maintenant, elle est ici. Dans l'histoire, comme nous-mêmes.

— J'en ai déjà fait plus qu'il ne m'était permis. Je ne peux que vous poser cette question : irez-vous au bout de votre quête ?

— Oui.

Rowena s'évapora, sans nuage de fumée ni lumière, contrairement à Kane. Elle disparut, tout simplement, comme si elle n'avait jamais été là.

— Que sommes-nous censés faire, maintenant ? demanda Jordan. Revenir, je ne sais de quelle façon, au début du livre, et chercher la clé ? Les lignes que tu as entendues pendant ta transe faisaient partie du prologue.

— Non. Inutile de revenir en arrière. Laisse-moi une minute.

Dana marcha lentement vers le mur, en inspirant profondément.

— La fumée de l'automne imprègne l'air, dit-elle. La lune, disque parfait, est gravée dans le ciel. On distingue la rivière dans la vallée. Regarde l'éclat de la lune se refléter sur l'eau à l'endroit où elle serpente. Tout y est, dans le moindre détail.

— Oui, joli paysage. Finissons-en et allons voir tout ça dans notre monde.

— J'aime ton livre, Jordan. La Sentinelle est un endroit fascinant à visiter. C'est exactement ainsi que je l'imaginais. Tu as écrit une sacrée histoire.

— Dana, je t'en prie. Je ne peux pas rester là et penser à toi gisant dans le lit à la maison, si pâle, si froide. Tu ressembles à…

— Niniane, dans le tableau de Brad. Là où marche une déesse…

Elle fit un signe en direction de l'endroit où s'était tenue Rowena.

— … une autre attend. Niniane, sûrement. Ou moi.

Elle se retourna, tendit la main.

— Je voudrais la clé, Jordan.

Il la fixa.

— Ma chérie, si je l'avais, je te l'aurais donnée depuis belle lurette.

— Tu l'as toujours eue. Mais tu l'ignorais. Je suis la clé, et tu es la mienne. Écris-le pour moi, Jordan. Mets la clé dans ma main, et rentrons à la maison.

— Très bien.

Il essaya de se concentrer. Puis il toucha le visage de Dana et y vit ce qu'il voulait y voir.

— Elle se tenait là, baignée dans la lumière de la lune. La déesse et son amant, les vérités dans leurs regards sombres et intenses. Peut-être était-il né en l'aimant déjà, il n'en était pas sûr. Mais il savait avec certitude qu'il mourrait en l'aimant encore.

Les coins de la bouche de Dana se retroussèrent.

— Elle sourit, continua-t-il, et lui tendit la main. La clé étincelait dans sa paume. La clé qu'elle avait cherchée, la clé pour laquelle elle s'était battue. Une mince barre d'or surmontée de cercles reliés entre eux, symbole vieux comme le temps. Une clé petite, simple et ancienne, mais éclatante de promesses.

Dana sentit le poids de la clé, sa forme, dans le creux de sa main. Elle referma le poing autour et mit son autre main dans celle de Jordan.

— Rentrons, dit-elle. L'épilogue nous attend.

Elle rouvrit les paupières et cligna des yeux. Plusieurs visages étaient penchés sur elle, dont celui de son frère.

— Salut…

— Mon Dieu, Dana.

Il la prit dans ses bras et la serra contre lui en la berçant comme une enfant.

— Ouille, dit-elle en riant. Doucement. J'ai déjà assez de bleus et de bosses sans y ajouter quelques côtes cassées.

— Tu es blessée ? Où ?

— Si vous pouvez la laisser un instant, je vais la soigner, dit Rowena en touchant l'épaule de Flynn.

— J'ai la clé, déclara Dana.

— Je sais. Désirez-vous me la confier dès à présent ?

— Oui.

Sans hésitation, Dana remit la clé à Rowena. Puis elle prit la main de Jordan et sourit à ses amis.

— Sacrée aventure.

— Tu nous as fichu une frousse bleue, dit Malory en ravalant ses larmes. Et Jordan aussi.

— Tu es blessée au visage, s'écria Zoé. Et ton bras saigne. Et ta gorge, mon Dieu, ta pauvre gorge ! As-tu ce qu'il faut dans l'armoire à pharmacie ? demanda-t-elle, affolée.

— Elle n'en aura pas besoin, petite mère, intervint Pitte avec calme.

— Je me suis coupé le bras en brisant une vitre pour entrer dans Warrior's Peak, ou plutôt, dans La Sentinelle. Et j'ai l'impression que mon genou a le diamètre d'une pastèque. Mais, si terrifiant et bizarre que cela ait été, je dois admettre que l'expérience était passionnante. J'étais...

Elle se tut et baissa les yeux avec surprise vers son genou palpitant de douleur, sur lequel Rowena venait de poser les mains.

— Hou, ça fait du bien. C'est incroyable.

— Tiens, bois ça quand même, ça devrait te faire du bien aussi, dit Brad en lui mettant un verre entre les mains. Je me suis rappelé l'endroit où tu caches le cognac, ajouta-t-il avant de se pencher pour l'embrasser. Ravi que tu sois de retour, ma grande.

— Pas autant que moi.

Elle avala une gorgée de cognac et passa le verre à Jordan.

— Nous avons beaucoup de choses à vous raconter.

— Préférez-vous rester vous reposer ici, ou vous sentez-vous assez solide pour venir à Warrior's Peak ce soir et tourner la clé dans la serrure ?

Dana examina Rowena, qui caressait sa joue contusionnée.

— Vous attendriez ?

— À vous de décider. Comme toujours.

— Ma foi, je me sens assez d'aplomb.

Elle jeta un coup d'œil à la pendule et écarquilla les yeux.

— 21 heures ? Comment peut-il être 21 heures ? J'ai l'impression d'être partie plusieurs jours.

— Ces soixante-huit minutes ont été les plus longues de ma vie, lui dit Flynn. Si tu es d'attaque pour aller à Warrior's Peak ce soir, nous t'accompagnons.

— Je vais appeler la baby-sitter.

Zoé rougit en voyant tous les regards se tourner vers elle.

— Je sais, ça paraît idiot alors que Simon a…

— Il n'y a rien d'idiot à s'assurer que son enfant est en sécurité et qu'on s'occupe bien de lui, affirma Rowena en se levant. Pitte et moi emportons la clé. Nous vous attendons chez nous.

— S'il y a un problème avec la baby-sitter, intervint Brad, je resterai jouer avec Simon. Il faut que tu sois avec les autres pour la remise de la clé, Zoé.

— Oh, je suis sûre que ça ne dérangera pas Mme Hanson de rester un peu plus longtemps, répondit vivement Zoé, un peu agitée. Mais merci.

— Nous partirons dès que Zoé aura passé son coup de fil.

Dana se tourna pour regarder Rowena, mais Pitte et elle avaient déjà disparu.

— Ceux-là, ils ont le chic pour arriver et repartir dans un nuage de fumée.

— Ils auraient pu nous économiser une heure de trajet aller-retour, en nous embarquant avec eux.

Jordan lui caressa doucement la joue, la gorge. Les hématomes et les traces de griffures avaient disparu.

— Tu es sûre de vouloir faire ça ce soir ?

— Certaine. On vous racontera tout là-bas, vous autres. Je me sentirai mieux quand la clé sera dans la serrure.

Dans le salon où trônait le tableau des trois sœurs, on leur servit un bon café et des petits-fours pendant que Dana et Jordan racontaient leur aventure à tour de rôle.

— Tu as fait preuve de tellement de sang-froid, d'intuition et d'intelligence, commenta Zoé avec admiration. Je me demande comment tu as pu garder ton calme.

— Par moments, je l'ai perdu, avoua Dana. Quand Kane me jouait des tours inattendus, je ne savais plus où j'en étais, je cédais à l'affolement. Lorsque je me suis rendu compte que Jordan était là ou, du moins, qu'il manipulait lui aussi l'histoire, ça m'a considérablement aidée. S'il ne m'avait pas sortie de ce dédale dans lequel Kane me faisait tourner en rond, s'il ne m'avait pas montré la bonne porte, j'aurais été perdue.

— Je n'aimais pas sa ligne éditoriale, dit Jordan en lui prenant la main pour l'embrasser, juste au-dessus du rubis. Alors, cette fois, j'ai décidé que le héros pouvait bien jouer un rôle plus actif dans le dénouement.

— Ce n'est pas moi qui m'en plaindrai.

— Croyez-vous que vous l'avez tué en le précipitant du parapet ? demanda Malory.

— Non, je ne pense pas. Il est parti, tu sais… comme Rowena et Pitte. Pouf.

— Mais nous l'avons blessé, ajouta Jordan. Et pas seulement dans son amour-propre. Il a senti la douleur quand je l'ai frappé au visage, et lorsque Dana a essayé de l'écorcher vif avec ses ongles. Il a saigné. S'il peut saigner, il peut mourir.

— Pas entièrement.

Les bagues qui ornaient les doigts de Rowena brillèrent tandis qu'elle leur resservait du café.

— Pour nous, la mort est différente. Certaines parties de ce que nous sommes subsistent éternellement. Dans les arbres, la roche, la terre, l'eau, le vent.

— Mais il peut être vaincu, insista Jordan.

— En effet, répondit-elle avec calme. Peut-être le sera-t-il.

— Il a battu en retraite, dit Brad. Il s'est enfui parce qu'il n'était pas préparé à vous affronter tous les deux en même temps.

— Il aurait pu nous tuer avec cette épée qu'il a fait surgir de nulle part. Je crois que nous devons une fière chandelle à Rowena.

— Kane n'a pas à verser du sang humain, ni à supprimer des vies mortelles. Cela n'aurait jamais dû être autorisé. Nous ignorons comment cela a été possible, mais nous ferons tout ce qui est en notre pouvoir pour l'empêcher de récidiver.

— Mais vous serez punis pour cela, n'est-ce pas ? demanda Brad.

— Nous endosserons la responsabilité de nos actes, dit simplement Pitte.

— Vous risquez de ne plus pouvoir rentrer dans votre monde, maintenant, c'est cela ?

Brad avait réfléchi à la question pour distraire son esprit de son inquiétude pour ses amis, durant ces soixante-huit minutes d'angoisse.

— Vous avez rompu votre serment. Alors, même si les trois clés sont trouvées, même si les âmes des sœurs de verre sont libérées, vous ne pourrez peut-être pas retourner de l'autre côté du Rideau des rêves. Vous resterez piégés ici, dans cette dimension. Pour toujours.

— C'est injuste.

Voyant cette hypothèse confirmée par l'expression de Rowena, Zoé bondit sur ses pieds.

— Ce n'est pas juste, répéta-t-elle.

— Les dieux ne sont pas toujours justes.

Touchée par l'indignation de Zoé, Rowena se leva.

— Tel a été notre choix. Notre moment de vérité, pourrait-on dire. Et maintenant, voulez-vous clore le vôtre ?

Elle tendit la main, offrant la clé à Dana. Les jambes tremblantes, celle-ci se leva.

— Quels que soient les serments que vous avez brisés ou les règles que vous avez enfreintes, vous l'avez fait dans l'intention de sauver des vies. Si vous êtes punis pour cela, si c'est ainsi que votre monde fonctionne, ne vaut-il pas mieux pour vous ne pas le rejoindre ?

— Les âmes des trois sœurs ne seraient pas enfermées si nous les avions mieux surveillées. Elles sont l'innocence, Dana, et elles souffrent parce que nous avons été faibles.

— Jusqu'à quand devrez-vous le payer ?

— Jusqu'à ce qu'elles soient libérées, ou plus longtemps, peut-être, si telle est la loi. Prenez ceci et ouvrez la deuxième serrure. Vous leur donnerez espoir, ainsi qu'à moi.

Pitte sortit du coffre l'écrin de cristal dans lequel dansaient des lumières bleues. Il le posa avec grand soin sur une table et se posta à côté, dans une pose de guerrier, pendant que Rowena se plaçait de l'autre.

En regardant les trois lumières bleues, Dana sentit son cœur se serrer.

Il restait deux serrures. Elle glissa la clé dans la première, sentit l'or chauffer sa peau, vit la lumière remonter sur la clé, dans ses doigts, tandis qu'elle tournait le poignet.

Elle entendit un léger cliquetis, pareil à un soupir, et vit les trois lueurs s'agiter. Dans un éclair, clé et serrure fondirent.

Il ne restait plus qu'une serrure à la prison de cristal.

Rowena avança et embrassa Dana sur chaque joue.

— Merci.

Elle se retourna et sourit à Zoé, qui émit un petit rire crispé.

— Apparemment, ça va être à moi de m'y coller.

Sa tasse et sa soucoupe s'entrechoquaient dans ses mains tremblantes, et elle les reposa.

— Viendrez-vous tous ici à 19 heures, la veille de la nouvelle lune ? demanda Rowena.

— La veille de la nouvelle lune ? répéta Zoé.

— Vendredi, à 19 heures.

— Oh. Oui, d'accord.

— Amènerez-vous votre fils ? J'aime beaucoup les enfants, et je serais heureuse de le connaître.

— Simon ? Je ne veux lui faire courir aucun risque.

— Moi non plus, assura Rowena. Je souhaiterais le rencontrer et voir ce que je peux faire pour qu'il reste en sécurité. Quoi qu'il en soit, je vous promets de veiller à ce qu'il ne lui arrive aucun mal. C'est une promesse solennelle.

Zoé hocha la tête.

— Il va adorer cette maison. Il n'en a jamais vu de semblable.

— Je me réjouis d'avance de faire sa connaissance. Dana ? Puis-je m'entretenir en privé avec vous ?

— Bien sûr.

Rowena tendit la main et prit celle de Dana pour l'emmener hors de la pièce.

— J'adore ce que vous avez fait de cette maison, déclara Dana en admirant au passage les mosaïques colorées au sol, les murs aux teintes subtiles, le mobilier. Je l'aime d'autant plus maintenant que j'ai vu à quoi elle pouvait ressembler dans des circonstances moins hospitalières.

— Bientôt, Warrior's Peak sera à vous.

— Je n'arrive toujours pas à l'imaginer.

— Depuis longtemps, j'ai envie de vous montrer cette pièce-là.

Rowena s'arrêta devant une double porte et l'ouvrit.

Dana retint un cri émerveillé. C'était la version du paradis pour tout amoureux des livres : une bibliothèque sur deux niveaux, avec une ravissante balustrade ornementée qui courait le long de la haute mezzanine. Un feu crépitait dans une cheminée en granit rose. La lumière des flammes et celle d'une douzaine de lampes se reflétaient sur le beau parquet ciré.

Sur le plafond en forme de dôme était peinte une fresque où étaient représentés une foule de personnages issus des contes de fées les plus romantiques.

— C'est incroyable, murmura Dana. C'est tout simplement incroyable…

Des fauteuils larges et profonds et des canapés confortables, revêtus de cuir mordoré, étaient prêts à accueillir les lecteurs. Mille et un trésors s'offraient à l'œil – bibelots sur les tables, tapis, œuvres d'art –, mais c'étaient les livres qui fascinaient Dana. Les centaines, les milliers de volumes.

— Je savais que cela vous plairait, dit Rowena avec un éclat de rire.

— Vous savez, je suis forcément impressionnée par le fait que vous soyez des dieux, mais ça, ça dépasse tout. Je m'incline, je me prosterne devant vous.

Ravie, Rowena s'assit sur un accoudoir.

— Lorsque Malory a terminé sa quête, je lui ai offert un cadeau de son choix. Une chose que j'avais le pouvoir de lui accorder. J'en fais de même avec vous.

— Nous avons conclu un marché. Nous avons toutes les deux rempli notre contrat.

— C'est ce qu'elle m'a répondu également. Je lui ai offert le tableau qu'elle a peint au moment où Kane la détenait. Cela a semblé lui faire plaisir. J'aimerais vous offrir tous ces livres, tout ce qui se trouve dans cette pièce. J'espère que vous en profiterez quand vous serez maîtresse des lieux.

— Tous les livres ?

— Oui, tous, confirma-t-elle avec un nouvel éclat de rire. Ainsi que le contenu de cette pièce. Acceptez-vous mon cadeau ?

— Pas la peine de me le dire deux fois. Merci.

Dana s'approcha d'une étagère, mais s'immobilisa.

— Non, si je commence, je ne sortirai pas d'ici avant deux ou trois ans. Je vous promets d'en prendre grand soin, dit-elle à Rowena avec ferveur. Je chérirai cette bibliothèque et tout ce qu'elle renferme.

— J'en suis convaincue. À présent, laissez votre homme vous ramener à la maison et s'occuper de vous ce soir, comme il en a envie.

— Avec plaisir. Vous m'avez déjà fait un cadeau en me le rendant, déclara-t-elle tandis qu'elles quittaient la pièce.

— C'est vous qui l'avez repris. C'est tout à fait différent. C'est un très bel homme que votre guerrier, ajouta Rowena sur le seuil du salon.

— C'est vrai.

Dana observa Jordan. Lorsqu'il tourna la tête vers elle et croisa son regard, un lent sourire se dessina sur ses lèvres, avant de gagner tout son visage.

— Vous voyez cette expression, là ? murmura-t-elle à Rowena. C'est celle qui me transforme en gelée. S'il le savait, il s'en servirait pour obtenir de moi tout ce qu'il veut chaque fois qu'il a envie de quelque chose.

— Qu'est-ce qui vous faisait sourire, Rowena et toi, tout à l'heure ? demanda Jordan.

— C'est un petit secret entre nous.

Arrivée devant la voiture, Dana se retourna vers Warrior's Peak.

— Cette maison va être à nous. J'ai encore du mal à y croire. On va habiter ici, Jordan, tu te rends compte ?

Il vint derrière elle, la prit par la taille et l'attira à lui.

— Nous y serons heureux. Cette maison veut du bonheur.

Dana pencha la tête et se blottit contre lui avec un soupir.

— Je suis déjà heureuse.

Ils montèrent en voiture et s'éloignèrent, sans remarquer la silhouette drapée de noir qui se dressait sur le parapet, sous la mince lueur du croissant de lune.

Elle les regarda partir en leur souhaitant bonne chance, puis se retourna quand son guerrier lui toucha l'épaule. La joue appuyée contre sa poitrine, elle versa quelques larmes sur ce qui était, et ce qui serait peut-être.

7617

Composition
FACOMPO

Achevé d'imprimer en Espagne
par BLACKPRINT
le 8 juin 2020.

Dépôt légal juillet 2020
EAN 9782290221037
OTP L21EPLN002723N001
1er dépôt dans la collection août 2014

ÉDITIONS J'AI LU
87, quai Panhard-et-Levassor, 75013 Paris
Diffusion France et étranger : Flammarion